Le secret de Briar's Hall

Du même auteur
dans la collection HarperCollins Noir

Série Loveday & Ryder

Le corbeau d'Oxford
Un pique-nique presque parfait
Meurtre en coulisse

FAITH MARTIN

Le secret de Briar's Hall

Traduit de l'anglais (Royaume-Uni) par
HANNA CHABCHOUB
et
ALEXANDRA HERSCOVICI-SCHILLER

HarperCollins
NOIR

Titre original :
A FATAL SECRET

Ce livre est publié avec l'aimable autorisation de HarperCollins Publishers, Limited, UK.

HARPERCOLLINS FRANCE
83-85, boulevard Vincent-Auriol, 75646 PARIS CEDEX 13
Tél. : 01 42 16 63 63

www.harpercollins.fr

ISBN 979-1-0339-0868-5— ISSN 2551-0096

Pour ma sœur Marion.
Merci beaucoup de toute ton aide pour mes recherches !

Prologue

Oxford, Angleterre – 1er avril 1961

Par un beau samedi matin, à moins de cinq kilomètres à vol d'oiseau de la ville aux clochers rêveurs, quelqu'un préparait un sinistre poisson d'avril.

Les jonquilles commençaient tout juste à éclore dans le petit bois entourant Briar's Hall. Les oiseaux étaient occupés à construire leur nid, et un soleil faible et voilé annonçait l'arrivée du printemps.

Mais la personne adossée à un frêne encore nu, qui observait d'un air sombre le beau bâtiment georgien en contrebas, se fichait bien de la promesse de jacinthes des bois à venir.

Elle ne pensait qu'à une chose : à la mort. Plus précisément, à la meilleure façon de la donner.

Il n'était sans doute pas surprenant que l'individu en question ne se sente pas heureux. Non seulement tout le monde évite autant que possible de songer à la mort en détail, mais il est encore plus désagréable de projeter un assassinat de sang-froid.

En bonne partie, bien sûr, parce que si on est pris, on risque la pendaison. Perspective terrifiante.

Et pourtant, le meurtre était inévitable. Le promeneur des bois ne voyait pas d'autre issue.

Ce qui éveillait chez lui une émotion encore plus forte. La rage.

C'était tellement injuste !

Mais le promeneur avait déjà appris que la vie se fiche bien d'être juste.

Un pivert se mit à frapper un vieux marronnier mort au fond des bois, le toc-toc-toc résonnant dans l'air. Mais l'intrus humain le remarqua à peine.

Demain, ce serait un bon jour, se dit l'observateur silencieux. Au milieu de la confusion, il trouverait sûrement une bonne occasion d'agir.

Oui. Le lendemain, il faudrait que quelqu'un meure.

1

Le dimanche de Pâques, Trudy Loveday, policière stagiaire de son état, partit pour le commissariat à la même heure que d'habitude.

Fidèle à lui-même, le capitaine Jennings ne voyait pas pourquoi il aurait fallu la dispenser de travail un jour férié. Même si, avant la fin de la semaine, elle devait assister à un déjeuner somptueux au très chic hôtel Randolph, où elle serait l'invitée d'honneur, traitée comme une héroïne par ces messieurs de la presse locale – ainsi que par un certain comte.

Après s'être fâchés parce qu'elle leur avait caché la gravité de la situation, ses parents étaient désormais fiers comme des coqs. Et c'était bien naturel. Mais ils avaient beau attendre l'événement avec impatience, Trudy était quant à elle moins enthousiaste.

Même s'il était vrai que, quelques mois plus tôt, elle avait plaqué et arrêté un homme soupçonné de meurtre à elle toute seule, l'empêchant par la même occasion d'assassiner le fils du comte, elle ne se sentait pas particulièrement héroïque. Pire encore, quand le bruit avait couru que le pair du royaume comptait organiser le repas et lui faire remettre une lettre officielle lui exprimant sa gratitude devant la presse et un assortiment de hauts gradés de la police, ses collègues s'étaient fichus d'elle à n'en plus finir.

Et – ce qui n'avait surpris personne, et surtout pas Trudy ! – son supérieur direct n'avait pas caché son opinion sur la question.

D'après le capitaine Jennings, la seule femme sous ses ordres risquait d'attraper le melon. Et il était de son devoir de l'en empêcher. Trudy avait eu beau protester qu'elle n'avait même pas su ce qui se préparait, il restait convaincu qu'elle était secrètement ravie d'être l'objet de tant d'attention.

C'est ainsi qu'elle se retrouva à travailler le week-end de Pâques, ce qui, pour être honnête, ne la dérangeait pas plus que ça. Après tout, elle n'était pas la seule, et les humbles stagiaires (comme le lui avait dit le capitaine en la fusillant du regard) étaient tout en bas de l'échelle quand il s'agissait de choisir ses congés.

Malgré tout, le commissariat était bien dégarni ce matin-là, tandis que les nombreux clochers de la ville sonnaient Pâques. Au moins, le capitaine Jennings n'était pas là pour lui jeter des coups d'œil furieux, et le sergent O'Grady, le plus haut gradé présent, était d'excellente humeur. Une bonne âme avait apporté un énorme œuf de Pâques auquel les quelques policiers qui gardaient la boutique faisaient un sort, et dans l'ensemble il régnait une ambiance festive.

Même les téléphones sonnaient peu, comme si les voleurs et délinquants de la ville étaient aussi restés chez eux, sans doute à manger leurs propres œufs en chocolat. Mais juste après 15 h 30, une sonnerie retentit et, comme le fit remarquer le sergent O'Grady, il était clair que leur journée tranquille venait d'être annulée.

Son supérieur, un homme un peu potelé arborant un toupet blond épais et des yeux bleu pâle, se mit à griffonner à toute vitesse avant de vérifier l'heure.

— Oui. En effet, il est peut-être un peu tôt pour craindre le pire, mais ça ne me plaît pas. Et les parents sont sûrs qu'il ne raterait pas le déjeuner ? Ah, d'accord, je vois. Et l'adresse est… Bien, j'aiderai à organiser les recherches de mon côté. Je suppose que vous avez déjà recruté des bénévoles ? D'accord. Et le policier du village est sur place ? Très bien, mes hommes seront sur le terrain dans la demi-heure. Au revoir.

Quand il raccrocha, Trudy, Rodney Broadstairs et Walter Swinburn – le doyen du commissariat – le regardaient tous d'un air interrogateur.

— Votre attention, s'il vous plaît, commença le sergent d'un ton brusque. Malheureusement, nous avons une disparition d'enfant.

Trudy sentit son cœur se serrer – comme tous ses collègues, sans doute. Bien sûr, elle savait que la plupart des enfants étaient retrouvés dans les quelques heures suivant le signalement, mais tout de même. On n'avait jamais envie d'entendre ça.

— Il s'appelle Eddie Proctor et il a onze ans, poursuivit le sergent O'Grady. Ce matin, il a participé, avec une vingtaine d'autres élèves de l'école primaire locale, à une chasse aux œufs dans le parc de Briar's Hall.

Trudy reconnut vaguement le nom. Briar's Hall était situé à Briar's-in-the-Wold, un village à la périphérie d'Oxford, un peu au nord-ouest. Si elle se souvenait bien, on y trouvait un pub, une église, une poignée de cottages abritant surtout des paysans, et un manoir carré de style georgien en pierre des Cotswolds, de taille relativement modeste mais joli. La demeure en question était sans doute entourée d'un petit bois et disposait de jardins magnifiques, où la chasse aux œufs avait sûrement eu lieu.

— Le gamin s'est probablement caché pour manger ses œufs sans devoir partager avec ses amis, suggéra Rodney Broadstairs d'un air plein d'espoir.

C'était un grand jeune homme blond, beau garçon. Bien que Trudy le trouve beaucoup trop imbu de lui-même, elle espérait que dans ce cas-là il avait raison.

— Quoi qu'il en soit, il aurait dû rentrer chez lui à 13 heures pour le déjeuner. Et il ne l'a pas fait, rétorqua le sergent. Puisque c'est Pâques, la famille avait prévu un poulet rôti avec toute une ribambelle d'accompagnements et le dessert préféré du petit garçon, un *sponge pudding* au chocolat avec de la crème anglaise. Et la mère jure qu'il n'aurait manqué ça pour rien au monde. Donc…

Le sergent passa quelques minutes à appeler les autres commissariats de la ville, qui étaient aussi en effectifs réduits, pour rassembler le plus de volontaires possible. Pendant ce temps, Trudy, le vieux Walter et Rodney Broadstairs furent envoyés à Briar's-in-the-Wold dans une voiture de police. Walter conduisit, puisque Rodney n'avait pas fini les cours de conduite financés par la police. Évidemment, on n'avait jamais proposé la formation à Trudy.

Mais elle n'allait pas se laisser décourager par un détail pareil. Son ami le Dr Clement Ryder avait proposé de lui apprendre à conduire pendant leur temps libre, et elle comptait bien lui rappeler sa promesse !

Penser au coroner la rendit soudain pensive. Leur dernière enquête ne s'était pas tout à fait terminée comme il l'avait cru, et lui cacher des choses la mettait mal à l'aise. Oh, ils avaient bien trouvé l'assassin, une femme revancharde qui avait préféré se suicider plutôt que d'affronter la justice. Mais elle avait laissé derrière elle une lettre très curieuse à propos du coroner, conçue pour lui faire le plus de mal possible.

Trudy avait été la première à la lire. Dans le feu du moment, elle avait dû prendre une décision immédiate concernant ces informations malvenues. Et elle avait cédé à son instinct, la cachant à ses supérieurs, à son grand désarroi.

Dissimuler des preuves était un tel interdit qu'elle n'arrivait toujours pas à croire qu'elle l'avait fait. Mais avait-elle vraiment eu le choix ?

Assise dans la voiture, à regarder distraitement le paysage défiler, Trudy se demandait encore ce qu'elle aurait pu – ou dû – faire autrement.

Au terme d'une longue réflexion, elle avait brûlé la lettre, mais il lui suffisait de fermer les yeux pour la lire comme si elle existait toujours.

À qui de droit,

Je soussignée, Mme Patricia Merriweather, considère qu'il est de mon devoir d'informer la police municipale d'Oxford que j'ai, à plusieurs reprises, observé chez le Dr Clement Ryder, coroner de la ville, des symptômes de ce qui, à mon avis, ne peut être qu'une maladie grave.

J'ai remarqué plusieurs fois qu'il souffrait de tremblements au niveau des mains et traînait les pieds, ce qui a failli occasionner une chute.

Étant donné qu'un coroner est un officier judiciaire chargé d'importantes responsabilités, je me sens contrainte de faire remarquer que malheureusement, il est possible que le Dr Ryder ne soit pas en état de continuer à occuper son poste actuel.

Il me semble indispensable qu'il soit examiné par un médecin dès que possible.

Je vous prie d'agréer, Monsieur, l'expression de mes salutations distinguées.

Bien sûr, Trudy savait que l'assassin n'avait écrit cette lettre que pour se venger, dans l'espoir de causer autant d'ennuis que possible au coroner. Mais c'était une lettre très habile, qui ne portait aucune accusation directe ou peu crédible, se contentant d'affirmer que le Dr Clement Ryder était malade et devait donc être mis à pied pour raisons médicales.

À première vue, c'était une suggestion ridicule. Et, maintenant qu'elle avait eu le temps d'y réfléchir, Trudy se demandait si elle n'aurait pas mieux fait de laisser la lettre où elle l'avait trouvée. Ses chefs n'auraient-ils pas traité ces insinuations par le mépris ? Ils auraient sûrement interprété ça comme une manifestation d'aigreur de la part d'un assassin récidiviste et auraient classé et oublié la lettre.

Quoique…

Son supérieur immédiat, le capitaine Harry Jennings, ne portait pas le coroner dans son cœur : le Dr Ryder insistait pour fourrer son nez dans ce que le capitaine considérait comme du pur travail de police. Toute piste pouvant le débarrasser de son ennemi gênant l'aurait donc intéressé.

Et s'il s'était révélé que les accusations étaient fondées ? Trudy se tortilla sur la banquette arrière et réprima un petit soupir.

Oui, pour être tout à fait honnête, c'était ce qui l'avait vraiment inquiétée. Ce n'était pas tant la perspective d'être rattrapée pour son indiscrétion et de devoir dire adieu à sa carrière. Après tout, personne ne l'avait vue prendre la lettre ni ne soupçonnait même son existence. Non, elle ne craignait pas de conséquences disciplinaires.

Mais elle n'arrivait pas à s'ôter de la tête l'idée que la missive disait peut-être vrai.

Parce que, depuis qu'elle le connaissait, elle avait remarqué quelques détails étranges chez son ami. La façon dont ses mains tressaillaient de temps en temps. Elle avait essayé de se dire que c'était normal – après tout, les hommes d'un certain âge étaient parfois pris de tremblements, non ?

Il y avait aussi sa manière de trébucher, comme s'il avait buté contre un obstacle invisible. Parfois, il traînait des pieds – ironiquement, son père le lui avait souvent reproché quand elle était enfant !

Bien sûr, elle avait soupçonné qu'il buvait plus que de raison, ce qui aurait expliqué la plupart des symptômes qu'elle avait relevés.

Un collègue lui avait raconté que les alcooliques avaient tendance à sucer des pastilles à la menthe pour dissimuler l'odeur de liqueur, et effectivement, ces derniers temps, le coroner s'y était mis.

Pourtant… et s'il n'abusait pas de la boisson, après tout ? Et si ses tremblements et sa démarche vacillante avaient une autre signification ? Parce que s'il était vraiment malade…

La seule façon d'en être certaine serait de lui poser la question. Ça paraissait simple, mais son intuition lui soufflait que ce ne serait pas le cas. Le coroner était un homme intimidant, qui tenait à son intimité, et si elle se mêlait de ses affaires elle doutait qu'il le prenne bien.

Mais ce n'était pas le moment d'y penser. Pour l'instant, ils devaient retrouver un enfant disparu.

2

Dès leur arrivée à Briar's Hall, où ils s'empressèrent d'aller se présenter à Watkins, le policier du village, ils comprirent que le garçon n'était pas réapparu.

Watkins était presque aussi vieux que Walter.

— Bien. Pour l'instant, nous nous concentrons sur les environs du lac, pour des raisons évidentes, commença-t-il d'un air sombre. Vous deux, allez sur la rive sud, ordonna-t-il à Rodney et Walter en indiquant un petit enclos. Vous verrez les autres. Suivez le chemin, mais ne fouillez pas les roseaux où quelqu'un a déjà laissé des balises. Tenez…

Il leur tendit un faisceau de piquets auxquels étaient attachés des rubans rouge et blanc.

— Enfoncez-les dans la terre à plus ou moins vingt mètres d'intervalle.

Trudy examina les alentours en essayant de s'orienter. Ils avaient traversé le petit village, qui était niché dans un vallon peu profond à l'est. Ils étaient en bas d'une petite butte et entourés sur trois côtés par un bois. La pente et les arbres leur cachaient sans doute Briar's Hall proprement dit.

— Quant à vous, mademoiselle… ?

— Stagiaire Loveday, monsieur, répondit Trudy, s'attirant un regard perçant.

— Tiens donc ? C'est vous qui vous êtes mise dans les petits papiers d'un gros bonnet ?

Trudy vira à l'écarlate.

— Je n'ai fait que ce que n'importe qui d'autre aurait fait, monsieur, répliqua-t-elle en se demandant pendant encore combien de temps elle devrait se répandre en excuses auprès de ses collègues. C'est le comte qui a insisté pour en faire toute une histoire.

La lettre de remerciements désormais célèbre que le secrétaire du comte devait lui remettre pendant le déjeuner à l'hôtel serait sans doute immédiatement récupérée par sa mère. Au grand dam de sa fille, Barbara Loveday avait insisté pour la faire encadrer et l'afficher à la place d'honneur au-dessus de la cheminée du salon. La prochaine étape serait que son père fasse payer les voisins pour qu'ils aient le privilège de l'admirer !

— Hmm. Eh bien, j'imagine que ce n'est pas étonnant, étant donné que vous avez sauvé la vie de son fils, concéda Watkins, manifestement disposé à lui laisser le bénéfice du doute. Très bien, vous pouvez prendre l'autre côté de ces bois.

Il désigna le nord, derrière son épaule.

— Je n'ai encore envoyé personne là-bas. Vous allez voir, la forêt longe les murs extérieurs des jardins de Briar's Hall par endroits. Mais il y a un petit verger entre les deux, là où les jardins rejoignent les terres agricoles. Prenez ça, ajouta-t-il en lui tendant une brassée de piquets, et posez-les partout où vous fouillerez. Vous avez votre sifflet ?

Trudy, qui l'avait bien sûr autour du cou, le lui montra.

— Bien. Si vous trouvez le garçon, sifflez trois petits coups. Si vous trouvez quelque chose qu'il faut examiner et que vous avez besoin d'aide, sifflez deux longs coups. C'est clair ?

— Oui, monsieur !

Trudy partit d'un bon pas, munie de sa liasse de balises.

C'était une journée fraîche mais agréable, où le soleil d'avril jouait à chat avec les nuages. Conformément aux instructions, elle traversa les bosquets. Elle continua à gravir une pente jonchée d'ail des ours et d'alliaire, en évitant soigneusement la morsure de l'ortie fraîche, jusqu'à ce qu'elle arrive à l'orée des bois.

Comme elle l'avait deviné, Briar's Hall apparut devant elle. Trudy se dirigea dans cette direction, attentive aux mouvements tout autour d'elle. Dans un champ loin sur sa gauche, elle vit plusieurs de ses collègues fouiller une grange à foin. En contrebas, deux autres volontaires en civil – probablement des villageois – longeaient une haie d'aubépines entre deux champs déjà couverts de pousses d'orge verdoyantes. Si le garçon était tombé dans le fossé le long de la haie, on le retrouverait bientôt.

Cependant, elle ne s'arrêta pas pour les observer, mais se dépêcha de descendre la pente jusqu'à repérer le bosquet de petits arbres fruitiers tordus que Watkins lui avait attribué.

Il était clôturé par un vieux mur en pierre croulant, qu'un enfant curieux n'aurait aucun mal à escalader, et le sol entre les arbres était envahi par les chardons, les laîches et l'oseille ainsi que diverses autres mauvaises herbes. En automne, le gérant du domaine laissait sûrement les cochons des fermes avoisinantes manger les fruits tombés ou pourris. Trudy avait déjà du mal à éviter les chardons, qui seraient encore plus hauts dans quelques semaines.

Elle soupira en pensant à ses bas, qui n'avaient aucune chance de survivre à cette épreuve, et entreprit prudemment d'aller placer la première balise.

— Eddie ! Eddie Proctor ? Tu m'entends ? appela-t-elle.

Elle eut beau guetter quelques secondes une voix flûtée, seul le silence lui répondit.

Le cœur serré, Trudy se mit à fouiller le verger, en espérant en dépit du bon sens qu'on ne retrouve pas le petit garçon noyé dans le lac.

Il était presque 17 heures quand les cercles de plus en plus petits que décrivait Trudy l'amenèrent vers le milieu du verger. Malgré l'air frais et le ciel voilé d'avril, elle transpirait sous son uniforme après avoir autant marché dans l'espoir de tomber sur un enfant endormi.

Elle repéra un muret de brique de forme circulaire et comprit que cela ne pouvait être qu'un vieux puits. La pièce en bois épais en forme de T qui avait dû surmonter l'ouverture, et sur laquelle un seau devait autrefois être accroché, gisait encore dans l'herbe près du bord. Au fil des ans, un mûrier sauvage à l'air féroce et un buisson d'oseille particulièrement dense l'avaient presque entièrement recouverte. La grande maison n'avait apparemment pas eu besoin de cette source d'eau depuis des décennies, probablement avant la guerre.

Elle constata avec soulagement que le vieux puits avait été recouvert d'épaisses planches en bois clouées les unes aux autres en forme de cercle – sans doute pour éviter que des animaux tombent dedans.

Mais en l'examinant, elle remarqua que le couvercle n'était pas bien ajusté. À moins qu'il ne se soit abîmé sur un côté ? En y regardant de plus près, elle vit un trou d'une cinquantaine de centimètres près d'un bord.

Le cœur battant, elle contourna le puits, s'arrêta devant l'espace vide en forme de croissant et, sans se laisser le temps d'hésiter, se pencha et scruta les ténèbres dignes des Enfers.

L'odeur d'eau stagnante et d'algues la frappa immédiatement. De toute évidence, le puits était profond, et elle n'arrivait pas à en voir le fond.

— Eddie ! Tu es là ? cria-t-elle.

Silence.

Trudy recula. Elle n'avait pas le choix : il fallait dégager le couvercle pour éclairer le fond. Mais à son grand désarroi, elle se rendit vite compte qu'elle avait beau tirer et pousser, elle n'arrivait pas à le bouger. Pour ne rien arranger, avec le temps, le bois avait gondolé et s'était enfoncé dans le bord extérieur du muret, si bien qu'elle avait du mal à trouver une bonne prise.

Contrariée, elle comprit qu'elle allait devoir appeler à l'aide. Ce qui donnerait à ses collègues une raison supplémentaire de se moquer d'elle ! La pauvre petite fille qui avait besoin d'un homme grand et fort… Elle les entendait déjà ricaner. Comme si elle n'était pas déjà la risée du commissariat, grâce à un pair du royaume reconnaissant !

À force de grogner et d'ahaner, et après avoir failli se déboîter une épaule, elle finit par s'avouer vaincue.

Bien sûr, il était peu probable que le garçon soit descendu dans le puits par le trou. Mais qui sait : un enfant surexcité qui cherche du chocolat aurait pu imaginer que les organisateurs y avaient caché des œufs de Pâques.

Trudy prit une grande inspiration et siffla deux longs coups. Le bruit déchira l'air silencieux, et une nuée de vanneaux s'éleva du champ voisin en poussant leur cri d'alarme facilement reconnaissable.

Au bout d'une minute, Trudy recommença, et bientôt elle entendit une voix la héler depuis l'orée des bois. Son cœur se serra quand elle reconnut Rodney Broadstairs, qui descendait la colline à grandes enjambées.

Forcément, ça ne pouvait être que lui, pensa Trudy, excédée. Le chouchou du commissariat, le bellâtre blond aux yeux bleus. Comme elle s'y était attendue, il fit un grand sourire dès qu'il comprit son problème.

— Salut ma belle, qu'est-ce que tu as trouvé ?

Trudy désigna le puits.

— Je n'arrive pas à enlever le couvercle, je crois qu'il est coincé. Mais il y a un trou sur le côté, assez grand pour qu'un gamin puisse passer. Il faut vérifier, expliqua-t-elle, agacée d'avoir l'impression de se justifier.

— Ouais, j'imagine. Eh, Eddie, tu es là ? beugla-t-il en se penchant.

Seul le silence leur répondit.

— D'accord, enlevons ce truc.

Rodney remonta ses manches et saisit tant bien que mal le couvercle. Il finit par réussir à le soulever et à le tirer vers lui, mais Trudy ne put s'empêcher de sourire en constatant qu'il avait du mal.

Couvert de sueur, écarlate, il laissa tomber le lourd cercle en bois à ses pieds, non sans avoir poussé quelques jurons qui auraient fait rougir Mme Loveday. Coude à coude, ils s'approchèrent du bord et examinèrent l'intérieur.

Trudy ne s'était pas vraiment attendue à trouver le petit garçon. La vue de l'eau étale ne l'étonna donc pas. Mais soudain elle aperçut ce qui ressemblait à des cheveux, flottant juste sous la surface. Et, plus bas, une tache un peu plus claire se détachait sous l'eau stagnante sombre.

— Eddie portait une chemise blanche, non ? demanda Rodney d'une voix rauque qui n'avait rien à voir avec son ton suffisant habituel.

Elle leva les yeux et constata qu'il était pâle et semblait nauséeux.

— Oui, répondit-elle d'une voix tremblante.

Avant leur départ, le sergent O'Grady leur avait fourni une brève description de l'enfant et de ce qu'il portait quand il était parti à la chasse aux œufs avec ses amis.

Ravalant ses larmes, Trudy donna trois petits coups de sifflet.

Rodney Broadstairs enjamba la margelle et entreprit de descendre prudemment. Même lui allait devoir se laisser tomber, car le puits semblait faire au moins deux mètres de profondeur.

Elle espérait qu'il n'atterrirait pas sur le petit garçon et hésita à lui dire d'attendre les renforts, qui apporteraient peut-être une corde.

Mais elle comprit qu'ils ne pouvaient pas se le permettre. Il y avait une petite chance qu'Eddie soit toujours en vie. Même si, étant donné que son visage était complètement submergé, elle savait à quel point c'était peu probable.

Cette fois, elle ne put retenir ses sanglots. Elle savait que les parents du pauvre garçon, qui attendaient des nouvelles chez eux, auraient bientôt le cœur brisé pour toujours.

3

— J'appelle à la barre la policière stagiaire Gertrude Loveday.

En entendant ce prénom honni clamé haut et fort, Trudy se précipita vers l'huissier avant qu'il puisse l'appeler une seconde fois.

— J'arrive ! annonça-t-elle, le souffle court, en se dirigeant vers la porte qu'on lui tenait.

Elle prit juste le temps de lisser sa tunique d'un geste rapide et de redresser sa casquette avant d'entrer dans la salle.

Trois jours étaient passés depuis la mort du petit Eddie Proctor, et l'audience du coroner venait d'ouvrir, tôt ce matin-là.

Les bancs du public étaient pleins à craquer, et elle reconnut, au premier rang, une bonne partie de la famille Proctor.

L'horrible dimanche en question, elle avait accompagné le policier local pour annoncer la mort d'Eddie à sa mère et au reste de la famille, et avait réconforté la pauvre femme comme elle l'avait pu. Elle adressa un hochement de tête compatissant à Doreen Proctor, une petite brune au visage livide, dévoré par de grands yeux marron.

Se forçant à rester concentrée sur son travail, Trudy se tourna vers le coroner, le Dr Clement Ryder.

Son ami et mentor lui adressa un signe de tête poli mais neutre. Il était égal à lui-même, calme et autoritaire, et à sa vue Trudy se détendit.

Il n'avait pas l'air malade du tout, remarqua-t-elle avec soulagement. Elle ne l'avait pas vu depuis un moment et avait dû craindre inconsciemment de déceler des symptômes inquiétants dans son comportement.

— Mademoiselle Loveday, si j'ai bien compris, c'est vous qui avez trouvé le corps du garçon ? commença Clement, très professionnel.

— Oui, monsieur.

— Pourriez-vous s'il vous plaît raconter au jury, avec vos propres mots, ce qui s'est passé l'après-midi du dimanche 2 avril ?

Trudy se tourna vers le jury et leur fit un résumé succinct mais exact des événements. Ensuite, elle s'éclaircit la gorge et jeta un regard interrogateur au coroner, mais il n'avait pas de questions à lui poser. Son rapport avait été suffisamment détaillé pour qu'il n'y ait rien à clarifier ou à préciser.

Une fois sortie du tribunal, Trudy se dirigea vers le commissariat, un peu abattue. Le lendemain, elle devait être célébrée comme l'héroïne du moment devant la presse et les notables de la ville, mais elle n'avait jamais été moins d'humeur à faire la fête.

Après le départ de Trudy, Clement appela à la barre les médecins légistes, qui témoignèrent que le petit garçon était mort d'une fracture à la nuque, et non de noyade. Comme Clement s'y était attendu, l'annonce causa un certain remous dans l'assistance.

On expliqua bientôt que le puits, qui faisait plus de deux mètres cinquante de profondeur, était un peu plus étroit à sa base. Si le garçon s'était penché et avait perdu l'équilibre, il y avait de bonnes chances qu'il soit tombé tête la première. Et l'eau au fond n'aurait pas suffi à amortir sa chute.

Malgré tout, en écoutant les experts, Clement ne se sentit pas complètement convaincu par le raisonnement. Il aurait suffi que le gamin vrille un peu d'un côté ou de l'autre pour atterrir sur une épaule. Ne l'aurait-il pas fait d'instinct ? Silencieusement, il griffonna quelques mots sur ses papiers.

Et il y avait autre chose, dans les rapports préliminaires, qui lui mettait la puce à l'oreille. Après la fin du compte rendu du médecin, il s'éclaircit la gorge pour indiquer qu'il avait des questions.

— Je suppose que les mains du défunt ont été examinées ? demanda-t-il posément.

Le légiste confirma.

— Et avait-il des détritus sous les ongles, indiquant qu'il aurait tenté de se rattraper aux parois en tombant ? De la poussière de brique, des algues vertes, de la moisissure, quelque chose de ce genre ?

Le médecin admit qu'il n'avait rien trouvé de tel, mais ajouta qu'à son avis ce n'était pas forcément significatif. Il était tout à fait possible que le garçon ait été trop surpris, et la chute trop brève, pour qu'il ait eu le temps d'essayer de se retenir.

Clement le congédia avec un signe de tête courtois, mais il prit de nouvelles notes, les sourcils froncés.

Quand ce fut au tour de la famille de l'enfant de témoigner, ce fut un moment plein d'émotions, comme on pouvait s'y attendre. Surtout quand la mère, en larmes, soutint que son fils était un gentil garçon et n'aurait jamais désobéi aux organisateurs de la chasse aux œufs, qui avaient ordonné aux enfants de rester dans le périmètre du jardin clos.

Étant donné que les autres témoins n'ajoutèrent rien de révélateur, personne ne fut surpris qu'un jury bouleversé opte pour un verdict de décès accidentel.

Il ne restait plus à Clement qu'à blâmer les organisateurs de la chasse aux œufs de ne pas avoir examiné le terrain avant l'événement et noté le danger potentiel posé par le puits mal recouvert.

Selon toute logique, ajouta-t-il sombrement, la famille de Lacey, propriétaire de Briar's Hall, ne tarderait pas à mettre un couvercle neuf sur le puits. À moins qu'elle ne décide de le boucher, ce qui éviterait au moins une tragédie semblable à l'avenir.

Mais pour les parents épuisés et endeuillés, qu'est-ce que ça changerait ?

4

Trudy prit une grande inspiration en s'arrêtant devant l'entrée principale du très chic hôtel Randolph.

Derrière elle, sur Beaumont Street, s'élevait le superbe Ashmolean Museum, tandis qu'à sa gauche se trouvait le Martyrs' Memorial, souvent photographié. Elle était passée d'innombrables fois devant ce célèbre bâtiment sans jamais imaginer qu'elle y pénétrerait un jour.

Près d'elle, elle sentait sa mère frémir, aussi excitée qu'elle. Barbara Loveday avait du mal à croire qu'un véritable comte allait les inviter à déjeuner. Enfin, pas le comte lui-même, bien sûr, mais son secrétaire.

Le père de Trudy, Frank, montrait quant à lui des signes de gêne. Pour la centième fois, il tritura son col (trop serré, de toute évidence) pour vérifier que sa cravate était droite – il n'en portait qu'aux mariages, enterrements et baptêmes –, tout en regardant les passants d'un air suspicieux, comme s'il s'attendait à ce qu'ils le montrent du doigt ou rient dans leur barbe.

Mais les seuls à faire attention à lui étaient les journalistes invités par les huiles de la municipalité pour prendre des photos et interviewer l'héroïne du jour.

Il avait fallu un peu de temps pour organiser la cérémonie : l'incident en question avait eu lieu l'été précédent, mais apparemment ce délai était habituel. Trudy regrettait qu'ils s'en soient donné la peine. Comme son père, elle ne se sentait pas à sa place.

— Ça va ma tenue, maman ? demanda-t-elle, nerveuse.

Mais elle n'avait pas eu besoin de se poser de questions existentielles sur ses vêtements. Étant donné que la quasi-totalité de ses supérieurs seraient présents, elle avait bien entendu mis son uniforme blanc et noir, élégant et propre comme un sou neuf. Sa casquette était posée bien droite sur sa masse de boucles brunes, et son visage ne portait aucune trace de maquillage.

— Tu es très jolie, n'est-ce pas, Brian ? répondit sa mère en se tournant vers le jeune homme près d'elle.

Barbara Loveday avait insisté pour faire bénéficier Brian Bayliss de l'invitation qu'ils avaient en trop. Trudy lui fit un sourire contrit. Ils étaient amis depuis des années, et leurs sorties occasionnelles au cinéma ou au restaurant avaient poussé leurs familles à les considérer comme un « couple ».

— Allez, maman, laisse Brian tranquille ! la gronda-t-elle gentiment.

Brian – un grand jeune homme séduisant, qui jouait au rugby – rougit et marmonna qu'elle était toujours jolie. Mais il semblait encore plus mal à l'aise et désorienté que son père !

Il croisa son regard un bref instant, l'air coupable, et elle eut un éclair d'intuition : il n'avait aucune envie d'être là. Une vague de colère la submergea. Si mettre un costume et aller à sa cérémonie collet monté le dérangeait autant, pourquoi n'avait-il pas eu le courage de refuser ? Il aurait pu dire qu'il ne pouvait pas se libérer de son travail au dépôt de bus.

Mais son irritation se dissipa aussi vite qu'elle était venue. Elle était bien placée pour savoir à quel point sa mère était douée pour forcer les gens à se plier à sa volonté, et Brian avait toujours été du genre arrangeant. Sa devise ? La tranquillité à tout prix.

Trudy se pencha vers lui et chuchota :

— Je suis désolée qu'elle t'ait entraîné dans cette histoire. Je vois bien que tu préférerais être n'importe où plutôt qu'ici.

Il lui jeta un coup d'œil, envisagea de mentir et se contenta de hausser les épaules, un peu honteux. Pour être honnête, depuis qu'il avait appris qu'elle allait être distinguée pour son courage, il éprouvait des sentiments mitigés. Ça ne lui semblait pas... naturel, d'une certaine façon. Il n'aurait pas su expliquer pourquoi, même si on lui avait proposé une livre, mais il était gêné, désarçonné. Pour commencer, il ne pouvait s'empêcher de penser que c'était aux *hommes* d'être courageux. Ce n'était certes pas sa faute s'il n'avait pas un travail dangereux – pompier, par exemple –, mais il avait l'impression qu'on l'attaquait sur son terrain.

Tout comme les parents de Trudy, il n'avait pas apprécié qu'elle s'engage dans la police, d'autant plus que ses copains le chambraient souvent pour cette raison. Tandis qu'il regardait, nerveux, les journalistes la prendre en photo et prenait conscience que tout le monde entendrait parler d'elle dans les journaux du lendemain, il sentait un vague malaise le gagner. Les moqueries allaient être dix fois pires.

Trudy, qui l'observait, fronça les sourcils. Mais ce n'était pas le moment de lui demander ce qui le tracassait, et elle se promit de lui en parler plus tard. Pour l'instant, elle avait des problèmes plus urgents.

Elle avait fêté son vingtième anniversaire peu de temps auparavant et avait hâte d'être en automne, quand sa période de stage serait terminée et qu'elle serait policière à part entière. Enfin, tant qu'elle ne faisait pas de bourdes, se corrigea-t-elle en réprimant une grimace.

Bien sûr, certains de ses collègues du commissariat marmonnaient qu'avec une médaille de bravoure officieuse, elle était presque invulnérable.

Mais Trudy n'en était pas si sûre. Son supérieur immédiat, le capitaine Jennings, était d'avis que la seule façon correcte de récompenser un policier pour son courage était de lui remettre la *Queen's Police Medal* – qui, d'après lui, ne devait jamais être décernée à une femme. De plus, ce genre de décoration n'était généralement accordée qu'aux gradés, au minimum sergents. Et elle était convaincue qu'il n'était pas le seul policier à le penser.

Résultat, elle sentait qu'au moindre faux pas ses supérieurs seraient ravis d'avoir une excuse pour se débarrasser d'elle.

Évidemment, ils devaient admettre que la cérémonie constituerait une bonne publicité pour la police – d'où leur présence au déjeuner. Il y aurait assez de commissaires, et même de plus haut gradés, pour que Trudy ait l'impression d'être Daniel pénétrant dans la fosse aux lions.

Au moins, le capitaine Jennings ne serait pas là. Sa présence maussade lui aurait très certainement coupé l'appétit ! Même si de toute façon, en cet instant, elle doutait de pouvoir avaler quoi que ce soit.

Son cœur battait à tout rompre, et elle avait les mains moites. Elle vacilla presque de soulagement en voyant le Dr Ryder se diriger vers eux, l'air élégant et complètement indifférent à l'effervescence alentour. Un coup d'œil à sa montre lui apprit qu'il était pile à l'heure.

Avec son mètre quatre-vingts et sa tignasse argentée, le coroner avait fière allure et, vêtu d'un costume bleu nuit et d'une cravate, il attirait l'œil de bien des femmes mûres.

— Trudy, vous êtes très chic, commenta-t-il. Et monsieur et madame Loveday, je suis heureux de vous revoir. Vous devez être fiers de votre fille.

— Oh ! je vous en prie, appelez-moi Barbara, s'empressa de répondre sa mère. Et effectivement, nous sommes très fiers, n'est-ce pas, Frank ?

Son père, qui serrait la main du coroner, acquiesça sans un mot. En fait, il avait hâte que ce soit fini. Il avait l'impression d'avoir passé une semaine entière à essayer de mémoriser les différents types de fourchettes et de couteaux, et la distinction entre une cuillère à dessert et une cuillère à soupe – il n'en avait pas cru ses yeux quand sa femme lui avait montré une photographie d'une table du grand hôtel dans un magazine.

Mais bien sûr, au-delà de ça, il était très fier de sa fille, comme l'avait deviné Clement.

Ça n'avait pourtant pas été sa première réaction, ni celle de Barbara, quand Trudy leur avait parlé de la cérémonie, parce qu'à ce moment-là elle avait dû leur avouer pourquoi on l'avait distinguée exactement. Et l'idée qu'elle maîtrise seule un assassin – en sauvant un pair du royaume au passage – aurait donné des cauchemars à n'importe quel parent.

Ils ne lui avaient pas pardonné de ne pas leur en avoir vraiment parlé sur le moment : elle s'était contentée de mentionner l'incident comme une arrestation standard.

Par politesse, Trudy présenta Brian au coroner. Fidèle à lui-même, Brian marmonna quelque chose d'indistinct et serra la main de Clement avec enthousiasme.

— Bien, nous devrions entrer, déclara celui-ci.

Le cœur au bord des lèvres, Trudy lui jeta un regard noir. Elle soupçonnait le Dr Clement Ryder de n'être pas étranger à la décision du comte d'organiser cette cérémonie et ne savait pas trop si elle voulait lui sauter au cou ou lui flanquer un bon coup de pied.

Mais en cet instant, elle mobilisait toute sa concentration pour ne pas se ridiculiser alors qu'ils se dirigeaient vers l'entrée et que le portier en livrée venait à leur rencontre. Derrière elle, elle entendait les journalistes la mitrailler à nouveau et elle déglutit.

Prenant une grande inspiration, Brian, ses parents et elle suivirent Clement dans la salle à manger, éblouis par la splendeur des chandeliers en cristal.

5

Le lundi matin suivant, Martin de Lacey, de Briar's Hall, se rendit en ville et se dirigea vers Floyds Row, où étaient situés la morgue et le bureau du coroner.

Il ne fut pas particulièrement étonné d'être bien reçu par la secrétaire qui gardait le saint des saints.

Grand, avec des cheveux sombres quoiqu'un peu clairsemés, une moustache fournie et de grands yeux gris, il avait l'habitude que les femmes de tous âges lui témoignent de l'intérêt. D'autant que pour ne rien gâcher, il était bien bâti et avait une certaine allure d'intellectuel qui lui donnait un air distingué complètement infondé.

Il était conscient de ne pas être particulièrement intelligent, mais il disposait d'une fortune très confortable : sa famille possédait des terres dans le nord du comté depuis des siècles. Et, en toute objectivité, il portait bien ses vêtements de campagne.

Veuf, avec deux enfants, Martin de Lacey était d'ordinaire très satisfait de son sort.

Sauf ces derniers temps.

— Pourrais-je discuter quelques minutes avec le Dr Ryder, s'il vous plaît ?

Tout en s'approchant de la secrétaire assise à son bureau, il lui décocha son sourire habituel, naturellement engageant. Sous l'arc sombre de sa moustache, ses dents semblaient plus blanches et brillantes qu'elles ne l'étaient réellement. Grâce à sa position sociale, il avait l'habitude de parvenir à ses fins et il ne voyait pas pourquoi cela poserait des difficultés cette fois-ci.

— Puis-je vous demander votre nom, s'il vous plaît ?

La femme mince, qui pouvait avoir n'importe quel âge entre quarante et soixante ans, lui posa la question avec le désintérêt poli cultivé par les secrétaires gardant les portes du royaume de leur chef.

— Martin de Lacey. C'est à propos de l'affaire Edward Proctor, que le Dr Ryder a présidée mercredi.

Cinq jours plus tard, les journaux étaient déjà passés au fait divers suivant.

— Je vais voir s'il peut vous accorder quelques minutes. Si vous voulez bien vous asseoir ?

Martin acquiesça mais resta debout. Il rejoignit la fenêtre la plus proche et contempla pensivement la cour pavée et les bâtiments en brique de Floyds Row. La proximité de la morgue le mettait mal à l'aise, et il regretta de ne pas être dans les champs qui entouraient son manoir plutôt que d'être enfermé, aussi près de tous ces morts et ces affaires déplaisantes.

Il fronça les sourcils en se demandant s'il avait bien fait de venir. Mais mince, il ne pouvait quand même pas…

— Le Dr Ryder va vous recevoir, déclara la secrétaire en lui tenant la porte.

Il la remercia d'un signe de tête et entra.

Les premières choses qu'il remarqua furent le feu de cheminée accueillant ainsi qu'un beau paysage suspendu à un mur. L'homme qui se leva de son fauteuil derrière un grand bureau élégant pour le saluer lui disait vaguement quelque chose.

C'était son gérant qui avait témoigné à l'audience de l'état des terres du domaine – y compris ce fichu puits en ruines –, mais

Martin s'aperçut qu'il avait déjà vu le coroner. Dans un contexte informel.

Au club de golf, peut-être ? Ou à la loge ? En lui serrant la main, il fit le salut maçonnique et ne fut pas étonné que le coroner le lui rende.

— Merci de me recevoir, déclara-t-il d'un ton bourru. Je viens à propos d'une sale affaire mais j'imagine que vu votre métier, vous avez l'habitude.

Clement inclina la tête.

— J'en ai bien peur. Je vous en prie, asseyez-vous.

Il désigna un des fauteuils en chintz devant son bureau, curieux de savoir ce qui amenait le propriétaire de Briar's Hall dans son bureau.

S'il se sentait coupable en raison du danger posé par le vieux puits sur ses terres et espérait être rassuré, il tombait mal. Clement n'était pas d'humeur à brosser un aristocrate dans le sens du poil.

— C'est à propos de ce garçon, bien sûr. Eddie.

— Oui ? répondit Clement d'un ton peu amène.

Martin de Lacey prit une grande inspiration. Il avait noté que son interlocuteur n'était pas dans les meilleures dispositions et savait qu'il avait intérêt à se montrer diplomate.

— Je ne suis pas là pour me défendre de n'avoir pas bien couvert ce puits.

Il décida de prendre le taureau par les cornes. Il avait toujours été plutôt doué pour analyser les personnalités et sentait que le coroner n'était pas du genre à tolérer les imbéciles.

— Nous étions en tort, un point c'est tout.

Il constata avec plaisir qu'il avait un peu surpris le Dr Ryder en endossant d'emblée ses responsabilités. Martin aimait dominer la situation.

Intrigué, Clement s'installa plus confortablement sur son siège. De toute évidence, son visiteur surprise avait quelque chose de précis à dire, et il soupçonnait que ce serait plus intéressant qu'il ne l'avait cru.

— Donc je ne suis pas là pour me chercher des excuses. Je voulais que vous le sachiez, poursuivit Martin de Lacey en s'éclaircissant la gorge. En fait, je viens de la part de Vince. Enfin, Vincent Proctor, le père du garçon.

— Ah ? reprit Clement d'une voix soigneusement neutre.

Il se souvenait que le père travaillait comme ouvrier agricole dans le domaine de Lacey. Mais il n'aurait pas cru que les deux hommes étaient intimes – sûrement pas assez pour que M. Proctor envisage de demander des faveurs au maître des lieux. En temps normal, Vincent Proctor recevait probablement ses ordres du gérant, de toute façon.

Sauf que son fils venait de mourir et, aux yeux de la plupart des gens, le chef de la famille de Lacey était en partie responsable de cette tragédie. Évidemment, ça changeait tout.

— Oui, reprit l'aristocrate en se tortillant sur son siège. Vous comprenez, il est venu me voir hier et m'a demandé… eh bien… de faire quelque chose.

Il avait l'air horriblement mal à l'aise, et Clement leva un sourcil, surpris.

— Qu'est-ce qu'il attend de vous, exactement ? S'il veut une compensation financière, j'ai bien peur de ne pas pouvoir vous conseiller…

— Non, non, rien de tel, répondit Martin d'un ton agacé. En fait, il ne nous considère pas du tout responsables de la mort de son fils. Et par « nous », je veux dire ma famille ainsi que les instituteurs et les bénévoles qui ont organisé la chasse aux œufs.

Clement le dévisagea un instant avant de répondre. Martin de Lacey devenait de plus en plus intéressant.

— Vous voulez dire qu'il accepte le fait que son fils a désobéi aux règles en s'aventurant au-delà des limites du potager ? Qu'il faisait simplement des bêtises, comme tous les petits garçons, quand il a essayé de descendre dans le puits et est tombé dedans ?

— Oui. Non. Je veux dire… En fait, ni Vincent Proctor ni sa femme ne croient que la mort de leur fils ait pu être un accident.

Dans le silence, la vieille horloge sur le mur égrenait pesamment les secondes.

— Mais s'il ne s'agissait pas d'un accident, il ne reste que le meurtre, fit remarquer le coroner.

— Oui. Et je sais ce que vous pensez, ajouta Martin de Lacey d'un air sombre. C'est la première chose que je me suis dite quand il est venu me voir. Qui voudrait tuer un enfant ?

Pensif, Clement laissa la terrible question en suspens. Il n'y avait eu aucun signe de violences sexuelles sur le corps d'Eddie Proctor – ce qui était malheureusement la motivation de la plupart des assassins d'enfants.

L'autre cause principale des morts de mineurs, comme ne le savaient que trop bien Clement et tous les policiers, était les violences intrafamiliales. Mais encore une fois, il y avait un faisceau de signes, et on n'avait rien relevé de tel sur le corps d'Eddie pendant l'autopsie. Aucune fracture osseuse qui aurait guéri au fil des ans. Aucune cicatrice pâlie, aucune blessure plus récente.

Clement soupira.

— Bien sûr, il n'est pas inhabituel que des parents n'arrivent pas à accepter un décès accidentel. Cela semble tellement arbitraire, tellement injuste, qu'ils ont besoin de croire à une explication plus sinistre. Il leur paraît plus logique qu'il y ait un coupable.

Martin de Lacey fit signe qu'il comprenait d'un hochement de tête. Il faudrait qu'il se montre plus prudent, désormais. Il ne s'agissait pas de faire une erreur à ce stade.

— Oui, c'est ce que j'ai d'abord pensé aussi.

Clement l'observait attentivement. Quand quelqu'un essayait de le manipuler, il s'en rendait compte, et il commençait à comprendre que l'homme avait quelque chose derrière la tête. Mais cela l'intriguait autant que cela l'agaçait.

— Ah ? Et qu'avez-vous pensé ensuite ? demanda-t-il doucement.

Martin croisa son regard un bref instant.

— Écoutez, j'aimerais que vous veniez parler à Vince. Et je peux aussi bien être franc. Euh... Je me suis permis d'en toucher un mot au préfet.

Clement se figea.

— Vraiment ?

— Oui, acquiesça Martin de Lacey en rougissant. Écoutez, je suis désolé, mais une connaissance du golf m'a dit que vous... euh... eh bien, que parfois vous enquêtiez sur des dossiers de police classés.

— Cela m'est arrivé une ou deux fois, en effet, admit Clement avec un sourire narquois.

Il imaginait tout à fait les histoires horribles que le préfet avait dû lui chuchoter à l'oreille.

Comme s'il lisait dans ses pensées, Martin de Lacey se tortilla dans son fauteuil.

— Voilà. Oui, donc... j'ai pris la liberté de demander à Sir Penfold s'il voulait bien convaincre le policier chargé de l'enquête sur Eddie de vous laisser jeter un œil.

— Je vois.

Le sourire de Clement s'élargit : il savait qu'officiellement le capitaine Harry Jennings supervisait le dossier Proctor. Et imaginer sa réaction quand on l'avait informé qu'une fois de plus il devrait supporter que le Dr Ryder fourre son nez dans ses affaires était délicieux.

— Très bien, monsieur de Lacey. Je parlerai aux parents du garçon et, si je pense que cela mérite de plus amples investigations, je m'en chargerai avec plaisir, conclut Clement, soudain fatigué de leur petit jeu.

Après tout, un ou deux détails l'avaient gêné pendant l'audience, et il n'était pas contre cette occasion de satisfaire sa curiosité.

De plus, cela faisait un moment qu'il n'avait pas travaillé avec Trudy, et la perspective d'une distraction par rapport à ses tâches habituelles était bienvenue.

Martin de Lacey parut soulagé puis, étrangement, un peu hésitant. Enfin, il haussa les épaules, se leva et tendit la main au coroner.

— Merci, docteur Ryder.

— Mais de rien, répondit le coroner en le raccompagnant.

Il retourna à son bureau, intrigué. Que se passait-il donc ? Habituellement, une famille aussi riche et influente que les de Lacey se serait contentée d'étouffer l'affaire et de passer à autre chose. Était-il possible que le père du garçon ait une prise sur eux, ou se sentaient-ils simplement coupables de n'avoir pas entretenu le puits ?

Quoi qu'il en soit, une enquête intéressante les attendait, Trudy et lui. Parce que, bien sûr, sa première exigence serait que le capitaine Jennings la libère de ses obligations pour qu'elle le seconde.

6

Trudy se sentit ragaillardie en frappant à la porte avant de pénétrer dans le bureau désormais familier du coroner, où sa secrétaire lui sourit et l'annonça immédiatement.

Évidemment, elle avait été aux anges quand son supérieur, d'humeur massacrante, l'avait convoquée pour lui apprendre qu'elle serait détachée, une fois de plus, auprès du Dr Clement Ryder pendant quelques jours. Le capitaine Jennings avait souligné avec amertume le « une fois de plus » mais en fait, il n'avait pas eu l'air mécontent de la laisser partir. Trudy le soupçonnait de se réjouir de se débarrasser d'elle.

Cependant, elle ne pensait pas à son chef récalcitrant en s'asseyant à sa place habituelle devant le bureau du coroner. Elle était simplement soulagée d'avoir échappé à sa tâche du moment, assister le documentaliste aux archives.

Non que le capitaine Jennings se soit étendu sur sa nouvelle mission. Il s'était contenté de marmonner que ça concernait la mort du petit garçon qu'elle avait retrouvé dans le puits.

— Alors, commença-t-elle sans préambule, vous pensez vraiment que la mort d'Eddie est suspecte ? Quelque chose vous a mis la puce à l'oreille à l'audience ?

— Oui et non. Pour autant que j'aie pu en juger, tous les témoins interrogés se sont montrés honnêtes et ont dit la vérité – ce qui n'est pas toujours la même chose, bizarrement – et, pour l'instant, je n'ai aucune raison sérieuse de soupçonner que le verdict était erroné.

— Ah bon ! répondit Trudy, déconcertée et un peu déçue. Dans ce cas, qu'est-ce que je fais là ?

Clement perdit un peu de sa sévérité.

— Vous êtes là surtout à cause de Martin de Lacey, le propriétaire de Briar's Hall.

D'un geste distrait, il sortit un rouleau de pastilles à la menthe de sa veste et en prit une.

— Il est venu me voir, expliqua le coroner. Apparemment, il n'est pas satisfait de la situation.

Trudy réfléchit un instant.

— Il se sent coupable de n'avoir pas couvert le puits correctement et veut être rassuré ? suggéra-t-elle.

Elle comprenait sa démarche, mais serait frustrée si ce n'était que cela.

— On dirait un enfant dont on a crevé le ballon, se moqua gentiment Clement. Pour ce que ça vaut, je crois qu'il se pourrait – je dis bien « pourrait » – qu'il se passe quelque chose de curieux.

— Ah ? l'encouragea Trudy, pleine d'espoir.

— Oui. En tout cas, il a embrigadé le préfet avant même que j'en entende parler. Mais étant donné que pour une fois on m'a demandé d'enquêter, commenta-t-il avec un sourire ironique, je me suis dit que vous voudriez peut-être m'aider. À moins que vous ne préfériez retourner au commissariat… ?

— Vous savez bien que non, répondit gaiement Trudy.

Honnêtement, elle était ravie de le voir d'aussi bonne humeur et respirant la santé.

Elle ne lui avait pas parlé de l'existence de la lettre affirmant qu'il était malade, encore moins du fait qu'elle l'avait lue et détruite. Son instinct lui soufflait qu'il serait furieux d'apprendre qu'elle avait risqué sa carrière pour lui faire une faveur.

Elle commençait à comprendre que le Dr Ryder n'était pas du genre à apprécier d'avoir une dette envers quelqu'un.

— Alors, par où commençons-nous ? demanda-t-elle en se forçant à se concentrer sur l'affaire en cours. La piste la plus évidente est M. de Lacey, j'imagine ? Il doit avoir une raison de croire qu'il faut rouvrir l'enquête.

Mais Clement pensa à l'aristocrate et au soin avec lequel il choisissait ses mots et, après un instant de réflexion, il secoua la tête.

— Non. Non, je crois que nous allons le laisser un peu tranquille. J'ai l'impression qu'il y a quelque chose d'étrange de ce côté-là...

Il s'interrompit et tenta de formuler les causes de sa vague méfiance envers cet individu. En vain.

— J'ai simplement senti qu'il cachait quelque chose, ou qu'il a ses raisons de me solliciter, finit-il par dire. Et dans ce cas, pour l'instant, nous n'avons aucune chance de lui tirer les vers du nez. Non, je veux mieux comprendre la situation avant de lui reparler.

Reconnaissant à son ton qu'il était sérieux, Trudy se redressa, le cœur battant. Peut-être que cette enquête ne serait pas une impasse, après tout ? Malgré des débuts peu prometteurs, était-il possible qu'ils soient sur une piste ?

— Très bien, monsieur, fit-elle. Quelle est la première étape ?

— Comme je vous l'ai déjà dit, vous pouvez m'appeler Clement quand nous sommes seuls, commenta-t-il, amusé par sa raideur.

— Oh non, monsieur, impossible, rétorqua Trudy.

Même si parfois, dans sa tête, elle l'appelait Clement, elle ne voulait pas s'oublier et utiliser son prénom devant ses collègues. Ou même ses parents ! Ils se moqueraient d'elle pendant des mois.

— Je veux bien vous appeler docteur Ryder, concéda-t-elle généreusement.

— Je vous remercie, répondit-il en réprimant un sourire. Eh bien, je pense qu'il faut commencer par les parents. Martin de Lacey a prétendu venir de leur part. Si c'est vrai, nous devons savoir pourquoi le père, en particulier, est aussi convaincu que la mort du garçon ne peut pas être un accident.

Trudy acquiesça d'un air grave, se préparant mentalement à un nouvel entretien déchirant avec la famille Proctor.

7

Doreen et Vincent Proctor, ainsi que leurs trois enfants survivants, habitaient un des cottages serrés les uns contre les autres près des terrains communaux. La plupart des employés agricoles du domaine étaient logés dans cette rue.

En sortant de la voiture et en contemplant la riche terre arable, Clement se dit que la quasi-totalité des habitants de Briar's-in-the-Wold devaient travailler pour les de Lacey, d'une façon ou d'une autre. Sauf peut-être un médecin ou un avocat quelconque.

Le village comprenait l'habituelle église normande avec un clocher carré, une petite école primaire et un pub, le Bell. Une mare, qui s'apparentait davantage à une grande flaque, abritait quelques canards nonchalants. Au moins, elle était bordée de joyeuses jonquilles en fleurs. Un saule blanc répandait son pollen citron en guise de touche de couleur supplémentaire.

Frissonnant sous le vent frais, ils s'empressèrent de frapper à la porte des Proctor, après avoir traversé un jardinet bien entretenu.

— Les frères et la sœur d'Eddie sont peut-être retournés à l'école, fit remarquer Trudy, qui ne savait pas exactement combien de temps duraient les vacances de Pâques. Dans ce cas, voulez-vous que j'essaye de leur parler plus tard ?

— Nous verrons, répondit Clement. Les enfants en savent parfois plus que nous ne le pensons, mais ils sont aussi susceptibles d'exagérer, voire d'inventer des choses pour vous faire plaisir. En outre, il est peut-être un peu tôt pour leur parler de leur frère. Ils doivent encore être sous le choc.

Trudy se mordit la lèvre, mécontente de ne pas y avoir pensé, puis elle se raidit quand le maître de maison ouvrit brusquement la porte.

Vincent Proctor était un homme trapu, avec des mains de paysan, des cheveux bruns en bataille et des sourcils touffus au-dessus de grands yeux bovins.

— Vous êtes le coroner, dit-il immédiatement, reconnaissant Clement puisqu'il avait témoigné à l'audience. M. de Lacey m'a prévenu que vous passeriez peut-être. Venez vous mettre à l'abri du vent. Il y a un bon feu dans la cuisine.

Il leur fit traverser une petite entrée sombre et les conduisit à l'arrière de la maison, où un grand poêle à bois diffusait une chaleur bienvenue.

Son épouse n'était nulle part en vue. Cependant, les restes d'un petit déjeuner composé de pain et de saindoux encombraient toujours le plan de travail près de l'égouttoir, et Trudy se demanda si c'était le père des enfants qui s'était assuré qu'ils ne partent pas à l'école le ventre vide.

— Ma femme est là-haut, annonça Vincent Proctor d'une voix atone, comme s'il lisait dans ses pensées.

Trudy rougit. Elle n'avait pas voulu afficher un air désapprobateur.

— Je suis sûre qu'elle a besoin de repos, s'empressa-t-elle de répondre.

Vincent acquiesça sans rien dire, mit la bouilloire à chauffer et indiqua d'un geste les chaises à barrettes en bois disposées autour de la table de cuisine étincelante de propreté. Clement et Trudy s'assirent et attendirent en silence que Vincent pose un sucrier et une bouteille de lait sur la table, puis, quelques instants plus tard, trois tasses de thé fumant.

— Si je comprends bien, vous avez demandé à M. de Lacey de venir me voir ? commença prudemment Clement.

— C'est ça. Moi, j'y connais rien, vous comprenez, confirma Vincent, les mains agrippées à son mug.

Son accent typique de la campagne d'Oxford indiquait qu'il était probablement né au village et se satisferait d'y mourir aussi. Son père devait déjà travailler pour les de Lacey, et il espérait sûrement que ses fils suivraient son exemple.

— Mais je savais que M. de Lacey saurait y faire. Vu que c'est un aristo.

— M. de Lacey n'a pas su me dire ce que vous attendiez de nous au juste, déclara Clement avec tact. Il m'a suggéré de vous demander directement ce qui vous tracasse.

Vincent acquiesça, mais ne répondit pas immédiatement. Quand il prit la parole, ce fut d'une voix lente et précise mais déjà lasse, comme s'il ne pensait pas être pris au sérieux.

— Voilà. J'arrive pas à croire que notre Eddie soit tombé dans le puits comme vous dites. Sûr, pour comprendre, fallait le connaître vraiment bien, comme sa mère et moi. Et j'sais bien qu'il y a peu de chances que des gens importants comme vous, poursuivit-il en les regardant tous les deux, me croient sur parole. Mais…

Il haussa les épaules d'un air impuissant. Il semblait tellement dépassé que le cœur de Trudy se serra. Elle ne put s'empêcher de lui prendre la main pour le réconforter.

— Monsieur Proctor, dit-elle d'une voix douce, je vous promets que nous allons vous écouter, le Dr Ryder et moi. Et nous ferons de notre mieux pour comprendre.

Il hocha la tête mais, à son expression vaincue d'avance, Trudy devina qu'il ne la croyait pas. Elle jeta un coup d'œil au Dr Ryder, qui l'autorisa d'un geste à continuer. Il se recula très discrètement pour mieux observer et écouter le récit du père d'Eddie.

— Alors, déjà, notre Eddie n'était pas du genre casse-cou. Bertie, j'dis pas. Ce serait bien son genre de bêtises. Il les fait toutes depuis qu'il est bébé – c'est notre aîné, vous voyez. Il a pas le sens du danger. Mais Eddie était pas comme ça. C'était pas une chochotte, attention, précisa-t-il en regardant Trudy comme s'il était important qu'elle comprenne qu'il ne critiquait pas son fils. Mais... Tenez, par exemple, si un arbre tombait sur la rivière et qu'il voulait traverser, il prenait le temps de vérifier qu'c'était du bois solide. Avec des prises où mettre les pieds sans perdre l'équilibre et des grosses branches qui vont jusqu'au bout. Il se s'rait pas précipité sans réfléchir en rigolant s'il tombait dans l'eau. Vous voyez c'que j'veux dire ?

— Oui, répondit Trudy en souriant. Je vois. Alors que son grand frère l'aurait fait.

— Ça oui. Mais y a pas que ça. Notre Eddie aimait pas trop être en hauteur non plus. S'il était trop loin du sol, il avait la tête qui tourne. Vous voyez, c'est aussi pour ça que je sais qu'il se serait pas penché au-dessus du puits. Rien que d'regarder, il aurait été malade. Et en plus...

Il s'interrompit pour boire une gorgée de thé.

— Eddie aimait pas tellement le chocolat. Il en mangeait, mais il préférait les berlingots et les bonbons à la menthe ou au citron. Il était plus bonbons, quoi.

Il jeta un coup d'œil inquiet à Trudy pour voir si elle comprenait ce qu'il voulait dire. Elle le rassura d'un signe de tête.

— Donc vous croyez que la perspective de trouver des œufs en chocolat n'aurait pas suffi à lui faire prendre des risques ?

Le père fronça les sourcils, l'air perplexe. Il regarda le coroner. De toute évidence, le Dr Ryder représentait pour lui l'autorité et la réussite académique, et c'était l'homme qu'il devait convaincre.

— C'est pas tout, poursuivit-il avec entêtement, sans répondre à Trudy. Eddie et la petite Emily étaient copains comme cochons.

— Emily ? interrogea Trudy, soudain perdue.

— Emily de Lacey. La gamine du patron, précisa Vincent. Dix ans, mais tellement futée qu'elle en fait seize.

Trudy cilla.

— Ah bon ? La fille de Martin de Lacey et votre fils étaient amis ?

Elle consulta du regard le coroner, qui secoua la tête, devinant la raison de son scepticisme. Trudy devait trouver étrange que le fils d'un simple ouvrier agricole et la petite aristocrate aient été amis, mais il savait, grâce à ses propres expériences d'enfant, que dans les petits villages ce genre de mélange étonnant n'est pas inhabituel. Les enfants de bonnes et de moins bonnes familles se côtoient jusqu'à environ onze ans, à l'école primaire et à l'occasion des rares festivités du village.

Bien sûr, tous comprenaient tacitement que ça ne durerait pas jusqu'à l'âge adulte, et qu'il ne fallait donc pas le prendre au sérieux. Une fois l'école primaire terminée, ils avaient tendance à endosser des rôles plus traditionnels. Emily de Lacey aurait bientôt l'âge d'entrer dans un bon lycée de filles – ou peut-être même un pensionnat –, où on lui apprendrait à être une jeune femme convenable. Tandis qu'Eddie, s'il avait survécu, aurait quitté le collège le plus proche vers quatorze ans pour aller travailler la terre.

Ensuite, s'ils s'étaient croisés, ils auraient probablement échangé un signe de tête et un sourire indifférents. Mais à dix ou onze ans, oui, ils étaient peut-être très proches.

— C'est une gentille fille, cette Emily ? demanda Clement.

— Ça oui, répondit Vincent en souriant pour la première fois. Eddie et elle couraient dans tout le domaine comme des petits fous. Ils jouaient aux cow-boys et aux Indiens et je ne sais quoi encore. J'crois que leur dernier truc, c'était de jouer aux espions. Ils pensaient qu'un des instituteurs était un agent allemand ou quelque chose de cette eau-là. Emily lui lisait *Les Trente-neuf Marches*, et Eddie marchait à fond…

Il s'interrompit, la gorge nouée, se rendant peut-être compte que son fils ne jouerait plus jamais aux espions.

— Ah. Et pourquoi pensez-vous que leur amitié joue un rôle dans ce qui s'est passé ? s'empressa de demander Trudy. Quel est le rapport avec… ce qui est arrivé à Eddie ? précisa-t-elle avec toute la délicatesse dont elle était capable.

Au lieu de répondre, Vincent Proctor prit une gorgée de thé. De toute évidence, il était très mal à l'aise. C'était probablement mal vu de parler de la famille de Briar's Hall, mais il semblait bien décidé à rendre justice à son fils.

— J'crois qu'ils se disaient tout, lâcha-t-il enfin. Et… je sais pas. J'crois… J'crois que vous devriez parler à Emmy, c'est tout. En plus, elle était à la chasse aux œufs et, si quelqu'un sait pourquoi il est parti tout seul comme ça – alors qu'on lui avait dit d'rester dans le jardin –, c'est elle.

— Eddie n'était pas du genre à désobéir ? l'interrogea Clement.

— Non, pas du tout.

Mais Trudy savait d'expérience qu'il valait mieux ne pas prendre son point de vue pour argent comptant. Aucun petit garçon n'était complètement angélique, après tout. Et, si quelqu'un de malveillant avait bien attiré Eddie au puits, ça n'avait pas dû être très difficile. Un message codé aurait probablement suffi. Pour un enfant qui aimait les romans d'aventure, ce serait irrésistible. Ou alors, on lui avait peut-être promis un sachet de ses bonbons préférés, s'il n'était pas très chocolat.

Ils discutèrent encore un peu, mais Trudy et Clement n'apprirent rien de plus et finirent par partir en répétant qu'ils feraient de leur mieux pour découvrir ce qui s'était vraiment passé le dimanche précédent.

Trudy attendit que le coroner soit derrière le volant pour parler.

— Alors, qu'en pensez-vous ? On n'a pas grand-chose, si ? commenta-t-elle tristement.

— Il faut voir. Certains parents connaissent très bien leurs enfants et savent prévoir ce qu'ils risquent ou non de faire. J'ai eu l'impression que M. Proctor en faisait partie. Pas vous ?

Prise au dépourvu, Trudy répondit d'instinct :

— Oh oui ! Je veux dire, je crois qu'il pense… qu'il croit sincèrement qu'Eddie ne se serait pas approché de ce puits.

— Et donc, qu'allons-nous faire ?

Trudy sourit.

— Nous allons monter au manoir pour parler à Emily de Lacey. C'est bien ça ?

Clement lui rendit son sourire.

— Vous progressez, mademoiselle Loveday. Vous progressez !

8

La prédiction de Trudy se révéla finalement erronée. À Briar's Hall, ils furent confrontés à un obstacle formidable en la personne de Mme Cordelia Roper, gouvernante de la famille de Lacey.

Ce fut cette personne rigide de corps comme d'esprit qui ouvrit la porte, à la grande surprise de Clement qui se serait attendu à un majordome. Âgée d'une cinquantaine d'années et affichant un regard brun féroce, elle leur barra le passage sur les marches du perron encadré par des colonnes. Ses cheveux, qui avaient dû être roux flamboyant, étaient désormais argentés, coiffés en un chignon serré. Elle se présenta à contrecœur. Elle portait une robe sévère et noire comme le coup d'œil qu'elle leur jeta quand Clement déclara qu'il souhaitait parler à la jeune Mlle Emily de Lacey.

— Puis-je savoir pourquoi vous la demandez, monsieur ? Mademoiselle ? ajouta-t-elle avec un temps de retard.

Elle examina Trudy avec une grimace. De toute évidence, Mme Roper était d'avis que les gens en uniforme devaient sonner à la porte de derrière.

Trudy leva le menton et brava le regard carnassier du dragon avec une expression insolente et pleine de défi, tout en restant polie. Elle avait vite perfectionné cet art en fréquentant des civils désagréables dans l'exercice de ses fonctions.

— Nous venons sur l'invitation de M. Martin de Lacey, répondit Clement, décidant qu'avec ce genre de personnes il valait mieux éviter une bataille rangée.

Et le nom du gentilhomme était le seul sésame susceptible de leur ouvrir la porte.

— Je crains que M. de Lacey ne m'ait pas communiqué d'instructions à ce propos, pas plus qu'il ne m'a informée de votre visite, monsieur… ?

— Je suis le Dr Clement Ryder, coroner d'Oxford. Et je suis accompagné de l'agent de police stagiaire Trudy Loveday.

Mme Roper écarquilla les yeux en entendant son nom, et Trudy tenta de ne pas rougir, regrettant – pour la millième fois de sa vie – que ses parents aient un nom aussi mémorable. C'était une source inépuisable de moqueries et de remarques impertinentes pour ses collègues masculins.

— Je vois. Eh bien, docteur Ryder, j'ai bien peur que Mlle Emily soit indisposée, annonça-t-elle d'une voix ferme, réduisant à néant leurs espoirs de lui parler ce jour-là. Mais je ne manquerai pas d'en parler à M. de Lacey quand je le verrai. Bonne journée, conclut-elle avec une cordialité qui n'atteignit pas ses yeux.

Et elle leur ferma la porte au nez.

Trudy ne s'aperçut qu'elle retenait son souffle que quand elle respira enfin.

— Elle ne s'est pas montrée très aimable, n'est-ce pas ? commenta-t-elle sans savoir si elle devait en rire ou se sentir insultée.

— Non, en effet, acquiesça Clement d'une voix pensive. Bien sûr, il est probable qu'elle veuille simplement protéger la petite fille. Emily n'a que dix ans et ne s'est sûrement pas remise de la mort de son ami. À mon avis, elle n'a aucune envie de parler à des inconnus.

— Oh. Oui, je n'y avais pas pensé, répondit Trudy en ayant un peu honte de sa colère.

Clement fixa la porte quelques secondes, songeur. Il ignorait que, de l'autre côté, Cordelia Roper, figée, attendait de les entendre s'éloigner. Mais cela ne l'aurait pas étonné. Il sentait que sa mauvaise volonté n'était pas seulement due à un entêtement naturel. Et il se demandait ce qui pouvait bien l'inquiéter autant.

Derrière le battant, les traits anguleux de Cordelia Roper restèrent tirés et livides, mais elle finit par s'éloigner de la porte. Elle traversa le sol carrelé noir et blanc et rejoignit la véranda, où elle s'occupait des fleurs avant d'être interrompue. Mais ses mains tremblaient un peu tandis qu'elle terminait d'arranger dans trois vases en cristal ciselé les jonquilles, le forsythia et les tulipes qu'elle avait coupés dans le jardin.

Contrairement à ce qu'elle avait dit à ses visiteurs malvenus, M. de Lacey lui avait bien annoncé que quelqu'un du bureau du coroner viendrait peut-être poser des questions, et qu'elle devait le recevoir. Mais elle avait désapprouvé sur le moment, désapprouvait toujours et était décidée à faire de son mieux pour que rien ne vienne souiller le nom des de Lacey.

M. de Lacey était peut-être nonchalant au point de laisser entrer n'importe qui chez lui, comme le voulait la mode, mais d'après son expérience cela ne convenait pas du tout. Et ça n'aurait certainement pas été autorisé si sa mère était encore en vie.

Cordelia Roper arracha quelques brindilles des branches de forsythia et les enfonça brutalement dans les vases. Mme Vivienne de Lacey avait été une vraie dame, très au fait des convenances. Elle aussi savait à quel point il peut être dangereux de laisser des inconnus fourrer leur nez dans vos affaires.

La gouvernante regarda par la fenêtre et s'interrompit, une jonquille au pistil orange à la main, en regardant l'étrange duo descendre la route en direction du potager. L'homme d'un certain âge disait quelque chose à la jeune fille en uniforme de police, et Cordelia Roper sentit son cœur palpiter.

Dans la famille, on racontait que sa grand-mère écossaise avait le don de seconde vue, et en cet instant elle eut pour la première fois l'impression d'avoir hérité de cette bénédiction douteuse. En observant les deux intrus, elle frissonna, prise d'un mauvais pressentiment. On aurait dit que quelqu'un venait de dire à haute voix que l'homme et la jolie jeune femme annonçaient un désastre à venir – un désastre pour les de Lacey, et donc pour elle et son petit monde confortable.

Le souffle coupé, elle chercha une chaise à tâtons et se laissa tomber dessus.

Elle se morigéna, se disant qu'elle était macabre et idiote, et se reprit. Sans pouvoir s'en empêcher, elle regarda en l'air, comme si elle pouvait voir à travers le plafond en plâtre et l'étage du dessus, jusqu'au dernier étage, où était située la nursery.

Bientôt, Emily aurait droit à une chambre à elle à l'étage des adultes. Mais pour l'instant, la fillette dormait dans un lit simple près de la chambre de son petit frère et de l'ancienne salle de classe. Et Cordelia ne put s'empêcher de se demander à quoi elle pensait en cet instant.

Emily était une enfant très intelligente, même si son calme et ses sourires innocents vous faisaient souvent oublier qu'elle entendait et comprenait presque tout. Elle avait beau être mûre pour son âge, elle restait une petite fille, et elle avait été très attachée au fils de ce fermier. Et bientôt, sa douleur se transformerait en rage. Cordelia Roper serra les lèvres. Qui sait ce qu'elle risquait de révéler si on la laissait parler à des inconnus sans surveillance ? Cordelia savait qu'aucun détail n'échappait aux yeux et aux oreilles aiguisés de Mlle Emily. Et la curiosité était un vilain défaut, surtout de la part d'une fillette imprévisible – et livrée à elle-même.

Bien que profondément choquée et attristée par la mort du petit Eddie Proctor, Cordelia s'inquiétait davantage pour Emily. Et elle était décidée à veiller sur elle, quoi qu'en dise le maître.

9

Ignorant tout des tourments de la gouvernante, Trudy et Clement se dirigèrent, en savourant le soleil qui venait d'apparaître, vers un haut mur en briques rouges dont Clement pensait qu'il ceignait le potager.

Passant sous une petite treille sur laquelle grimpait une superbe clématite dont les feuilles commençaient tout juste à sortir, il aperçut à sa gauche les murs carrés et le toit en ardoises grises d'une maison de taille plus modeste. Elle ressemblait à une réplique en miniature de Briar's Hall, et en la découvrant à son tour Trudy eut l'air étonnée.

— C'est sans doute la *dower house*, commenta-t-il.

— La quoi ?

— Dans le temps, la femme du seigneur local dirigeait la maisonnée, expliqua Clement. Quand le fils aîné se mariait, la nouvelle châtelaine et sa belle-mère ne s'entendaient pas toujours bien. Il est donc devenu traditionnel qu'à la mort du seigneur sa veuve emménage dans sa propre maison. En général, il s'agissait d'une version plus petite du manoir. La veuve emmenait ses domestiques, et elle avait toujours une demeure à elle où elle continuait à tout régenter, laissant sa bru – la nouvelle châtelaine – régner sur le manoir principal.

Trudy ne put retenir un sourire.

— Je parie qu'elle ne le faisait pas toujours de bonne grâce.

— Vous avez probablement raison, répondit Clement en riant.

Ils traversèrent le potager entouré de murs et regardèrent autour d'eux, charmés. L'endroit rappelait un peu à Trudy le jardinet de son père, mais en beaucoup plus grand et ornemental.

Un grand bonhomme qui traînait les pieds, avec des cheveux bruns plutôt longs et un visage buriné, attachait avec précaution de jeunes poiriers à des tuteurs le long d'un mur orienté vers le sud. Il leur jeta un coup d'œil vaguement curieux tandis qu'ils passaient sous la treille, mais ce fut un homme plus âgé, certainement le jardinier en chef, qui vint à leur rencontre.

Il était en train d'inspecter la rhubarbe forcée sous de vieux pots en étain galvanisé avant leur arrivée et, à présent, il frottait ses mains contre les cuisses de son pantalon déjà sale en les saluant. Il avait une tignasse blanche et d'épais sourcils blancs au-dessus d'iris bleu pâle, et il était déjà un peu bronzé, même si on n'était qu'au début du printemps. Cela faisait ressortir les pattes-d'oie autour de ses yeux.

— Bonjour monsieur… madame, dit-il, l'air de se demander comment il devait les appeler. Vous vouliez voir quelqu'un de la maison ?

De toute évidence, il était rare que des inconnus s'aventurent dans les jardins.

— Pas vraiment, répondit Clement avant de les présenter tous les deux. Nous sommes là parce que M. Martin de Lacey nous a demandé d'enquêter sur les circonstances entourant l'accident d'Eddie Proctor.

Le vieil homme se décomposa.

— Aïe, c'est une bien sale histoire. M. de Lacey a demandé à des ouvriers de combler le vieux puits.

— C'est sans doute une bonne idée, acquiesça Clement. Étant donné que le père du garçon continue à travailler là. Vous connaissez bien M. Proctor, monsieur… ?

— Oh ! Cricklade, monsieur, Leonard Cricklade. Je suis le jardinier en chef. Mais à proprement parler, ce vieux puits était sous la responsabilité du gérant du domaine…

Clement l'interrompit d'un geste.

— Nous ne sommes pas là pour déterminer les responsabilités ni pour jeter des pierres, monsieur Cricklade. J'ai présidé l'audience sur la mort du garçon et je sais que les organisateurs ont dit aux enfants qu'ils devaient rester dans le potager. J'ai parlé à plusieurs des enfants présents ce matin-là, et aucun d'eux ne savait qu'Eddie s'était éloigné.

— Il serait sûrement encore en vie s'il n'avait pas désobéi, commenta le vieil homme d'une voix sombre, le regard soudain perdu sur son domaine.

Parmi les haricots grimpants, les rangées de légumes bien entretenus et les plates-bandes de fleurs, Clement imaginait facilement d'innombrables cachettes pour des petits œufs.

— Avez-vous vu Eddie quitter le jardin ce matin-là ? Et si oui, était-il avec quelqu'un ? demanda Trudy, pleine d'espoir.

Mais le jardinier secoua la tête.

— Non, on ne travaillait pas ce jour-là, vu que c'était le dimanche de Pâques. Ma femme et moi, on était à la chapelle à Oxford. On est méthodistes, vous comprenez.

— Bien sûr, murmura Trudy. Donc il n'y avait que les organisateurs de la chasse aux œufs. Aucun de Lacey n'était venu regarder, par exemple ?

— Je ne crois pas. Enfin, Mlle Emily et M. George étaient sûrement là, à chercher les œufs avec les autres gosses. Mais pas les adultes du Hall, à mon avis. M. de Lacey, il fait sa part pour le village – il laisse le comité de la fête du village utiliser l'enclos du bas, tout ça. Mais il est pas du genre à s'en mêler. Il dit qu'il ferait que gêner.

Clement dissimula un sourire. Il comprenait que Martin de Lacey préfère aller boire un verre à son club plutôt que de participer aux festivités locales.

— Et les habitants de la petite maison, la *dower house* ? demanda Trudy. Est-elle occupée par des membres de la famille de Lacey ? Est-ce qu'ils auraient pu voir quelque chose ?

— M. Oliver de Lacey et sa mère vivent là. Depuis bien des années. Non, ils ne devaient pas être là. M. Oliver est encore célibataire, il n'a pas d'enfants. Sa mère est veuve – elle était mariée à M. Clive, le frère cadet du père de M. Martin de Lacey. Elle était probablement absente, de toute façon. Elle préfère passer les fêtes à Londres avec des amis et sa famille à elle.

— Ah, je vois, répondit Trudy.

Tant pis pour les témoins potentiels parmi les de Lacey.

— Nous allons bientôt parler aux bénévoles qui ont organisé la chasse aux œufs, déclara Clement. Mais y a-t-il quelqu'un d'autre qui aurait pu être présent à ce moment-là ? Un de vos ouvriers, par exemple ?

Clement désigna d'un geste l'homme qui manipulait habilement les poiriers. Même s'il allait sur ses quarante ans, le jardinier en chef le considérait sûrement comme un jeune assistant.

— Qui ça, Lallie ? Oh non, monsieur. Aucun de mes gars ne travaillait. Ils étaient en congé à cause du jour férié, vous voyez, comme moi. M. de Lacey est un bon employeur. En plus, Lallie aime pas les ennuis. Il est un peu simple d'esprit, monsieur, expliqua-t-il en baissant d'un ton pour que l'homme ne l'entende pas. Il a fait la guerre, et depuis ça ne va pas tout bien. Il ne supporte pas le bruit et la foule. Attention, il aime les gosses et il ne ferait pas de mal à une mouche, précisa-t-il d'un air inquiet.

— Bien sûr, le rassura Clement. J'imagine qu'il connaissait le petit garçon, cela dit ?

— Oh oui, monsieur, on le connaissait tous et on l'aimait beaucoup, répondit tristement le vieil homme. Vu qu'il était très ami avec Mlle Emily, il traînait toujours par ici, et ils faisaient les quatre cents coups. Enfin, ils faisaient pas beaucoup de dégâts. On les voyait souvent dans le coin, en train de jouer à cache-cache, aux gendarmes et aux voleurs. Et ils cueillaient des fruits quand c'était la saison, ajouta-t-il avec un sourire finaud. Le petit Eddie aimait beaucoup les framboises jaunes, il me semble. Je faisais semblant d'essayer de les attraper, mais je faisais toujours assez de bruit pour qu'ils m'entendent arriver et déguerpissent en rigolant.

Il grimaça soudain en se rappelant qu'il n'aurait plus jamais à le faire.

— Eh bien, merci d'avoir répondu à nos questions, monsieur Cricklade, s'empressa de dire Clement pour l'empêcher de ruminer. Ah, au fait, la gouvernante… ? ajouta-t-il d'un ton nonchalant.

— Mme Roper, monsieur ?

— Oui. Elle semble très… protectrice vis-à-vis de la famille ? risqua-t-il.

D'après son expérience, soit les domestiques aimaient colporter des ragots sur leurs collègues, soit ils se fermaient comme des huîtres. Mais il était prêt à parier que l'agressivité de la gouvernante et son complexe de supériorité évident lui avaient mis les autres employés à dos.

Le vieil homme eut un sourire tordu.

— Ah oui, monsieur, on peut dire ça. Bien sûr, elle et l'ancienne dame, Mme Vivienne – la mère de M. de Lacey –, étaient inséparables. Donc c'est pas étonnant.

— Je vois. Elle est là depuis longtemps, alors ?

— Ça oui, monsieur. Attention, elle est pas d'ici. Elle est née à Brighton, précisa-t-il en secouant la tête comme si la station balnéaire était un genre de Sodome et Gomorrhe. Mais elle a rencontré un garçon du village quand il a été cantonné près de Hove pendant la guerre, et il l'a épousée et l'a ramenée ici. La vieille dame s'est entichée d'elle, et elle est entrée à son service. Au début, c'était censé être juste pendant l'absence de Wilf. Sauf que bien sûr, comme beaucoup de nos jeunes courageux, il n'est jamais rentré de la guerre, et donc elle s'est dévouée à sa maîtresse, comme le font parfois les dames. Ouais, elle était très dévouée à Mme Vivienne.

Clement acquiesça. Cela expliquait beaucoup de choses.

— Eh bien, nous vous croiserons probablement de temps en temps, monsieur Cricklade. En attendant, si vous pensez à quelque chose que nous devrions savoir, dites-le-nous.

Le vieil homme parut perplexe.

— Comme quoi, monsieur ? demanda-t-il prudemment.

— Eh bien… Vous souvenez-vous d'avoir déjà vu Eddie inquiet ou effrayé ? Vous a-t-il confié un secret qui le tracassait ? L'avez-vous vu faire quelque chose d'étrange ? Parler à des inconnus ?

— Ah, je comprends, monsieur. Mais rien de tout ça, je peux vous le dire maintenant. C'était juste un gosse normal, joyeux. Quant aux inconnus… Par ici, tout le monde se connaît, si vous voyez ce que je veux dire, monsieur. Et il y a des chances pour que les autres soient au courant de vos affaires avant vous.

Clement, qui avait grandi dans un petit village, voyait très bien.

— Par contre…, commença le vieil homme.

Il hésita sous le regard scrutateur de Trudy et de Clement.

— Oui ? l'encouragea celui-ci.

— Eh bien, ça ne veut peut-être rien dire, monsieur, déclara-t-il, clairement réticent à l'idée de terminer sa phrase.

Il se tortilla, l'air mal à l'aise, en jetant un coup d'œil au manoir.

— Ne vous inquiétez pas, M. de Lacey nous a donné *carte blanche*[1] pour vous poser n'importe quelle question, le rassura Clement.

Le jardinier acquiesça. Il n'avait pas saisi les mots français prétentieux, mais il avait compris le sens général de la formule. Il poussa un profond soupir.

— Arf… Vous comprenez, monsieur, le gamin m'a dit quelque chose de bizarre, un jour.

— Quand ça, exactement ?

— Une semaine avant Pâques, à peu près. Je l'ai surpris en train de gambader comme un lapin dans le potager, il a failli piétiner des fraisiers. Je lui ai dit d'arrêter. Il n'était pas méchant, monsieur, mais parfois il était un peu tout fou et il ne faisait pas attention, comme tous les gosses quand ils jouent à chat.

— Je suis sûr que c'était un bon garçon, commenta Clement en tentant de dissimuler son impatience. Mais qu'a-t-il dit qui vous a inquiété ?

— Inquiété, peut-être pas, corrigea prudemment le jardinier. Simplement, je n'ai pas compris ce qu'il voulait dire, monsieur. Il m'a demandé si tous les adultes sont riches.

— Cela ne me paraît pas anormal, répondit Clement, surpris. J'imagine que la plupart des enfants trouvent que les adultes ont toujours plus d'argent qu'eux !

— Oui, monsieur, c'est plus ou moins ce que je lui ai dit. Mais ensuite il m'a regardé, très sérieux, et il m'a demandé : « Oui, mais est-ce qu'ils sont fâchés quand on s'en rend compte, d'habitude ? » Ça m'a un peu déconcerté.

— Qu'est-ce que vous lui avez répondu ? l'interrogea Clement, intrigué.

1. En français dans le texte. (Toutes les notes sont des traductrices.)

— Je lui ai demandé si quelqu'un était fâché contre lui, et il a haussé les épaules et m'a dit « peut-être ».

— A-t-il dit de qui il s'agissait ?

— Non, monsieur. À ce moment-là, la jeune Mlle Emily, avec qui il jouait à chat, a couru vers nous, et ils ont détalé. Évidemment, sur le moment, j'ai oublié. Mais maintenant… je me demande un peu ce qu'il voulait dire.

Clement comprenait très bien. Un jeune garçon suggère qu'il s'est mis quelqu'un à dos, et une semaine plus tard on retrouve son cadavre au fond d'un puits. Lui aussi se poserait des questions.

— Eh bien, je suis certain que vous n'avez pas de reproches à vous faire, monsieur Cricklade. Les enfants disent souvent des choses sans importance.

— Merci, monsieur, répondit le jardinier, soulagé de s'être confié.

Ils dirent au revoir au vieil homme, qui partit vérifier que ses pommes de terre nouvelles n'étaient pas infestées de simulies, et Trudy jeta un coup d'œil inquisiteur au coroner.

— Vous pensez vraiment que ce pauvre gosse s'était fait un ennemi ? demanda-t-elle.

— Ça paraît très possible, répondit Clement. Mais je ne suis pas sûr que quiconque admette s'être fâché contre lui.

— Plus ça va, plus on dirait que ce n'était pas un accident, non ?

— J'en ai bien peur, acquiesça gravement Clement.

— Mais quelque chose me dit que cette enquête ne va pas être facile.

Clement s'arrêta pour allumer sa pipe, en prit quelques bouffées et haussa les épaules.

— Et alors ? C'est agréable d'être dehors au printemps plutôt qu'enfermés dans nos bureaux respectifs, non ?

Un merle très occupé à chercher des matériaux pour son nid choisit cet instant pour se mettre à chanter, et avec un sourire

Trudy en convint. Tout ce qui la soustrayait au regard désapprobateur du capitaine Jennings était bienvenu.

— Quelle est la prochaine étape ? demanda-t-elle, ragaillardie.

Clement désigna le toit dc la petite maison.

— Pourquoi ne pas aller à la *dower house* voir s'il n'y a pas quelqu'un de plus observateur que notre M. Cricklade ?

10

La chance ne leur sourit pas non plus à la *dower house*. Apparemment, ni la mère ni le fils n'étaient présents.

Cette fois-ci, sur la suggestion de Trudy, ils avaient contourné la maison et frappé à la porte de la cuisine, si bien qu'une bonne les fit entrer. Elle semblait être une fille du village, et encore tout heureuse d'avoir trouvé son premier emploi chez « la famille ».

Ce fut peut-être son inexpérience relative qui la conduisit à les inviter sans réfléchir dans la cuisine, où la cuisinière – une quinquagénaire replète – les accueillit avec moins d'enthousiasme.

Mais le coroner l'amadoua en un rien de temps et, au bout de quelques minutes, Trudy et lui étaient assis à la table bien astiquée et savouraient de merveilleux scones encore tièdes avec de la confiture de prunes maison, accompagnés de grandes tasses de thé.

Mme Jones, la cuisinière, se montra pleine de compassion envers les Proctor.

— Ce pauvre gosse, commenta-t-elle, tout en ayant l'air satisfaite que sa confiture plaise au beau visiteur aux cheveux d'argent. Penser qu'il est tombé dans ce puits… Quelle horreur !

Elle frissonna de façon théâtrale et poussa un profond soupir.

— La pauvre Mlle Emily était sens dessus dessous, c'est M. Oliver qui l'a dit l'autre jour. Et ça ne m'étonne pas.

— Vous n'avez rien vu d'étrange ce matin-là, par hasard, madame Jones ? demanda Trudy en léchant discrètement ses doigts collants, priant pour que personne ne le remarque.

Était-elle la seule à être incapable de manger des scones à la confiture sans en mettre partout ?

— Non, ma petite, je n'étais pas là. Vu que Mme Sylvia était à Londres avec son oncle et sa tante, M. Oliver a insisté pour que je prenne le week-end de Pâques.

— Ils ont l'air d'être de bons employeurs, l'encouragea Trudy.

— Ça oui. Mme Sylvia est très facile et mène une vie tranquille. Par contre, j'imagine que ça lui pèse un peu. De dépendre du bon vouloir de M. Martin, je veux dire.

Malgré son ton neutre, Clement savait reconnaître les perches qu'on lui tendait, et il reprit un scone d'un geste nonchalant.

— J'espère que cela ne vous dérange pas, ils sont délicieux !

La cuisinière rougit de plaisir, et il ajouta d'un air dégagé :

— Je suppose que Mme Sylvia est considérée comme une cousine dans le besoin, alors ? Ce n'est pas un rôle très agréable, si vous voulez mon avis.

— Eh bien, elle a sa pension de veuve de guerre, souligna judicieusement Mme Jones, et son fils, M. Oliver, est très bien vu par le gouvernement. Ça, c'est un homme intelligent, dit-elle sans cacher sa fierté. Un professeur d'Oxford. Et il a un poste important à Londres, de Conseiller.

À sa voix basse et à son ton plein de déférence, il était évident que c'était Conseiller avec une majuscule.

— Ah, répondit Clement en lui faisant un sourire de conspirateur. Ils n'ont pas l'air de trop mal s'en tirer, alors. Mais j'imagine que la maison appartient au chef de famille ? demanda-t-il en examinant la pièce l'air de rien.

— Oh oui ! Mais la vieille dame, Vivienne – celle qui est morte il y a une dizaine d'années –, a insisté pour que Clive ait cette maison quand il s'est marié. Et lorsqu'il est mort à la guerre, il n'a jamais été question de chasser Mme Sylvia et Oliver. Même si récemment… enfin, ce n'est rien, et il vaut mieux ne pas trop en dire, s'interrompit-elle brusquement, comme si elle s'apercevait qu'elle était sur le point de devenir vraiment indiscrète.

Trudy, qui ne voulait pas la mettre mal à l'aise, s'empressa de ramener la conversation sur le sujet qui les intéressait.

— Vous avez dû avoir un choc terrible quand vous avez appris ce qui était arrivé au pauvre Eddie. J'imagine que vous connaissez bien les Proctor ?

— Ça oui. Enfin, comme les autres métayers, corrigea-t-elle. On discute quand on se croise. Et au moment des récoltes, quand tout le monde participe, Mme Verney, la cuisinière de Briar's Hall, et moi, on se met d'accord pour préparer un festin pour la fête de la moisson, et tous les fermiers et leurs familles viennent à l'église et au pique-nique après le travail.

— Avez-vous été surprise par l'accident ? demanda Clement. Je veux dire, est-ce qu'Eddie était du genre à prendre des risques ?

— Je ne sais pas trop, monsieur. J'aurais cru qu'Eddie était plus malin que casse-cou. Mais bon, tous les gosses font des bêtises. Oh ! sa pauvre mère…

Ils firent la conversation dix minutes de plus sans rien apprendre d'utile, puis la bonne, qui les avait écoutés sans rien dire, les yeux écarquillés, les raccompagna.

— Vous savez, monsieur, si je peux me permettre, dit-elle d'un air hésitant en leur ouvrant la porte et en s'effaçant pour les laisser passer, je n'ai pas compris comment Eddie avait pu tomber dans ce puits. Il était ami avec mon petit frère, monsieur, et il m'a toujours donné l'impression d'avoir la tête sur les épaules.

Mais après cette entrée en matière prometteuse, elle s'arrêta. Le coroner tenta alors une autre approche.

— J'ai eu l'impression, à un moment, que Mme Jones s'apprêtait à dire quelque chose sur la famille, avant de changer d'avis. J'espère simplement que nous ne lui avons pas paru trop curieux, dit-il habilement.

— Oh ! ne vous inquiétez pas pour ça, monsieur, le rassura la bonne avec un sourire. La cuisinière aime bien Mme Sylvia, mais elle n'a pas envie que M. Oliver et sa mère aient des problèmes avec M. Martin.

— Comment ça ? l'encouragea Clement.

— C'est à cause de la dame américaine, monsieur, expliqua-t-elle après avoir vérifié qu'il n'y avait personne derrière elle. Moi, je vois bien que Mme Jones se fait du souci. Elle pense que M. Martin risque de demander à M. Oliver de partir. Mais je ne pense pas qu'on en arrivera là, monsieur. M. Martin est peut-être fâché avec son cousin, mais il ne mettra jamais Mme Sylvia à la rue. Jamais, vous pouvez me croire, monsieur. Ça ne plairait pas au village. Ils gardent un trop bon souvenir de M. Clive. Ils n'accepteront pas que sa veuve soit maltraitée, même si les cousins se disputent. Et M. Martin fait toujours ce qu'on attend de lui, monsieur.

Trudy et Clement échangèrent un regard perplexe.

— M. Martin et M. Oliver ne s'entendent plus ? releva Clement. C'est vrai que même les familles les plus recommandables ne sont pas à l'abri d'une querelle. Et c'est à propos d'une femme, vous dites ? Malheureusement, c'est courant.

La bonne eut un sourire rusé qui la fit soudain paraître plus vieille que son âge.

— On dit que la dame américaine est riche, monsieur, répondit-elle d'un ton malicieux.

Un peu surpris par son cynisme, Clement sourit. Visiblement, les commères du village ne tournaient pas autour du pot.

— Si j'ai bien compris, M. Martin et M. Oliver ont tous les deux témoigné de l'intérêt pour la dame en question ? demanda-t-il prudemment.

— Oui, monsieur. Elle habite en ville. Une de ces dames américaines qui viennent étudier à l'université, à ce qu'on dit, précisa-t-elle sans cacher sa désapprobation.

— Et tout cela est arrivé récemment ?

— Pendant les six derniers mois, monsieur. Enfin, je ferais mieux de retourner à la cuisine. Je n'ai pas besoin de vous raccompagner, monsieur, si ?

— Non, non. Merci bien, mademoiselle.

La bonne sourit et disparut à l'intérieur.

Trudy attendit que la porte se referme derrière eux et qu'ils s'éloignent un peu avant de jeter un coup d'œil à son ami.

— Les problèmes de famille des de Lacey ont l'air de vous intéresser, dites donc.

Clement haussa les épaules sans répondre.

— Pour ma part, je ne vois pas le rapport entre leurs histoires de cœur et la mort d'Eddie Proctor, reprit-elle.

Elle rougit, regrettant d'avoir eu l'air aussi guindée.

Mais apparemment, le coroner n'avait pas relevé. Il ouvrit la porte du jardin et la laissa passer, puis il observa la prairie de l'autre côté, où plusieurs grands marronniers déployaient leurs premières corolles roses et blanches caractéristiques.

— On ne sait jamais ce qui peut se révéler pertinent ou non, dit-il. Quand on n'a aucune piste, toutes les informations sont bonnes à prendre.

Et Trudy dut s'en contenter.

11

Au dernier étage de Briar's Hall, Emily de Lacey contemplait le fief de sa famille par une lucarne. D'ici, elle voyait presque tout – les terres arables doucement vallonnées, le petit bois qui les entourait, quelques toits appartenant aux cottages du village. Elle avait vaguement conscience que sa famille les possédait tous, ainsi que le pub. Un jour, pendant une fête de famille, elle avait entendu son père dire à quelqu'un que la seule chose qui n'appartenait pas aux de Lacey, c'était l'église.

Et, sans qu'elle sache pourquoi, cela lui avait fait plaisir.

À présent, cependant, plus rien ne l'enthousiasmait.

Elle se frotta les yeux, qui la piquaient. N'importe quel miroir lui aurait appris qu'ils étaient rouges à force de pleurer. Ses côtes aussi étaient douloureuses tellement elle avait sangloté en se réveillant ce matin-là.

Le matin était le pire moment de la journée, avait décidé Emily. Elle ouvrait les yeux et, pendant un bref instant, Eddie n'était pas mort. Elle avait l'impression de pouvoir se lever, aller engloutir son petit déjeuner et courir retrouver son ami dans leur repaire secret pour choisir un jeu.

Mais ensuite elle se rappelait. Et elle pleurait.

Debout près de la fenêtre, regardant le paysage ensoleillé mais balayé par le vent, elle se demanda ce qu'elle allait bien pouvoir faire. Parce que, en plus de tout le reste, elle s'ennuyait. Sa famille refusait de la laisser sortir. Certes, elle connaissait deux moyens de s'éclipser si elle le voulait vraiment, mais à quoi bon s'il n'y avait personne pour jouer avec elle ? Tous les gens qu'elle connaissait étaient retournés à l'école. En temps normal, elle n'aurait rien eu contre le fait de manquer les cours, mais le problème, c'était qu'elle n'arrivait pas à se concentrer. D'habitude, les rares fois où elle devait rester seule dans sa chambre, elle jouait au solitaire, faisait un puzzle ou lisait. Elle avait beaucoup de livres et était au milieu de *L'Île au trésor* quand...

Le dimanche de Pâques.

Un nouveau sanglot secoua son corps fluet, et elle essaya de penser à autre chose.

Elle savait qu'elle devrait se brosser les cheveux, par exemple. Mme Roper disait toujours que des cheveux ordonnés indiquaient un esprit ordonné. Mais en un geste de révolte, Emily passa ses mains dans ses longues boucles brunes et les décoiffa encore davantage.

La perspective de la chasse aux œufs l'avait enthousiasmée – comme tout le monde à l'école. Même Eddie, qui n'aimait pas trop le chocolat, avait eu hâte de commencer, et ils avaient été parmi les premiers à se poster à l'entrée du potager.

Bien sûr, on leur avait répété de ne pas piétiner les fruits et les légumes, et Mlle Reason, qui dirigeait d'une main de fer la branche locale de l'association Women's Institutes, leur avait annoncé d'un ton sans appel qu'aucun œuf n'était caché dans les carrés de légumes. Ils étaient censés se cantonner aux allées recouvertes de pelouse, aux murs, aux cabanes à outils et aux appentis.

À 10 heures, on les avait laissés entrer. Tous ses amis s'étaient séparés en gloussant et en se vantant de trouver plus d'œufs que les autres, sous l'œil sévère des adultes qui réprimandaient ceux qui s'aventuraient parmi les légumes ou les plates-bandes du vieux Crickie.

Mais elle avait beau se concentrer, elle ne savait plus quand Eddie s'était éclipsé. Emily avait conclu qu'il avait dû lui fausser compagnie délibérément. Ils avaient commencé la chasse ensemble et avaient promis de partager leur butin à la fin, et en général Eddie tenait parole. Mais alors qu'elle farfouillait près de la citerne, certaine qu'il y avait des trous entre les cailloux tout autour où on pouvait cacher un œuf, elle avait levé les yeux pour lui dire quelque chose et constaté qu'il n'était plus là.

Elle l'avait cherché, en vain. Un peu agacée, elle avait continué la chasse seule. Après tout, quelle importance s'il était parti ? Il essayait probablement de trouver d'autres œufs pour les donner à ses frères et à sa sœur avant de « partager » le reste avec elle. En tout cas, c'est ce qu'elle s'était dit sur le moment.

Mais à présent elle se posait des questions. Pourquoi s'était-il aventuré dans le vieux verger ? Ce n'était pas la bonne période de l'année pour y trouver des fruits – quand c'était la saison, Lallie les laissait toujours ramasser tous les fruits qu'ils voulaient, sans même faire semblant de les chasser. Eddie n'avait donc aucune raison d'y aller. Il savait qu'il n'y aurait pas d'œufs par là-bas, puisque Mlle Reason le leur avait dit. Ça n'avait aucun sens.

Emily changea de position, surprise de voir deux inconnus apparaître à l'entrée du potager, s'arrêter un moment pour discuter, puis se diriger vers la maison de son oncle.

Elle se tordit le cou pour mieux voir leur progression mais, à cette distance et aussi haut, il était difficile de bien distinguer les intrus. À sa tignasse blanche, elle voyait que l'un d'eux était un vieux monsieur. Et l'autre était une fille, mais elle portait d'étranges vêtements sombres. Et son chapeau ne ressemblait pas à ceux de Mme Roper.

Puis ils disparurent et, sa distraction momentanée oubliée, elle se remit à penser à Eddie.

Elle sentit une nouvelle larme rouler sur sa joue et l'essuya d'un geste rageur. À quoi bon pleurer ? Ça ne ramènerait pas son ami.

Elle chercha son mouchoir. D'après Mme Roper, les dames en utilisent toujours un. Ça avait fait rire Eddie, qui n'avait jamais possédé un tel objet.

Emily se sécha la main avec le petit carré de lin et de dentelle, puis s'en désintéressa et le fourra sans cérémonie dans sa manche.

Ça ne servait à rien d'essayer de fuir, se répéta-t-elle, résolue. Le pasteur disait que la vérité finit toujours par vous rattraper. Et il avait raison. Ce qui était bizarre, quand on connaissait le révérend Cryer. Un vieux qui balbutiait, comme disait Eddie. À première vue, il n'avait pas l'air de savoir ce qu'il disait.

Emily poussa un soupir. Comme le pasteur, Mme Roper avait toujours dit que ça ne servait à rien d'essayer de fuir les réalités « enquiquinantes ». (Emily avait dû chercher le mot dans le dictionnaire et, comme il lui avait plu, elle l'employait à la moindre occasion. Ça amusait son père, ce qui lui réchauffait toujours le cœur.) Mme Roper lui avait bien seriné qu'il fallait « affronter et régler les problèmes sans hésiter ».

Aussi, dans sa chambre, du haut de ses dix ans, Emily de Lacey regarda la vérité en face.

Elle savait qu'Eddie n'aurait pas essayé de grimper dans ce puits. Il avait le vertige et ne serait pas entré dedans volontairement.

Et il n'était pas bête, donc il n'était pas tombé par accident.

Ce qui ne laissait qu'une possibilité. Quelqu'un l'avait poussé.

Et si c'était sa faute à elle ? Si ce qu'elle lui avait dit bien des semaines plus tôt lui avait attiré des ennuis ? Ou (perspective encore plus terrifiante) si quelqu'un avait remarqué ce qu'ils faisaient depuis ?

Est-ce que cette personne la jetterait aussi dans le puits ?

Seule, tout en haut de chez elle, entourée par la vue sur le fief de sa famille, Emily de Lacey se remit à pleurer.

12

Pour le pub d'un petit village de campagne, le Bell était particulièrement animé ce midi-là, et c'est pourquoi Clement proposa à Trudy d'y déjeuner après avoir quitté la *dower house.*

Lui qui pensait devoir se contenter d'un sandwich ou d'une quelconque part de tourte accompagnée d'une pinte de bière fut agréablement surpris de trouver du jambon à l'os, du pain frais, du fromage et des cornichons au menu. Il commanda et régla deux plats copieux, qu'il apporta à la table située près de la fenêtre, où Trudy l'attendait.

Quand ils étaient entrés dans l'établissement, l'uniforme de Trudy avait immédiatement attiré l'attention. Mais après quelques secondes les regards s'étaient détournés, et les conversations avaient peu à peu repris leur cours à l'intérieur du pub enfumé.

Trudy remarqua tout de suite que la plupart des gros buveurs étaient des ouvriers agricoles, mais elle se retint d'engager la conversation. Du moins pour le moment. Le Dr Ryder essayerait sans doute de questionner les villageois au sujet des Proctor, et elle ne voulait pas que son uniforme complique la tâche du coroner en rendant les clients nerveux.

S'ils prenaient cela pour un interrogatoire de police officiel, ils ne leur confieraient pas la moindre information de valeur.

Elle remercia d'un sourire Clement, qui arrivait avec les plats, et accepta volontiers le verre de limonade qu'il lui tendait. Le coroner, quant à lui, n'avait commandé qu'un modeste demi d'une bière locale provenant de Hook Norton.

Elle le regarda en prendre une gorgée, soupirer d'aise, puis attraper la petite assiette de beurre et commencer à tartiner généreusement une tranche de pain. Mais son sourire faiblit lorsqu'elle s'aperçut que la main avec laquelle il tenait le couteau à beurre tremblait légèrement.

Devait-elle profiter d'être seule avec lui pour prendre son courage à deux mains et lui demander de but en blanc la raison de ses spasmes ?

Mais l'idée de devoir se montrer si directe la découragea. Et s'il se vexait et lui rétorquait de se mêler de ses affaires ? Elle ne voulait surtout pas briser leur amitié.

Mieux valait ne rien dire. Son père lui répétait sans cesse qu'une fois que le mal était fait il était difficile de le réparer.

Elle rangea donc ce problème dans un coin de son esprit, l'y enferma à double tour, saisit ses couverts et se mit à couper son morceau de jambon.

— Hmm, délicieux ! s'exclama-t-elle en toute franchise et suffisamment fort pour que le compliment parvienne aux oreilles du propriétaire qui lui adressa un sourire ravi.

Ce dernier était un petit homme au crâne dégarni et au visage rougeaud, qui dégageait une authentique bonhomie – une qualité qui avait dû s'avérer utile durant toutes ces années passées à gérer le pub.

— Du porc de la ferme Manor fraîchement abattu, lança-t-il amicalement. Le type fume sa viande lui-même. Et c'est sa femme qui fait le fromage à l'arrière de la maison dans une vieille baratte traditionnelle. Ils achètent leur lait aux Jersey.

— Le fromage est excellent, déclara Clement, en toute honnêteté, lui aussi. Et les oignons ne sont pas en reste.

Un vieil homme, qui jouait aux dominos dans un coin du pub avec un ami encore plus âgé, se mit alors à glousser.

— Allez pas vous frotter au piccalilli d'Elsie, m'sieur, ou ça vous arrachera la tête !

La pique déclencha un éclat de rire général, et le propriétaire émit un grognement amusé.

— Ça prouve que c'est du bon ! Quel vieux schnock tu fais, Cyrus !

Clement saisit la balle au bond, un sourire aux lèvres.

— Je m'en souviendrai. Au fait, je suis le Dr Clement Ryder, dit-il à l'adresse de tous les clients, d'une voix grave et distinguée qui ne manqua pas d'impressionner son auditoire, Trudy comprise. Je suis le coroner en charge de l'enquête sur la mort du jeune Eddie Proctor. Nous venons de présenter nos condoléances aux gens de Briar's Hall.

Le silence qui avait envahi le pub après l'annonce du coroner fut rapidement brisé par le propriétaire.

— Une bien triste histoire. Bien triste.

Il secoua la tête à plusieurs reprises tout en essuyant quelques verres à l'aide d'un torchon blanc immaculé.

— J'ai bien peur d'être souvent confronté à des choses terribles dans ma profession, reconnut Clement. Les Proctor traversent une période très difficile.

Un frisson parcourut la salle.

— Vince est à Folly Meadow. Il pense qu'il vaut mieux qu'il s'remette vite au boulot et il a p't'être pas tort, lança un grand gaillard musclé aux yeux bruns d'épagneul et aux mains de bêcheur, qui enserraient un verre de cidre trouble.

— J'imagine que vous connaissiez tous son jeune fils, Eddie ? demanda Clement, tandis que Trudy restait silencieuse et continuait de manger, tentant de se faire la plus discrète possible.

— Ah, ça oui, poursuivit l'homme. Un p'tit gars futé et heureux de vivre. Toujours en vadrouille, qu'il était.

— J'ai entendu dire qu'Emily de Lacey et lui étaient très amis, ajouta Clement avec désinvolture.

— Pas bête non plus, la gamine, lança quelqu'un depuis le fond de la salle.

Les fenêtres étroites ne laissaient filtrer que peu de lumière à l'intérieur du pub, et une épaisse fumée emplissait la salle, si bien que Trudy ne put identifier la personne qui avait parlé. Mais sa remarque sembla rencontrer l'approbation des clients.

— Maligne comme un singe, renchérit le vieil homme qui jouait aux dominos. Toujours en train d'manigancer avec Eddie. J'les ai vus, un jour. La p'tite avait un carnet entre les mains. Ils s'mettaient à glousser dès qu'elle écrivait quelque chose. Quand ils m'ont vu arriver, ils s'sont dépêchés d'le cacher, se souvint l'homme en riant. J'leur ai dit que c'était bien d'tenir un journal quand on savait lire et écrire. Mais la p'tite m'a répondu que c'était pas un journal, mais un carnet de codes secrets.

— Un carnet de codes secrets ? dit Clement, un sourire aux lèvres. C'est bien mystérieux.

La voix anonyme provenant du fond du bar s'éleva de nouveau.

— Oui, ils jouaient souvent aux agents secrets et à tous ces trucs-là. Un jour, Eddie m'a dit qu'ils pensaient que le laitier était un espion allemand. Ils notaient l'heure de toutes ses tournées et ils vérifiaient même qu'il n'y avait pas de messages codés sur les bouteilles de lait !

— Voilà pourquoi la Sissie Mayflower croyait qu'il essayait d'lui chaparder son lait ! s'esclaffa le grand gaillard. Une fois, elle m'a arrêté dans la rue pour me dire d'garder un œil sur mes bouteilles. J'ai pensé que la vieille avait perdu la tête !

Clement attendit que l'hilarité générale retombe, puis ajouta avec douceur :

— On dirait qu'Eddie était du genre aventurier. Explorer ce vieux puits devait lui paraître très tentant. C'est vraiment dommage que les de Lacey ne se soient pas assurés qu'il soit mieux couvert.

La salle fut de nouveau plongée dans un silence de plomb, rompu quelques instants plus tard par le propriétaire.

— C'est vrai, on peut pas dire le contraire, reconnut-il. Mais ils avaient jamais dû se poser la question. Qui aurait pu imaginer qu'un gosse tomberait dedans ?

Un murmure d'approbation s'éleva de la salle, ce qui ne surprit en rien Trudy. Tous ces hommes travaillaient et vivaient sur les terres de la famille de Lacey. Le propriétaire du pub devait sans doute lui-même sa situation et l'obtention de sa licence à la générosité de ces notables. Aucun d'entre eux n'allait donc s'aventurer à critiquer ouvertement un homme tel que Martin de Lacey.

Toutefois, leur sympathie envers la famille parut sincère à Trudy.

— Il semble qu'ils soient déjà en train de faire boucher le puits, dit Clement, qui s'était fait la même réflexion qu'elle et ne voulait pas se mettre les villageois à dos. C'est ce que je leur avais recommandé à l'audience. Comme ça, plus personne n'aura à s'inquiéter pour la sécurité des enfants quand ils joueront dans le verger.

— Dieu merci ! s'exclama le grand gaillard. J'ai dit à mes gamins qu'ils auraient affaire à moi si j'les voyais rôder par là-bas !

Clement hocha la tête et changea brusquement de sujet.

— J'ai voulu parler à la jeune Emily, mais la gouvernante ne m'a pas laissé entrer.

La remarque du coroner provoqua un nouvel éclat de rire général.

— Ça m'étonne pas. Le dragon de la vieille Mme Vivienne, qu'on l'appelle, lança le vieil homme avant de déposer un double six au bout de la chaîne de dominos placée devant lui. Plus rigide, on fait pas !

— On a également demandé à voir M. Oliver de Lacey, mais il était absent, ajouta Clement, bien décidé à récolter le plus d'informations possible.

— Vous aurez bien d'la chance de l'trouver chez lui un jour, m'sieur, répliqua le vieil homme. Il bosse sur la bombe atomique.

Trudy manqua d'avaler sa limonade de travers.

— Pardon ? dit Clement, tout aussi surpris.

— Il veut dire « sur l'énergie nucléaire », corrigea le propriétaire du pub en jetant un regard agacé au vieil homme. Il est toujours fourré à Londres, quand il donne pas des cours à l'université. Il conseille le gouvernement sur la construction de nouvelles centrales, ce genre de choses.

— Ah, je vois, il est physicien. C'est certainement un homme brillant.

— Ça oui, on peut le dire, Enfin, quand il réfléchit avec cet organe-là, ajouta le propriétaire d'un air malicieux en tapotant sa tempe. Mais y'a pas que les centrales nucléaires qui l'intéressent, si vous voyez ce que je veux dire. Et ce petit jeu est tout aussi dangereux.

— M. de Lacey serait un séducteur ? demanda Clement.

Sachant qu'il avait appris un peu plus tôt qu'Oliver et Martin de Lacey avaient des vues sur la même femme, cela ne l'étonnait pas le moins du monde.

Les rires qui accueillirent sa réplique confirmèrent qu'il avait vu juste.

— Pas près d'se caser ou d'se marier, celui-là, prédit le vieil homme. Il aime trop faire le joli cœur. Sa pauvre mère doit être bien triste. Pour sûr qu'elle aimerait avoir des p'tits-enfants à cajoler, mais elle va devoir prendre son mal en patience !

— Il est bel homme, j'imagine ? s'enquit Clement en tartinant généreusement de beurre le dernier morceau de pain.

— C'est c'qu'il croit, en tout cas ! lança le grand gaillard, ce qui fit rire l'assistance.

Le coroner, qui se demandait si l'intérêt mutuel des cousins pour la riche Américaine était connu des villageois, prit une gorgée de sa délicieuse bière et lança :

— M. Martin de Lacey semble d'un tout autre genre.

— Ça oui, répliqua aussitôt le propriétaire. Vous trouverez pas meilleur homme.

— Il s'y connaît bien en élevage. Et il sait s'y prendre avec les moutons, décréta le grand gaillard d'un ton ferme et empreint d'admiration.

Il était clair qu'en ce qui le concernait tout avait été dit.

— Il a aussi fait mettre des toilettes à l'intérieur de tous les cottages, ajouta toutefois la voix anonyme depuis sa cachette. Ma femme était aux anges.

— Et il augmente jamais le loyer. Ou très rarement, renchérit le vieux joueur de dominos.

Trudy, qui avait observé la table des deux hommes à plusieurs reprises, remarqua que le plus âgé des deux n'avait pas bougé depuis tout ce temps, et elle en arriva rapidement à la conclusion qu'il devait s'être assoupi. Pour autant qu'elle puisse en juger, ses yeux étaient sans doute fermés sous la casquette qui dissimulait le haut de son visage.

— J'imagine qu'il est particulièrement abattu en ce moment, dit Clement d'un ton compatissant. Il doit sans cesse ressasser ce qui est arrivé à Eddie. J'ai moi-même constaté qu'il faisait tout son possible pour aider Vincent Proctor. Toujours est-il que cela doit lui peser lourd sur la conscience. C'est terrible que sa femme ne soit plus de ce monde, elle aurait pu le soutenir dans cette terrible épreuve.

Cette dernière phrase produisit un effet notable sur l'assistance. Les clients, qui s'étaient montrés accueillants et affables, semblaient de nouveau considérer Clement et Trudy comme deux intrus.

— Je vous ressers un demi, monsieur ? demanda le propriétaire du pub.

Fin psychologue, Clement avait compris qu'il était désormais inutile de s'attarder dans le bar.

— Non, je vous remercie, répondit-il en se levant de sa chaise avant d'être rapidement imité par Trudy, qui le suivit en silence. Mais félicitez votre femme de ma part, je vous prie. C'était l'un des meilleurs pains que j'ai mangés.

— J'y manquerai pas, monsieur, lança le propriétaire, radieux.

D'un signe de tête, Trudy remercia à son tour le gérant et se dirigea vers la sortie. Elle pouvait sentir les regards perçants des clients dans son dos à mesure que Clement et elle parcouraient la courte distance les séparant de la porte.

Une fois à l'extérieur, elle prit une longue et profonde inspiration.

— Bon, eh bien, c'était intéressant, dit-elle avec une pointe de déception dans la voix.

— N'est-ce pas ? répliqua Clement, tout sourires. Je me demande ce qu'a bien pu faire feu Mme de Lacey pour se mettre les villageois à dos de la sorte.

Trudy soupira.

— Laissez-moi deviner, vous voulez que j'enquête à son sujet ?

— Vous me connaissez si bien, ma petite Trudy, la taquina-t-il.

Tout en s'installant sur le siège passager de la Rover du coroner, Trudy se demanda s'il disait vrai.

Au moment où Clement mettait le contact, Trudy rassembla son courage et lança le plus naturellement possible :

— Comment vous portez-vous en ce moment ?

Elle se rendit compte par elle-même que la question était particulièrement maladroite et arrivait comme un cheveu sur la soupe, c'est pourquoi elle ne fut pas surprise quand le coroner se tourna vers elle, un sourcil blanc levé en signe d'interrogation.

— Euh, je voulais juste savoir comment vous alliez, c'est tout. Un méchant virus circulait il y a quelques semaines de ça. Tout le monde semblait l'avoir déjà attrapé, bredouilla-t-elle, mal à l'aise.

— Vraiment ? On dirait que j'ai eu de la chance, alors.

Trudy opina mais, ne pouvant abandonner si près du but, s'empressa d'ajouter :

— Donc, vous êtes en pleine forme ?

S'il souhaitait lui confier quelque chose concernant son état de santé, elle venait de lui en offrir l'occasion rêvée.

Les yeux écarquillés, Clement lui lança aussitôt un nouveau regard inquisiteur.

— Oui, je me porte très bien, répliqua-t-il d'un ton catégorique. Et vous ?

— Moi ? Oh ! je vais bien aussi, dit-elle en déglutissant difficilement. Mais si ce n'était pas le cas, je vous le dirais.

Elle se tourna vers lui, les lèvres étirées en un sourire forcé qui, pensa-t-elle, devait lui donner l'air d'un méchant clown.

— Et j'espère que vous n'hésiteriez pas à m'en parler, vous non plus. Si ça n'allait pas, je veux dire.

Clement lui répondit par un vague sourire et démarra.

Toute honteuse, Trudy regarda tristement le paysage défiler à travers le pare-brise.

Ils n'avaient quitté le pub que depuis quelques minutes lorsque deux hommes émergèrent du fond du bar et sortirent discrètement à leur tour. Âgés d'environ quarante-cinq ans, les cheveux bruns coupés court sur les côtés et à l'arrière du crâne, ils étaient tous deux rasés de près et portaient des costumes de bonne qualité, sans être trop chics. Ils étaient arrivés peu avant midi et occupaient une table dans la partie la plus sombre du pub depuis un bon moment. En tout cas, depuis suffisamment longtemps pour que les habitués aient remarqué leur présence, avant de peu à peu l'oublier ; car les deux hommes n'avaient pas beaucoup parlé, pas même entre eux.

À la grande stupéfaction des villageois assis près de leur table, ils n'avaient pas non plus fini leur bière – ce qui les rendait d'autant plus louches à leurs yeux.

Les deux hommes sortirent du pub sous les regards intrigués des clients qui, une fois débarrassés de ces curieux intrus, s'empressèrent d'évoquer la visite du coroner et les malheurs de la famille Proctor. Et, si certains d'entre eux affirmèrent que Doreen s'était mise à boire beaucoup dernièrement, sa meilleure amie, Flo Robbins, assura qu'il n'en était rien.

À l'extérieur du bar, les deux hommes montèrent en silence dans leur voiture et s'éloignèrent.

13

Clement déposa Trudy à son bureau, où son éternelle pile de paperasse l'attendait sagement. La jeune policière récupéra son vélo dans la cour où elle l'avait laissé et parcourut la courte distance qui la séparait de la gare en réfléchissant à tout ce qu'ils avaient appris sur l'affaire jusque-là. C'est-à-dire presque rien, pensa-t-elle, morose. Ce qui était certain, c'est qu'ils n'étaient pas près de déterminer si la mort d'Eddie Proctor relevait d'un accident ou d'un meurtre savamment orchestré et maquillé.

Trudy fit un bref rapport au capitaine Jennings qui avait visiblement d'autres chats à fouetter. D'un ton bourru, il l'autorisa à se rendre à la bibliothèque municipale pour effectuer les recherches demandées par le coroner, si bien que vingt minutes seulement après son arrivée au commissariat la jeune fille pédalait de nouveau à travers les rues de la ville.

Un sourire aux lèvres, elle concéda qu'elle commençait à apprécier le travail de bureau – du moins, lorsqu'il s'agissait d'enquêter sur un sujet aussi intéressant que l'affaire Proctor – et, satisfaite, elle se mit à fredonner l'air de *Walk Right Back*, le dernier succès des Everly Brothers.

Par cette belle journée, les rayons du soleil faisaient scintiller les bâtiments en pierre des Cotswolds, là où les façades n'avaient pas été noircies par les gaz d'échappement ou la fumée des poêles à charbon.

Alors qu'elle rejoignait Carfax, un camion Foden chargé de poussier provenant d'une carrière des environs commit une infraction routière flagrante, mais Trudy choisit de fermer les yeux sur l'incident.

Si cela s'était produit durant son premier mois dans la police, elle aurait immédiatement fait signe au conducteur de se ranger sur le côté et elle lui aurait dressé un procès-verbal sans y réfléchir à deux fois. Mais elle avait plus important à faire aujourd'hui, pensa-t-elle, non sans culpabilité. Était-elle en train de se rendre coupable du péché capital de laxisme ? Durant sa formation, on lui avait pourtant rabâché de ne jamais, au grand jamais, relâcher sa vigilance.

Mais le camion était maintenant hors de vue, alors il ne servait à rien de tergiverser, et, avec un haussement d'épaules, Trudy se dit qu'après tout il était logique de donner la priorité à l'affaire qui l'occupait actuellement, à savoir la mort inexpliquée d'un petit garçon. Elle chassa la culpabilité qui l'assaillait en se promettant qu'à la prochaine infraction dont elle serait témoin elle fondrait sur le mécréant tel l'ange de la vengeance en personne ! Enfin, quelque chose d'aussi approchant que possible, dans la mesure des capacités d'une jeune stagiaire de la police municipale.

Une fois arrivée à la bibliothèque la plus proche, elle ne mit pas longtemps à trouver, avec l'aide d'un sympathique assistant bibliothécaire, les archives des journaux de la ville.

Elle commença bien sûr par feuilleter les nécrologies. Il était certain que la mort d'une notable telle que Mme de Lacey avait été documentée et, même si l'article élogieux se révélait court, cela serait déjà un bon point de départ. Elle récolterait sans nul doute quelques informations factuelles, comme la date de son décès, mais pas beaucoup plus, songea Trudy avec pragmatisme. Elle avait récemment appris à ses dépens que les clans comme celui des de Lacey préféraient garder leurs affaires familiales privées.

Mais ses craintes furent rapidement balayées. Elle était tombée sur une véritable mine d'or ! Un article publié le lendemain de la mort de Mme de Lacey. L'histoire avait été trop sensationnelle pour être passée sous silence.

Trudy, dont le rythme cardiaque s'accélérait à chaque mot qu'elle lisait, prit des notes détaillées sur les circonstances particulièrement surprenantes qui avaient entouré la mort de Jennifer de Lacey, née Wainwright, survenue un peu plus de trois ans auparavant.

Fille unique d'un riche banquier du Sussex, Jennifer s'était installée à Oxford pour étudier les beaux-arts au Somerville College. Elle avait rencontré son futur mari, Martin de Lacey, durant l'une des nombreuses soirées organisées par la ville. Ils étaient tombés amoureux et s'étaient dit oui juste après que Jennifer avait obtenu son diplôme. Elle avait alors vingt et un ans et était d'une beauté renversante, à en juger par les photos de leur mariage en grande pompe que Trudy parvint ensuite à dénicher. Avec ses cascades de longs cheveux noirs et son visage en forme de cœur, on comprenait facilement pourquoi Martin de Lacey l'avait choisie pour femme.

Leur union semblait avoir été heureuse. Jennifer avait donné naissance à deux enfants : Emily, suivie de George, trois ans plus tard. Leur implication dans les œuvres de bienfaisance ne faisait aucun doute au vu des innombrables clichés d'archive qui les mettaient en scène lors de galas de charité, de soirées d'inauguration dans des théâtres ou autres grands bals annuels. Les très glamour M. et Mme de Lacey avaient aussi été régulièrement photographiés à la régate de Henley, au Royal Ascot et autres prestigieux événements.

Mais trois ans plus tôt, la tragédie avait soudain frappé ce couple parfait.

Un matin, Jennifer était allée chercher à l'écurie son cheval préféré – un beau hunter répondant au nom de Seamus – pour sa promenade habituelle, qui comprenait un galop sur les collines du domaine. Cavalière chevronnée depuis son plus jeune âge, Jennifer était une habituée de la chasse locale. Et, bien entendu, les de Lacey possédaient de nombreux chevaux.

Mais ce matin-là, Seamus était rentré seul à l'écurie, en sueur et très agité.

Des recherches avaient immédiatement été lancées, et le corps de Jennifer avait été retrouvé dans l'un des prés du domaine, non loin d'une grande haie d'aubépines. Sa nuque, une clavicule ainsi que l'une de ses jambes étaient brisées, ce qui laissait supposer que son cheval l'avait accidentellement écrasée ou piétinée dans sa chute.

Interpellée par ce dernier élément, Trudy interrompit sa lecture, pensive. Alors comme ça, la pauvre Mme de Lacey et le petit Eddie Proctor étaient tous deux décédés d'une fracture de la nuque. La coïncidence était particulièrement troublante.

Comme on pouvait s'y attendre, le jury avait conclu que Jennifer était tombée de cheval après avoir tenté de sauter la haie, et que sa mort était donc accidentelle. Conformément à la tradition, la jeune femme qui laissait derrière elle mari, enfants et parents endeuillés fut enterrée au cimetière de Briar's-in-the-Wold.

Trudy se nota de demander au Dr Ryder s'il lui serait possible de jeter un œil au dossier afin de voir ce que les témoins avaient eu à dire au sujet de l'accident. Elle se doutait que l'audience n'avait pas été présidée par Clement, car il l'aurait sans doute déjà mentionné. Mais elle savait aussi que ce n'était pas ça qui l'empêcherait d'accéder au dossier de Mme de Lacey. Et si les autres coroners voyaient cela d'un mauvais œil, eh bien, ils devraient faire avec !

Satisfaite des progrès qu'elle avait accomplis jusque-là, Trudy ramassa ses affaires et rentra chez elle.

14

De retour à Floyds Row, Clement Ryder vérifia qu'il avait bien fermé la porte derrière lui et que sa secrétaire était occupée à taper bruyamment sur sa machine à écrire Remington. Il se rendit ensuite à son bureau, s'assit dans son fauteuil avec un soupir de soulagement, avant de sortir un petit flacon en verre marron de son tiroir.

Il s'était procuré ces pilules quelques mois auparavant, à l'occasion d'un voyage en Suisse qu'il avait effectué durant les fêtes de Noël. Il savait que l'un de ses vieux amis, qui résidait là-bas, les lui prescrirait sans poser de questions.

Clement en avala deux avec de l'eau et se renversa dans son confortable fauteuil. Il se sentait un peu fatigué, mais n'en fit pas grand cas. Il n'était plus tout jeune et ne pouvait pas s'attendre à pouvoir arpenter la ville comme avant. Mais il ne se faisait pas d'illusions ; il savait bien que la lassitude qu'il ressentait parfois ne pouvait pas être mise sur le seul compte de la vieillesse.

Après avoir été médecin durant de longues années, il était particulièrement au fait des symptômes de la maladie de Parkinson.

Mais il en était encore à un stade peu avancé et avait fait tout son possible pour pouvoir continuer à mener une vie relativement agréable et productive durant encore quelques années.

Bien entendu, il avait dû abandonner la chirurgie. Il lui était devenu impossible d'opérer en risquant de se mettre à trembler à tout instant. Mais sa nouvelle carrière de coroner lui plaisait. C'était un métier intéressant dans lequel il s'épanouissait et, surtout, cela lui permettait de continuer à laisser sa marque dans le monde.

Il se versa un second verre d'eau, car il avait la bouche sèche – un autre symptôme de cette fichue maladie qui prenait lentement mais sûrement le contrôle de son corps –, et il repensa au moment où, dans la voiture, Trudy l'avait questionné sur sa santé. Il aurait aimé se convaincre que cela ne voulait rien dire, que c'était simplement sa sensibilité particulière sur le sujet qui le poussait à soupçonner la jeune femme d'avoir découvert la vérité.

Mais il se serait menti à lui-même. Trudy était une jeune femme brillante et observatrice. Elle avait visiblement remarqué que quelque chose n'allait pas et avait voulu lui offrir l'occasion de se confier à elle. Elle n'aurait pas pu se montrer plus claire, si ce n'est en lui posant directement la question !

Mais avouer être inapte à exercer ses fonctions à une jeune policière était impensable. Ça n'aurait pas été correct de l'accabler avec ses problèmes pour ensuite lui demander de garder le secret sur sa maladie. Et, même si Clement était certain que Trudy ne le dénoncerait pas à ses supérieurs, il n'était pas prêt à prendre ce risque.

En plus de cela, le coroner s'était toujours montré discret sur sa vie privée.

Et si Trudy le prenait en pitié ? Il tressaillit à cette idée. Non, il ne dirait rien. Elle avait beau avoir remarqué quelques signes avant-coureurs, elle ne pouvait avoir aucune certitude en l'état actuel des choses. Et, avec un peu de chance, il s'écoulerait une bonne année avant que des symptômes plus flagrants apparaissent et confirment le bien-fondé de ses soupçons.

Il la mettrait au courant le moment venu. Pas avant.

Ne voulant pas ressasser le sujet trop longtemps, Clement se pencha sur l'affaire Proctor. Même si l'enquête n'en était encore qu'à ses débuts, il commençait à croire que le père du garçon avait mis le doigt sur quelque chose.

Pour le moment, Trudy et lui n'avaient rien découvert de concret. Du moins, rien que le têtu capitaine Jennings estimerait être des preuves suffisantes. Mais l'aspect psychologique de l'affaire était intéressant. Clement commençait peu à peu à identifier les circonstances du drame qui s'était joué et à mieux en cerner les protagonistes. Et, sans être du genre à jouer aux devins ou à être sensible aux ondes que dégageait un lieu, il devait bien admettre que quelque chose ne tournait visiblement pas rond à Briar's-in-the-Wold.

Mais il se garderait bien d'en souffler mot à Trudy. La jeune femme serait capable de l'accuser de se laisser guider par son intuition, ce qui était tout bonnement ridicule. Néanmoins, Clement était un homme d'expérience. Il lui aurait été impossible d'atteindre cet âge avancé et d'avoir réussi si brillamment ses deux carrières sans avoir appris à lire les gens.

Et il était clair que certains des témoins interrogés jusque-là dans le cadre de l'affaire Proctor avaient peur de quelque chose et tentaient de le cacher. S'agissait-il d'un secret aussi lourd qu'un meurtre ou de tout autre chose ? Seul l'avenir le dirait.

Les paupières du coroner se faisaient lourdes (maudite maladie de Parkinson !) mais, se convainquant qu'il n'avait pas besoin de faire une sieste, il attrapa d'un air résolu le premier dossier de sa pile et l'ouvrit.

15

Quand Trudy franchit la porte d'entrée, une odeur de tourte au bœuf et aux rognons émanant de la cuisine lui donna l'eau à la bouche.

Après avoir été accueillie par le traditionnel « Bonjour » lancé par sa mère depuis ses fourneaux, Trudy monta au premier étage à petites foulées, se changea et se débarbouilla à la hâte, avant de redescendre.

Depuis l'entrée, elle distingua la voix de son père et, à sa grande surprise, une autre voix masculine qui lui répondait. En pénétrant dans la petite cuisine, elle trouva Brian, installé à table, qui la salua timidement et lui adressa un sourire amical.

— Bonjour, Brian, dit-elle en lui rendant son sourire, même si sa présence l'avait rembrunie.

Pourtant, on ne pouvait pas dire que son visiteur était déplaisant à regarder avec ses beaux cheveux blond cendré, sa mâchoire carrée et son séduisant visage constellé de taches de rousseur (un peu trop nombreuses au goût de Trudy, mais largement compensées par son sourire ravageur d'un blanc éclatant). Et elle n'ignorait pas que Brian était convoité par la plupart des filles de Botley.

Mais après leur déjeuner à l'hôtel, elle avait compris qu'il était temps de mettre un terme définitif à leur semblant de relation et elle n'avait pas particulièrement hâte de le faire.

— C'est charmant, n'est-ce pas ? lança joyeusement Barbara en sortant d'une grande casserole d'eau bouillante le plat en verre contenant la tourte, qu'elle déposa ensuite sur l'égouttoir. Brian est passé voir si tu étais rentrée du travail et, comme il y a largement assez à manger pour quatre, ajouta-t-elle en indiquant son pudding fumant qu'elle avait recouvert d'un linge de mousseline, je lui ai proposé de rester pour le dîner.

Trudy acquiesça d'un signe de tête et tira sa chaise. Elle n'était pas étonnée que sa mère ait invité le jeune homme à dîner. Barbara Loveday ne manquait jamais une occasion de rappeler à sa fille la chance qu'elle avait de plaire à Brian Bayliss.

— Oui, Brian a toujours eu le don de flairer un bon dîner à des kilomètres à la ronde ! le taquina-t-elle.

Elle le connaissait depuis toujours et se sentait aussi à l'aise avec lui que s'ils avaient été frère et sœur. Étant donné que Brian n'avait qu'un an de plus qu'elle et que sa famille vivait juste en bas de la rue, ils avaient fréquenté la même école primaire, puis le même collège. Brian n'avait jamais vraiment brillé en classe, mais il excellait au rugby et jouait maintenant en amateur pour l'équipe locale qui raflait régulièrement l'or aux compétitions sportives.

Leurs mères avaient toujours rêvé que leurs enfants se fréquentent. Mais malgré les quelques sorties qu'ils avaient faites ensemble, Trudy n'avait jamais eu le sentiment que leur relation pourrait dépasser un jour le stade de l'amitié.

Cependant, elle se demandait à présent si Brian n'était pas du même avis. Car, à moins d'avoir mal interprété la situation, son prétendu « petit ami » ne semblait pas non plus très enthousiaste à l'idée d'approfondir leur relation.

— Brian vient de nous dire qu'il a un nouveau travail, dit son père en déposant le journal qu'il venait de plier contre un pot de fleurs sur le rebord de la fenêtre.

— Oui, on lui offre un meilleur salaire qu'avant et la perspective de passer contremaître d'ici cinq ans, déclara Barbara avec enthousiasme en écrasant les pommes de terre.

Elle passa ensuite à l'évier pour vider l'eau des navets et des carottes qui serviraient d'accompagnements à la tourte.

— Ah oui ? Pour qui travailles-tu maintenant ? l'interrogea obligeamment Trudy.

— Pour la municipalité.

Sans surprise, la mère de Trudy s'était empressée de répondre à sa place, visiblement admirative de cette consécration. Trudy jeta un rapide coup d'œil à Brian qui n'avait pas encore ouvert la bouche, se demandant s'il n'était pas agacé par cette répartie.

Mais contre toute attente, il lui sourit. Après tout, il devait être habitué à ce genre de situation, se dit Trudy puisque, chez les Bayliss, la mère de Brian monopolisait généralement la conversation !

— Et qu'est-ce que tu y fais, *Brian* ? demanda Trudy en appuyant sur son nom, le regard rivé à celui du jeune homme.

— J'entretiens la voirie, répondit-il succinctement.

— C'est idéal pour un grand costaud comme toi, approuva Frank Loveday.

Trudy, qui se réjouissait de voir Brian épanoui, acquiesça d'un signe de tête.

— Et voilà, lança Barbara en déposant deux assiettes copieuses et fumantes devant les hommes attablés, avant de leur servir à toutes les deux une portion plus petite. Ta mère t'a-t-elle dit que nous recevons notre télévision la semaine prochaine ? On a hâte, ajouta-t-elle en passant la sauce Daddies à Brian. Elle m'a dit qu'elle essayerait de convaincre ton père d'en louer une aussi. Ça serait fabuleux, non ?

Trudy planta sa fourchette dans un morceau de bœuf tandis que sa mère s'acharnait à faire parler leur invité. Brian était un garçon charmant, mais il ferait sans doute mieux de courtiser une autre fille. Une qui aurait moins d'ambition professionnelle, peut-être. Les candidates ne manqueraient pas, pensa Trudy, qui se sentait moins coupable à mesure qu'elle visualisait la ribambelle de jeunes filles qui seraient plus que ravies de le récupérer.

Bien sûr, Mme Bayliss serait déçue, sans parler de sa propre mère, mais actuellement sa carrière était la priorité absolue de Trudy, et elle le resterait pendant encore quelques années.

Mais ses parents n'arrivaient tout simplement pas à le comprendre. Même son récent moment de gloire n'avait pas réussi à entamer leur conviction – tacite mais profondément ancrée – que le travail de Trudy n'était qu'une « phase » qu'elle traversait.

Elle poussa un soupir et sourit à Brian, attendant nerveusement le bon moment pour lui parler. De son côté, le jeune homme semblait peiner à trouver quelque chose d'aimable à répondre au sujet de la télévision.

Trudy n'avait jamais eu à éconduire un garçon auparavant et, même si elle était convaincue que Brian n'en serait pas particulièrement contrarié, cela la mettait tout de même très mal à l'aise.

Plus tard dans la soirée, après que la vaisselle eut été lavée, essuyée et rangée, l'occasion se présenta enfin lorsqu'elle raccompagna Brian jusqu'à la porte.

— Ça te dirait d'aller au cinéma avec moi, samedi soir ? lança-t-il avec peu d'enthousiasme.

Trudy le fit prudemment sortir de la maison et claqua la porte d'entrée derrière eux.

— Brian, il y a quelque chose dont on doit parler, dit-elle d'un ton poli mais ferme, en prenant une profonde inspiration. Tu ne penses pas qu'il est temps de mettre un terme à tout ça ?

demanda-t-elle maladroitement. Je veux dire, toi et moi… On ne peut pas dire que ça fonctionne, n'est-ce pas ?

En voyant les épaules de Brian se relâcher en signe de soulagement, Trudy laissa échapper un long soupir.

16

Le lendemain matin, Trudy se rendit au travail, le visage grave.

La discussion avec Brian n'aurait pas pu mieux se dérouler. Depuis quelque temps, lui aussi avait l'impression qu'ils se fréquentaient uniquement pour la forme, et il avait même pensé à mettre fin à leur relation, sans en avoir eu le courage jusque-là. Pour finir, il l'avait embrassée sur la joue avec gratitude et lui avait pressé le bras avant de s'en aller – pas d'une démarche guillerette à proprement parler, mais visiblement sans éprouver le moindre regret. Trudy en aurait même été vexée si elle n'avait pas été si heureuse que cette rupture n'ait causé de peine à personne.

Mais une autre épreuve l'attendait.

Redoutant une dispute familiale, elle avait préféré repousser au lendemain matin l'annonce officielle de sa séparation d'avec Brian.

Comme elle s'y attendait, Frank Loveday n'avait pas paru particulièrement déçu de la nouvelle. Mais la réaction de sa mère avait été tout autre.

Après avoir mis en garde Trudy sur le triste sort réservé à celles qui se montraient trop exigeantes et finissaient vieilles filles, Barbara Loveday avait critiqué son manque de bon sens, pour finalement se murer dans un silence glacial et affligé lorsqu'elle avait compris que sa fille ne changerait pas d'avis.

En arrivant au commissariat ce matin-là, Trudy fut presque contente de retrouver le capitaine Jennings qui, en guise d'accueil, la fusilla du regard et jeta un coup d'œil à l'horloge pour vérifier qu'elle était bien à l'heure. C'est dire combien l'ambiance était mauvaise à la maison !

Elle passa la matinée à rattraper le retard qu'elle avait pris dans la rédaction de ses rapports d'arrestation de la semaine passée et, se retrouvant libre à l'heure du déjeuner, elle appela le bureau du coroner. La secrétaire du Dr Ryder lui confirma qu'il serait disponible à partir de 13 heures. Trudy s'empressa donc d'avaler ses sandwichs (qu'elle avait dû se préparer elle-même, puisque sa mère s'en était abstenue, écœurée par son attitude) et pédala jusqu'à Floyds Row.

Une fois installée dans le bureau de Clement, Trudy lui rapporta le fruit de ses recherches sur la mort de Jennifer de Lacey. Le coroner se leva aussitôt et demanda à sa secrétaire de mettre la main sur le dossier d'enquête et de le lui faire envoyer à son bureau quand elle aurait un moment de libre.

— Alors, quelle est la prochaine étape ? s'enquit Trudy. Nous allons parler aux frères et sœur d'Eddie ?

Mais son vieil ami secouait déjà la tête.

— Je préfère ne le faire qu'en dernier recours. Occupons-nous d'abord d'interroger les adultes. Avez-vous découvert qui est cette riche Américaine qui bouleverse tant la vie des cousins de Lacey ?

— Pas encore. Mais ce ne devrait pas être bien difficile, pas vrai ?

Clement poussa un grognement, réfléchit quelques instants, puis attrapa son téléphone. Il décrocha le combiné en bakélite noire et jura entre ses dents en comprenant qu'il ne se rappelait pas le numéro qu'il voulait composer.

Il nota avec tristesse que sa mémoire habituellement excellente venait de lui faire défaut pour la première fois. Mais il balaya cette pensée et consulta son agenda qui contenait un répertoire téléphonique dans ses dernières pages. Après avoir trouvé les coordonnées de l'ami qu'il souhaitait contacter, Clement plaça le doigt sur le cadran et tourna le disque rotatif transparent jusqu'à composer les chiffres *128*.

Trudy, quant à elle, attendait patiemment. Elle ne savait pas qui le coroner essayait de joindre, mais elle avait très vite remarqué que le Dr Ryder connaissait énormément de monde, et que ces personnes de tous horizons semblaient toujours prêtes à lui rendre service.

Elle l'écouta parler à son interlocuteur et, d'après les indices qu'elle releva ici et là, elle conclut qu'il s'adressait probablement au président – si tel était son titre – du club de golf local.

Ce dernier confirma que Martin de Lacey était bien membre du club. Et, grâce à quelques questions finement amenées, l'habile coroner découvrit avec qui le notable avait récemment été vu en train de dîner en ville.

Promettant à son ami une boîte des meilleurs panamas pour Noël, Clement raccrocha le combiné, un sourire aux lèvres. Après quelques secondes de réflexion, Trudy conclut, amusée, que le Dr Ryder devait parler des cigares, et non du chapeau !

— Elle s'appelle Marjorie Chandler. Il pense qu'elle fréquente le St Hilda's College, annonça Clement, forçant Trudy à sortir de sa rêverie et à revenir à l'affaire qui les occupait. Quoi qu'il en soit, les gens racontent qu'elle se considère comme une grande intellectuelle et qu'elle n'est pas pressée de retourner en Amérique, ni de retrouver sa famille riche à millions. Elle vit dans un appartement près du parc avec vue sur Keble College, la malheureuse !

Trudy rit aux éclats. Qu'ils l'aiment ou le détestent, les gens avaient toujours une opinion bien tranchée sur l'édifice criard en damier blanc et rouge, et, de toute évidence, le Dr Ryder ne faisait pas partie de ses admirateurs.

Quelques instants plus tard, ils quittaient Floyds Row, passaient devant le Martyrs' Memorial et, après avoir traversé le boulevard St. Giles, tournaient à droite en direction du parc.

Le coroner trouva facilement une place de parking libre juste devant la bâtisse, à l'ombre d'un tilleul qui commençait tout juste à se parer de feuilles d'un vert tendre par ce triste après-midi de printemps.

Ils entrèrent dans le vestibule et consultèrent la courte liste des occupants, qui avait été épinglée au mur sous un grand miroir artisanal en bois plutôt coquet.

Il s'avéra que l'appartement de Mlle Chandler occupait tout le dernier étage du grand bâtiment victorien et offrait certainement une vue imprenable sur le parc et l'architecture environnante.

— Eh bien, je crois qu'il n'y plus de doutes à avoir sur la situation financière de cette jeune femme, lança Clement en haletant légèrement tandis qu'ils atteignaient le dernier étage.

Une fois arrivé, il sortit machinalement un rouleau de pastilles à la menthe de la poche de son manteau, en glissa une dans sa bouche et la mâcha en vitesse. La mauvaise haleine était malheureusement l'un des symptômes de la maladie de Parkinson, et c'était l'un de ceux qu'il lui tenait le plus à cœur de combattre.

Trudy haussa les épaules d'un air indifférent et appuya fermement sur la sonnette.

17

La porte s'ouvrit sur une femme grande et mince aux cheveux blonds manifestement décolorés. Elle n'était pas particulièrement belle, mais sa silhouette androgyne était joliment mise en valeur par son ensemble Balmain d'impeccable facture. Au moment où elle leva le bras pour écarter une mèche de cheveux de sa joue, Trudy remarqua les pierres précieuses à ses doigts, qui scintillaient à la lumière du jour. Elle portait au moins trois bagues ainsi qu'un large bracelet à facettes.

— Bonjour. Vous êtes Mlle Chandler ? demanda poliment Trudy.

La femme l'avait instantanément dévisagée, les yeux écarquillés à la vue de son uniforme.

— Oui ? Vous êtes de la police ? s'enquit-elle, visiblement étonnée qu'une femme puisse être policière.

Sa remarque interpella Trudy. N'était-ce pas encore le cas en Amérique ?

— Oh ! ne me dites pas que c'est *encore* pour une amende de stationnement ? gémit la femme avec un fort accent américain qui surprit Trudy.

Elle n'avait pas le souvenir d'avoir déjà rencontré une personne originaire des États-Unis. Mais elle sourit aussitôt à Mlle Chandler et leva la main d'un geste rassurant.

— Oh non, madame, ça n'a rien à voir avec une infraction au code de la route. Je suis l'agent Loveday, et voici le Dr Clement Ryder.

— Docteur ? répéta l'Américaine, reportant aussitôt son attention sur le coroner, un grand sourire aux lèvres.

Sa compagnie la mettait visiblement bien plus à l'aise que celle de Trudy.

— Je ne sais pas si cela se fait de poser la question par ici, mais êtes-vous médecin ou… ?

Laissant la question en suspens, elle recula de quelques pas et, d'un geste gracieux de sa main parée de bijoux, les invita à entrer.

— Effectivement, j'ai un doctorat en médecine. Mais j'ai également étudié le droit, reconnut Clement en se souvenant que les divers titres honorifiques qu'il avait obtenus lorsqu'il avait repris des études pour changer de carrière pouvaient porter à confusion. Je suis l'un des coroners de la ville. Et, avant cela, je pratiquais la chirurgie à l'hôpital Radcliffe.

— Vraiment ? C'est fascinant ! s'exclama la femme menue aux cheveux blonds, qui semblait sincèrement éblouie par ce parcours.

Au vu de sa réaction, le coroner se fit aussitôt la réflexion que l'Américaine devait faire partie de ces « disciples de la réussite académique », comme les appelait l'un de ses amis à la langue bien pendue. Tous uniques en leur genre, ces individus avaient le point commun de vouer un amour inconditionnel à la ville d'Oxford, au milieu universitaire ainsi qu'à leur propre personne – sans ordre de préférence particulier.

Désireux de s'attirer les faveurs de leur hôtesse, Clement observa avec intérêt le salon et lança, tout sourires :

— Comme c'est beau ! Je vois à votre collection de tableaux que vous êtes une connaisseuse. Êtes-vous par hasard venue à Oxford pour étudier l'art ?

Comme prévu, la remarque du coroner ravit la riche Américaine.

— Oh ! j'ai déjà une licence d'histoire de l'art du Somerville College. Mais je pense étudier de façon plus poussée le surréalisme dans le cadre de ma maîtrise, dit-elle avec enthousiasme. Je vous en prie, asseyez-vous.

Trudy et Clement s'installèrent tous deux dans un somptueux canapé en cuir près de grandes fenêtres à guillotine, qui offraient une vue panoramique sur l'une des rues les plus verdoyantes d'Oxford.

En regardant autour d'elle, Trudy constata que les murs étaient effectivement envahis d'œuvres d'art, qu'elle trouva, à sa grande surprise, très laides pour la plupart. Ou, du moins, elles s'éloignaient de l'idée qu'elle se faisait de « jolis » tableaux. Peu d'entre eux représentaient des sujets habituels, comme des paysages ou des fleurs, remarqua-t-elle en essayant de ne pas fixer l'étrange peinture d'une horloge en train de fondre…

— Nous sommes ici pour parler de la tragédie survenue à Briar's Hall, dit Clement, tirant Trudy de sa réflexion sur le monde déconcertant de l'art. J'ai présidé l'audience sur le décès du jeune Eddie Proctor.

— Ah, mais oui ! Grand Dieu, quelle terrible histoire ! s'exclama Marjorie Chandler. Les pauvres Martin et Oliver en étaient tout retournés.

Avec un certain cynisme, Trudy se dit qu'il était peu probable que la mort d'un petit roturier ait causé tant de souci à des personnes aussi éminentes que les de Lacey – et encore moins à quelqu'un comme Marjorie, qui vivait dans un immense appartement au cœur de la ville et portait des vêtements de luxe.

Une fois de plus, Trudy se remémora leur visite au domicile des Proctor. Elle eut une pensée émue pour la mère du garçon, qui avait été trop abattue pour leur parler, mais aussi pour Vincent Proctor. Malgré sa douleur et son désespoir, le père d'Eddie semblait déterminé à rendre justice à son fils.

— J'imagine qu'ils ont dû se sentir coupables, déclara Trudy, qui rougit en remarquant le coup d'œil réprobateur que lui lançait le coroner. Mais ils font tout ce qui est en leur pouvoir pour nous aider dans notre enquête, ajouta-t-elle aussitôt pour se rattraper.

Le Dr Ryder avait raison. Il ne servait à rien de se mettre le témoin à dos. Ils étaient là pour obtenir des informations, et sa grand-mère répétait toujours qu'on attire plus de mouches avec du miel qu'avec du vinaigre.

— Oui, oui, bien sûr, répondit Marjorie, un peu décontenancée. Mais je ne vois pas bien en quoi je peux vous être utile…

Elle se tourna de nouveau vers Clement, préférant visiblement s'adresser à un homme cultivé et accompli qu'à une jeune policière novice et craintive comme Trudy.

— Je suppose que vous étiez à Briar's Hall le dimanche de Pâques où l'accident est arrivé ? lui demanda-t-il.

Trudy se mit alors sagement en retrait et le laissa se charger de l'interrogatoire. Cette fois-ci, elle fit bien attention à ne pas regarder les curieuses œuvres d'art qui les entouraient.

— Oui, Martin m'avait invitée à venir déjeuner. La mère d'Oliver n'était pas là, mais tous les autres de Lacey étaient présents, ajouta aussitôt Marjorie avec fierté.

Visiblement, elle considérait le fait d'être en bons termes avec des membres de la petite noblesse britannique comme un accomplissement personnel.

— Briar's Hall est un si bel exemple d'architecture georgienne, vous ne trouvez pas ? Et, bien sûr, les premiers de Lacey sont arrivés en Angleterre avec Guillaume le Conquérant.

En tant qu'Américaine, elle devait trouver inouï que des Britanniques soient capables de retracer leur histoire familiale sur plus de mille ans.

Clement vanta volontiers les mérites de divers architectes locaux avec Marjorie et déclara être un admirateur du travail de

Dalrymple-Champneys, avant de la questionner à nouveau sur le jour où le petit Eddie Proctor avait trouvé la mort.

— Si je comprends bien, les adultes n'ont pas assisté à la chasse aux œufs proprement dite, déclara-t-il d'un air songeur.

— Non, elle était réservée aux petits villageois, et les deux enfants de Martin y ont participé aussi, bien sûr. Je crois que la chasse était supervisée par des bénévoles et par les instituteurs de l'école du village. Une cigarette ?

Elle ouvrit un bel étui à cigarettes en nacre et en jais de style Art déco, et le tendit à Clement qui se servit. Le coroner sortit son briquet et alluma la cigarette de Marjorie, puis la sienne. Trudy savait pertinemment qu'il aurait préféré fumer sa pipe, et elle réprima un sourire à cette idée. Il tentait visiblement de charmer la riche Américaine. Ou peut-être lui plaisait-elle vraiment ? pensa soudain Trudy.

La jeune policière déclina l'offre de Marjorie en secouant la tête et en lui adressant un petit sourire. Les rares fois où elle avait essayé de fumer, elle avait été prise d'une quinte de toux.

— Vous vous entendez bien avec la jeune Emily ? demanda Clement.

Sa question surprit autant l'Américaine que Trudy.

— Oh oui, c'est une enfant adorable, dit Marjorie, se ressaisissant après quelques secondes d'hésitation. Elle est brillante, vous savez. J'essaye de persuader Martin de l'encourager à s'inscrire à l'université d'Oxford quand elle sera plus grande. Pardonnez-moi l'expression, mais il a tendance à réfléchir comme un hobereau à l'esprit rétrograde. Il croit encore qu'une éducation digne de ce nom devrait être réservée aux garçons !

— Je suis certain que si quelqu'un est capable de lui faire entendre raison, c'est bien vous, mademoiselle Chandler, déclara Clement avec un sourire courtois. Oui, plusieurs personnes nous ont dit que la petite Emily était une enfant intelligente et plutôt mature pour son âge. J'imagine que vous n'avez jamais rencontré Eddie Proctor ?

— Non, j'ai bien peur que non, mais je sais qu'Emily l'appréciait beaucoup. Lors de mes précédentes visites au Hall, elle m'a longuement parlé de leurs escapades. Et le jour de la chasse aux œufs, quand j'ai appris en fin d'après-midi qu'un enfant était décédé et que j'ai compris que c'était l'ami d'Emily… C'était affreux. J'étais tellement bouleversée que je suis partie. Je suis très sensible à ce genre de choses, j'en ai peur. Quand on vit comme moi en totale symbiose avec le monde de l'art, il est parfois difficile d'affronter la réalité.

Trudy cilla devant cet égocentrisme flagrant. Mais elle avait retenu la leçon et ne fit aucune remarque.

— Je suis sûr que cela a dû être très éprouvant pour vous, dit Clement avec un soupçon de mépris dans la voix que seule Trudy, qui commençait à très bien connaître le coroner, décela. Vous n'avez donc rien vu du déroulé de la chasse aux œufs, ce jour-là ?

— Je crains que non.

— Et ni Martin ni M. Oliver n'ont mentionné quoi que ce soit au sujet du garçon ? Si je ne m'abuse, vous les connaissez tous deux assez bien, dit-il en faisant attention à employer un ton léger dépourvu de toute insinuation.

— Oh oui, c'est le cas, répondit gaiement l'Américaine. J'ai d'abord rencontré Martin, puis on m'a présentée à son cousin. Oliver est un homme fascinant, vous savez. Non seulement il donne des conférences de physique, mais il fait également partie d'un comité très important qui conseille votre gouvernement sur sa stratégie en matière d'énergie nucléaire.

— Oui, c'est ce que j'ai entendu dire, répliqua Clement en cachant son amusement.

De toute évidence, M. Oliver de Lacey avait plus d'atouts en main que son cousin pour séduire une femme vouant une telle admiration aux intellectuels. Car, à la connaissance de Clement, le notable ne pouvait se vanter d'être un universitaire accompli.

— Quant à Martin, il fait partie de ces grands propriétaires terriens attachés aux traditions, et c'est tout aussi fascinant..., ajouta Marjorie d'une voix rêveuse.

Tiens donc. L'Américaine semblait avoir bien du mal à départager les avantages d'une future vie de château de ceux que lui procurerait un mariage avec un professeur d'Oxford, songea Clement.

— Nous essayons de découvrir pourquoi le garçon s'est aventuré dans le verger et près du puits, pour commencer. Je suppose qu'Emily n'a pas mentionné avoir secrètement donné rendez-vous à Eddie là-bas ? s'enquit-il d'un ton léger. Nous avons essayé de lui parler, mais elle semble être bien gardée par Mme Roper, la gouvernante.

— Oh ! celle-là, alors ! lança Marjorie d'un ton dédaigneux.

Elle n'était visiblement pas intimidée par le dragon des de Lacey. Et Trudy avait le sentiment que cela était réciproque. Elle ne voyait pas comment Mme Roper s'en laisserait imposer par Marjorie Chandler, si chic soit-elle !

— Ne vous en faites pas, docteur Ryder, j'en toucherai un mot à Martin et je ferai en sorte que vous puissiez vous entretenir avec sa fille, déclara l'Américaine, qui avait parfaitement saisi l'allusion du coroner. Et, pour répondre à votre question, non, elle n'a pas parlé d'un rendez-vous au verger ni près du puits. Cela dit, j'ai remarqué que c'était une enfant assez secrète, qui aimait tenir des carnets et ce genre de choses. Après tout, c'est de son âge... Mais maintenant que j'y pense, il me semble que Martin m'a dit que le garçon accompagnait toujours Emily dans ses escapades. Donc, si quelqu'un sait pourquoi le pauvre petit est allé dans le verger ce jour-là, c'est sûrement elle.

— Je vois. Alors, je vous serais en effet très reconnaissant de nous permettre de la voir, lança Clement, qui souhaitait tirer profit de cette visite.

— Mais certainement. Je peux même appeler Martin tout de suite, dit-elle en jetant un rapide coup d'œil à son poignet, où Trudy remarqua une montre en platine sertie de diamants. Il devrait être au Hall à cette heure-ci. Il se lève toujours aux aurores et aime déjeuner tôt.

Marjorie était visiblement certaine que Martin serait heureux de son appel, mais aussi qu'il ferait tout son possible pour lui rendre service – et Clement la croyait sur parole.

— Je vous remercie. Nous n'allons pas abuser davantage de votre temps, annonça-t-il en se levant. J'imagine qu'un après-midi chargé vous attend.

— Oui, j'aimerais me rendre à l'Ashmolean Museum pour y voir la dernière exposition sur Gustav Klimt.

— Ah, c'est formidable, vous verrez. J'y suis allé il y a quelques jours, mentit Clement avec aplomb, tandis que Trudy se dépêchait de remballer son carnet de notes.

— Vous pouvez dès maintenant prendre le chemin de Briar's Hall, les encouragea-t-elle. D'ici votre arrivée, j'aurai convaincu Martin de vous laisser parler à la petite Emily.

— Merci, répondit Clement en portant la main de Marjorie à ses lèvres pour y déposer un baiser.

Trudy en resta bouche bée. Mais après un bref coup d'œil dans sa direction, elle remarqua que l'Américaine rougissait presque de plaisir devant cette marque de galanterie à l'anglaise.

Clement attendit qu'ils soient en bas de l'escalier en chêne menant au hall d'entrée pour jeter un regard amusé à Trudy et lancer avec malice :

— Un sacré numéro, cette Mlle Chandler, n'est-ce pas ?

— C'est le moins qu'on puisse dire. Vous avez vu sa tenue, et la quantité de maquillage et de bijoux qu'elle portait à cette heure-ci de la journée ? Sans parler de ses maudits tableaux ! ajouta Trudy en frémissant.

— J'en conclus que vous n'aimez pas beaucoup l'art moderne ?

— Pas si c'en était un exemple. Mais qu'est-ce que c'était que ces horloges coulantes, bon sang ?

— Dalí, répondit succinctement le coroner.

— Qui ça ?

— Salvador Dalí, l'un des principaux représentants du surréalisme, précisa Clement. Et ce tableau est l'une de ses œuvres les plus célèbres, avec celui d'un homme en chapeau melon ayant pour visage une pomme…

Clement continua de lui enseigner les préceptes du mouvement surréaliste tandis qu'ils prenaient la route de Briar's-in-the-Wold.

Et, tout le long du trajet, Trudy se demanda si le coroner n'était pas en train de se payer sa tête.

18

Clement s'interrompit lorsqu'ils arrivèrent une nouvelle fois devant le Hall, au grand soulagement de Trudy à qui l'exposé du coroner commençait à donner le tournis. Par ailleurs, son esprit était occupé par un tout autre sujet.

À la fin de l'été, elle aurait validé son stage et deviendrait une vraie policière. Le fait que cette échéance se rapproche à grands pas la remplissait de fierté car, à ses débuts dans la police, personne ne pensait qu'elle tiendrait plus de six mois. Elle avait prouvé à toutes les mauvaises langues qu'elles avaient eu tort, et maintenant que son premier objectif, consistant à survivre à sa période de stage, était rempli, elle se sentait pousser des ailes.

Mais à présent, son entrain était un peu entaché par la crainte de l'accueil qu'elle recevrait à son retour à la maison. Elle pressentait que le dîner avec ses parents ne serait pas une partie de plaisir, et qu'elle devrait affronter le silence réprobateur de sa mère ou subir une énième leçon sur les risques de devenir vieille fille.

— Il est temps de vérifier si Mlle Chandler a autant d'influence sur le sieur de Lacey qu'elle le prétend, déclara Clement, un sourire aux lèvres.

À en croire le regard glacial et empli d'amertume que leur lança Mme Roper lorsqu'elle leur ouvrit la porte, il était clair que l'Américaine faisait la pluie et le beau temps à Briar's Hall.

Ou, du moins, pour aussi longtemps que Martin de Lacey caresserait l'espoir de l'épouser et de jouir de son immense fortune.

— Mlle Emily est dans la bibliothèque, elle vous attend, annonça froidement la gouvernante. Son père est avec elle, poursuivit-elle, visiblement heureuse d'ajouter cette précision.

Elle leur fit traverser le hall d'entrée ainsi qu'un petit couloir et ouvrit à contrecœur l'une des portes sur sa gauche.

Avec ses multiples rayonnages de livres – qui, pour la plupart, n'avaient sans doute jamais été ouverts –, ses longs rideaux de velours rouge délavés et poussiéreux et ses indispensables canapés, fauteuils et autres méridiennes en cuir vert, la pièce était un exemple typique des bibliothèques que l'on trouvait dans la plupart des manoirs de campagne. Grâce à ses grandes fenêtres à guillotine, elle était baignée de lumière, et les puissants rayons du soleil laissaient apparaître les particules de poussière en suspension dans l'air. Sur le grand globe terrestre placé dans un coin, on distinguait une longue bande rose délimitant les frontières de l'Empire britannique. De l'autre côté de la pièce trônait un splendide bureau georgien, sur lequel reposaient un porte-plume et un encrier en ivoire.

Mais c'est vers les deux personnes présentes que Clement et Trudy dirigèrent aussitôt leur attention.

Martin de Lacey se leva le premier. Il était vêtu d'une veste en tweed un peu usée, d'un pantalon épais et de bottes en cuir. Il ne lui manquait plus qu'un setter anglais crasseux à ses côtés pour devenir l'incarnation des gentilshommes de campagne représentés par les grands artistes de l'époque victorienne – qui n'auraient sûrement pas voulu entendre parler de peintures d'horloges coulantes ni d'hommes avec des pommes en guise de visage.

Cependant, c'était la petite fille que Trudy et Clement étaient venus voir.

Elle était installée au fond d'un fauteuil trop haut pour elle et laissait ses jambes se balancer d'avant en arrière. Le mouvement s'arrêta dès qu'elle remarqua les deux adultes qui la fixaient. Elle avait les yeux gris, les cheveux foncés et le visage sombre. Elle ressemblait un peu à son père, et Clement ne doutait pas qu'elle se transformerait en une vraie beauté d'ici quelques années.

— Monsieur de Lacey, lança Clement en s'avançant pour serrer la main du châtelain avant de se tourner vers la petite fille en souriant. Et tu dois être Emily ?

— Oui, monsieur, répondit-elle en le fixant d'un œil circonspect.

Elle était à l'étage, dans la nursery, quand Mme Roper était venue la chercher et lui avait annoncé que des visiteurs importants allaient arriver. Elle lui avait également dit de rester silencieuse et de ne parler que lorsque l'on s'adresserait à elle.

Tandis qu'elle fixait le coroner d'un air grave, Emily ne put s'empêcher de jeter un coup d'œil furtif à Trudy ; elle n'avait jamais vu de femmes en uniforme auparavant. La veille, la petite fille avait aperçu les deux visiteurs de la fenêtre de la nursery et les avait tout de suite reconnus à leur entrée dans la bibliothèque.

— Je suis le Dr Ryder, et voici l'agent de police Trudy Loveday, déclara Clement avec le même ton solennel que la petite fille, à la différence près qu'un sourire étirait les lèvres du coroner.

Il n'était pas surpris que l'enfant soit aussi bien éduquée, mais il devait rapidement faire en sorte qu'elle ose s'exprimer librement. C'est pourquoi il se retourna et jeta un coup d'œil à Mme Roper qui les surveillait ouvertement.

Martin, qui avait remarqué le regard du coroner, lança d'un ton légèrement crispé :

— Merci, madame Roper, ce sera tout.

Le dragon se retira à contrecœur, et Clement nota que la petite fille semblait à présent un peu plus détendue.

— Je vous en prie, asseyez-vous, dit Martin.

Le châtelain s'installa dans le fauteuil à côté de sa fille et les regarda attentivement.

— Vous avez avancé dans votre enquête ?

— Un peu, monsieur, mais il est encore tôt, répondit Trudy.

Elle savait que la question s'adressait au coroner, mais elle n'aimait pas qu'on la traite comme si elle était invisible. En plus, c'était elle qui portait l'uniforme donc, *techniquement*, c'était elle la référente de l'enquête.

— Je vois, fit Martin.

Il était impossible de dire s'il était déçu ou soulagé de la nouvelle.

— J'espère que cela ne vous dérange pas si nous parlons un instant à votre fille ? demanda Clement.

Il avait choisi un fauteuil qui faisait face à l'enfant et jeta un regard à la ronde avant de déclarer :

— Il y a beaucoup de livres ici. Je parie que tu les as tous lus, Emily !

— Pas tous, admit-elle avec un petit rire amusé. Il y en a des milliers et des milliers !

— Oui, c'est vrai. Mais tu as sûrement lu les meilleurs. *Lorna Doone,* par exemple ?

— Ça, je l'ai lu. Et aussi, *Prince noir* et *Hirondelles et Amazones.*

— Ah ! vous avez un bateau pour naviguer sur le lac ? Je suis sûr que oui. J'aimerais avoir un lac dans mon jardin, moi aussi. Je crois que je passerais mes journées à jouer à l'aventurier, comme dans *Hirondelles et Amazones* !

Emily gloussa en imaginant le monsieur aux cheveux blancs en train de jouer.

— Oui, on a une barque. Mais je n'ai pas le droit d'en faire toute seule, ajouta-t-elle aussitôt, consciente que son père se trouvait à côté d'elle et l'écoutait en silence. Un des jardiniers doit toujours venir avec nous. D'habitude, c'est Lallie qui nous accompagne. Il aime bien ramer et il sait où les poules d'eau font leur nid. Et, quand il trouve des œufs de cane, on les apporte à la cuisinière. Elle en met dans sa pâte à gâteau.

— Ce doit être délicieux ! dit Clement, le regard brillant. Eddie aimait faire de la barque, lui aussi ?

La mention du nom de son ami fit aussitôt perdre toute sa joie de vivre à la petite fille, qui se mordilla les lèvres, le regard baissé vers ses genoux.

— Oui, il aimait bien ça, répondit-elle enfin.

— Il savait nager ? s'enquit Clement d'une voix douce.

— Oh oui ! Et moi aussi, je sais. Mais il n'aimait pas beaucoup ça. On préférait jouer dans la forêt.

Ils y avaient construit une cabane secrète, mais Emily n'en dirait rien. On ne raconte pas ce genre de choses aux adultes.

— Je parie que vous jouiez à Robin des bois, là-bas.

— Moi, j'étais Belle Marianne, déclara Emily avec fierté. On avait fabriqué des arcs avec des branches de saule parce qu'elles sont bien souples, et Eddie avait taillé des flèches avec son canif. On avait aussi emprunté un vieux seau et peint une cible dessus, mais on avait du mal à la toucher. C'est drôlement difficile de bien viser avec une flèche, dit-elle, l'air contrarié.

Clement hocha la tête d'un air entendu.

— Ça demande beaucoup d'entraînement, en effet. Qu'est-ce que vous aimiez faire d'autre, tous les deux ?

— Oh ! plein de choses, rétorqua Emily en haussant les épaules.

Bien trop maligne pour livrer ses secrets si facilement, elle laissa son regard dériver vers la fenêtre en silence.

— Emily, sais-tu pourquoi Eddie est allé dans le verger le jour de la chasse aux œufs ?

Emily secoua la tête, désemparée.

— Non, ils nous avaient pourtant bien dit que les œufs étaient seulement cachés dans le potager…

— Savais-tu qu'il y avait un puits là-bas ?

Emily haussa les épaules.

— Oui, je vis ici, vous savez, lâcha-t-elle avec une pointe de dédain.

— *Emily* ! lança son père d'un ton réprobateur.

De nouveau, la petite fille se mordit la lèvre et baissa les yeux.

— Désolée, murmura-t-elle.

Clement sourit.

— Ce n'est rien, c'est ma faute. C'est vrai que ma question était un peu idiote. Est-ce que tu l'avais déjà exploré, toi ?

— Pas vraiment. Il n'y avait rien d'intéressant à voir, vous savez – juste un mur en rond avec un couvercle en bois. Quand on était petits, on aimait bien jouer à chat perché dessus, mais je suis trop grande pour ça maintenant, ajouta-t-elle avec détachement.

Clement hocha la tête d'un air solennel.

— C'est vrai, ce n'est plus du tout de ton âge. Quelqu'un t'a-t-il déjà demandé de l'accompagner dans le verger ?

Clement remarqua que le père d'Emily s'était un peu raidi en entendant sa question, mais la petite fille semblait plus perplexe qu'autre chose.

— Non, comment ça ? Qui ferait ça ? s'enquit-elle.

— Oh ! je ne sais pas, n'importe qui. Un inconnu ou quelqu'un du village ? L'un de vos jardiniers ou peut-être la maman ou le papa d'un de tes amis de l'école ? dit Clement d'une voix calme et nonchalante.

— Non, jamais, répondit Emily, catégorique. Pourquoi quelqu'un ferait ça ? demanda-t-elle à nouveau.

Clement haussa les épaules.

— Nous essayons simplement de comprendre pourquoi Eddie est allé près du puits ce jour-là, c'est tout. Est-ce qu'il t'a dit quelque chose à ce sujet le matin de la chasse aux œufs ?

— Non, lâcha Emily d'un ton ferme.

C'était vrai, il n'avait rien dit, pensa-t-elle avec espièglerie.

Sentant que la petite fille commençait à se braquer, Clement n'insista pas.

— Très bien. Et est-ce qu'il t'a confié avoir retrouvé un inconnu quelque part récemment ?

— Non, personne ne vient jamais par ici, déclara Emily d'un air aussi désinvolte que possible.

C'était drôlement difficile de mentir sans avoir l'air louche. La petite fille lança un coup d'œil en coin au coroner pour voir si elle s'en était bien tirée et pensa avoir réussi à le berner.

— Tu es une petite fille très intelligente, Emily, ça se voit, affirma Clement en souriant. Et j'imagine que tu as beaucoup réfléchi à ce qui s'est passé ce jour-là. Sais-tu comment Eddie est tombé dans le puits ? demanda-t-il enfin sans détour.

Il jeta un rapide coup d'œil à Martin de Lacey qui s'agitait dans son fauteuil. De toute évidence, le notable n'appréciait pas qu'une question aussi directe soit posée à sa fille, mais avant qu'il ait pu s'y opposer, elle répondait déjà.

— Non, mais c'est vrai que j'y ai vraiment *beaucoup* pensé, lança Emily, dont l'intensité de la voix et les sourcils froncés exprimaient toute la frustration. Je ne sais pas du tout ce qu'il faisait là-bas.

Ce n'était même pas l'une de leurs « cachettes secrètes » où ils se laissaient parfois des messages, comme de vrais espions.

La petite fille prit un air renfrogné. Elle savait qu'Eddie aimait lui jouer des tours de temps en temps. Et, s'il avait découvert une information vraiment juteuse, il l'aurait certainement gardée un moment pour lui avant de lui en parler. Il était toujours tout excité quand il apprenait quelque chose qu'elle ignorait. Non pas que ce soit arrivé souvent. Emily savait toujours ce qu'il lui cachait, même si elle lui faisait croire le contraire.

Remarquant que son auditoire composé d'adultes attendait une réponse, elle haussa exagérément les épaules et ajouta à mi-voix un « Je sais pas » hargneux. Elle était de nouveau apeurée et voulait que ses visiteurs s'en aillent.

— Je pense que ça suffit comme ça, intervint Martin de Lacey, qui avait remarqué le malaise de sa fille et souhaitait éviter qu'elle se mette à jouer les fortes têtes. Elle ne sait manifestement rien à propos de toute cette histoire.

Le ton de sa voix ainsi que le regard qu'il lançait à Clement et Trudy indiquaient clairement qu'aucune discussion n'était possible.

— Très bien, dit le coroner, qui savait quand se retirer. Eh bien, merci, Emily, tu nous as été d'une grande aide. Et nous sommes vraiment navrés pour ton ami, ajouta-t-il d'une voix douce.

Emily entendit la jolie policière ajouter :

— Oui, toutes nos condoléances. Il doit beaucoup te manquer.

La petite fille cligna très fort des yeux. Pour rien au monde elle ne s'autoriserait à pleurer devant des inconnus.

Dans un premier temps, elle fut soulagée de voir les deux visiteurs se lever et partir.

Mais lorsque son père revint dans la pièce, le visage fermé, et qu'il se posta devant son fauteuil, la toisant de toute sa hauteur, elle regretta aussitôt leur départ.

Elle le regarda avec nervosité.

— Bon, Emily, dit Martin de Lacey. Je veux savoir ce que tu caches. Tu as peut-être réussi à les convaincre avec ton petit numéro, mais pas moi. Et ce n'est pas la peine d'essayer de me mentir, fit-il en levant la main en signe d'avertissement. Je sais que vous adoriez fourrer votre nez partout, le petit Proctor et toi. Je vous ai vus jouer aux espions et écrire dans votre carnet secret. Alors, tu vas rester sagement assise là et me raconter ce que vous manigancez, tous les deux.

Emily déglutit avec difficulté.

— D'accord, papa, répondit-elle avec aplomb, sans avoir la moindre intention de lui obéir.

19

Caché derrière l'une de ses colonnes préférées sous le porche, le jeune George de Lacey essayait de ne pas trop gigoter. Il aimait se tapir dans l'ombre et bondir sur les gens en rugissant ou en criant comme Tarzan pour les faire sursauter.

Mais cela nécessitait toujours, dans un premier temps, d'échapper à sa nourrice. Il y était parvenu après avoir entendu des voix inconnues s'élever de la bibliothèque, et maintenant il regardait avec jubilation un monsieur aux cheveux blancs et une dame à la tenue étrange sortir de la maison tandis que Mme Roper s'empressait de claquer la porte derrière eux.

Il attendit le moment parfait, espérant que ce serait la dame qui passerait le plus près de lui – c'était toujours les femmes qui criaient le plus fort. Le hasard fit bien les choses et, juste avant que les inconnus arrivent à sa hauteur, il s'élança en poussant son cri de Tarzan le plus féroce. (Billy, le cireur, lui avait fait une démonstration quelque temps auparavant en s'inspirant d'une scène d'un film projeté au cinéma du village.)

Trudy n'eut pas besoin de feindre d'avoir été surprise. Elle sursauta et émit un petit cri aigu dans un mouvement instinctif de recul. Puis elle éclata de rire à la vue du petit garçon qui se tenait devant elle, les mains sur les hanches et les traits déformés par une redoutable grimace.

— Je suis Tarzan, et ici c'est ma jungle. Une pièce pour la bonne aventure, ajouta George, de manière assez déroutante.

(Billy s'était aussi rendu à la fête du village et avait parlé à George de ces mystérieuses femmes qui regardaient dans de grosses boules de cristal et demandaient de l'argent aux passants pour leur prédire l'avenir.)

— Je ne sais pas si Tarzan saurait quoi faire d'une pièce, mon garçon, dit Clement en sortant six pence de sa poche de pantalon. Mais je suis sûr que M. George de Lacey saura en faire bon usage.

George (qui n'était pas un membre de l'aristocratie pour rien) accepta aussitôt le pot-de-vin et l'enfonça dans sa chaussure. Trudy l'observait, amusée. Le garçon était vêtu d'un short bleu marine impeccable et d'une chemisette blanche. Mais ses vêtements ne resteraient pas propres longtemps maintenant qu'il était à l'extérieur.

— Merci, monsieur, répondit poliment George.

Clement fixa le petit garçon d'un air grave.

— Maintenant que je t'ai donné une pièce, tu dois me dire la bonne fortune.

— Ah…, lâcha George, un peu décontenancé.

À sept ans, il n'était pas certain de comprendre cette expression. Il savait seulement qu'on utilisait le mot *fortune* pour parler d'argent ou d'un trésor. Mais l'idée de donner de l'argent à quelqu'un pour recevoir de l'argent lui semblait un peu bizarre…

Clement, qui avait remarqué sa perplexité, précisa :

— Donc, puisque tu dois me prédire mon avenir, ne perdons pas de temps !

— Je sais pas encore bien me servir de la boule de cristal, monsieur, répliqua George, qui eut tout à coup une idée lumineuse. En fait, elle est au sale.

Trudy, qui riait sous cape, fit attention à plaquer une main sur sa bouche pour cacher son hilarité au garçon.

— Comment ça, elle est au sale ? répéta Clement d'un air perplexe. Ce n'est vraiment pas de chance !

— Oui, monsieur. Ça se salit vite, ces choses-là, vous savez. Et après, on n'arrive plus à voir l'avenir dedans, ajouta-t-il, comprenant soudain qu'il avait été bien inspiré et que son bobard avait du sens, tout compte fait.

— Je comprends. Bon, ça ne fait rien. Utilisons ma main à la place !

Le soulagement du petit garçon fit place à un profond désarroi.

— Votre main ? lança-t-il, hésitant, tandis que l'homme aux cheveux blancs se penchait en avant et lui tendait la paume.

George la lui serra aussitôt, ou plutôt la lui secoua vigoureusement, même si ce n'était pas simple, étant donné qu'elle était tournée vers le ciel. Le vieux monsieur avait vraiment une drôle de façon de serrer la main des gens, pensa-t-il.

Clement le remercia avant de lui tendre à nouveau la main et d'en tapoter la partie creuse.

— C'est ma paume, expliqua-t-il. Tu es censé lire mon avenir dedans.

— Ah, dit George d'un air abattu.

Qu'est-ce qu'il allait bien pouvoir inventer, cette fois-ci ? Il n'allait quand même pas dire au monsieur que sa main était sale, elle aussi ! Mme Roper et Nanny lui taperaient sur les doigts s'il se montrait malpoli envers un invité.

Il poussa un soupir. Il n'y avait plus rien à faire. Il allait devoir rendre les six pence.

— Ne t'inquiète pas, ce que je veux savoir n'est pas bien compliqué, poursuivit Clement.

— C'est vrai ? demanda avec espoir George en fixant le coroner de ses grands yeux gris enjôleurs.

— Mais oui. Voyons voir… Est-ce que tu saurais me donner le nom du meilleur ami de ta sœur ?

— Oh ! c'est facile, ça, déclara fièrement George. C'est Eddie Proctor.

Son sourire s'effaça soudain.

— Mais Eddie est au ciel maintenant, alors Emily ne peut plus jouer avec lui.

— C'est très triste, convint Clement avec gravité. Tu t'amusais souvent avec eux ?

George racla le sol avec la pointe de sa chaussure, les yeux rivés à son pied.

— Non. Ils disaient que j'étais trop petit.

— Oh ! tu vas vite grandir, le rassura Clement. Tu l'aimais bien, Eddie ?

— Oui, il était plutôt gentil. Des fois, il jouait avec moi à Tarzan. Mais pas souvent, parce qu'il était tout le temps avec Emily.

— C'est ce que j'ai entendu dire. Il paraît qu'ils jouaient aux espions, entre autres. Sais-tu qui ils suivaient ou surveillaient ces derniers temps ?

— Sûrement oncle Oliver. Mais je crois qu'ils avaient un autre jeu.

— Ah, et qu'est-ce qui te fait dire ça ? s'enquit Clement d'un ton dégagé.

— Ils ont trouvé un trésor caché ! s'exclama George, empli de fierté. Mais je suis pas censé le savoir. Vous croyez que c'est un trésor pirate ?

— C'est peu probable. Nous sommes assez loin de la mer, tu ne penses pas ? Mais c'était peut-être un trésor enfoui par des moines. Ou un magot ayant appartenu aux Anglo-Saxons.

George ouvrit de grands yeux.

— Vraiment ? Nanny m'a raconté que dans l'ancien temps les rois enterraient leurs couronnes et leurs bijoux. Vous croyez qu'un roi vivait à Briar's Hall avant et qu'il aurait caché sa couronne dans le verger ?

— Ça se pourrait. Mais pourquoi penses-tu qu'il l'aurait enterrée dans le verger ? demanda Clement en tentant de cacher son impatience.

— Je sais pas. Peut-être que le trésor était dans le puits et que c'est pour ça qu'Eddie est tombé dedans ? Parce qu'il le cherchait ?

— Eddie a-t-il dit qu'un trésor était caché dans le puits ?

— Non. Mais ils ont bien trouvé le trésor quelque part… alors, pourquoi pas là-bas ? lança George à qui cela semblait parfaitement logique.

— Et qu'est-ce qui te fait penser qu'ils ont trouvé un trésor ? Ils t'en ont parlé ?

— Non, répliqua le petit garçon d'un air désabusé. Ils me disaient jamais rien, à moi. Ils gardaient leurs secrets pour eux.

— Ça ne devait pas être rigolo. Alors, comment es-tu au courant pour le trésor ? Les as-tu vus le trouver ? Peut-être les espionnais-tu, toi aussi ?

— Non. Je suis pas très doué pour ça. Ils me repéraient toujours et ils me disaient de rentrer à la maison. Mais je les ai entendus parler une fois, ajouta-t-il en relevant la tête.

— Qu'est-ce qu'ils disaient ?

Trudy retint son souffle.

— Qu'Eddie pourrait s'acheter un vélo, et Emily, des patins à roulettes. Nanny disait que c'était trop dangereux et que c'était pas pour les petites filles. Mais Eddie a dit que maintenant ils auraient plus besoin de demander à leur papa de leur acheter des choses, ou à Lallie de leur construire des chariots et des balançoires. Qu'ils pourraient acheter tout ce qu'ils voulaient dans les magasins. Donc c'est sûr qu'ils ont trouvé un trésor, non ? conclut George d'un air triomphant.

— Et tu es sûr qu'ils n'ont pas dit où ils l'avaient découvert ? demanda Clement, qui ne savait pas quoi penser de cette histoire.

— Oui. Ils faisaient que rigoler et parler de tout ce qu'ils pourraient acheter. Mais je crois qu'Emily disait ça pour plaisanter parce que, ensuite, je l'ai entendue dire qu'ils ne pouvaient pas vraiment acheter toutes ces choses, vu que l'argent était pas à eux. Donc ça aurait été voler, non ? demanda-t-il.

Clement confirma d'un air grave qu'en effet dépenser de l'argent qui n'était pas à soi constituait un vol. Il fit mine de ne pas voir le regard du garçon s'assombrir à cette mauvaise nouvelle.

— Et qu'est-ce qu'Eddie a répondu ?

— Il a dit que, quand on trouve quelque chose le premier, on devrait pouvoir le garder. Ça, on a le droit, hein ?

Visiblement, il considérait cette règle comme une vérité absolue, et Clement ne voulait pas risquer de se mettre le petit garçon à dos en lui présentant les failles juridiques d'une telle devise.

— Et les as-tu entendus dire où ils avaient découvert ce mystérieux trésor ? s'enquit-il dans une dernière tentative.

George secoua la tête.

— Non, sinon je serais allé regarder ce que…

Il rougit aussitôt, s'apercevant qu'il était sur le point d'avouer quelque chose qui pourrait lui valoir une fessée si sa nourrice venait à l'apprendre.

— Ils m'ont vu et ils ont tout de suite changé de sujet, dit-il à la place.

— C'est dommage, déclara Clement, réellement déçu.

Il aurait aimé en apprendre davantage sur cet étrange incident, car c'était la première fois qu'ils touchaient du doigt un éventuel mobile. Du moins, s'il y avait bien eu meurtre.

— Tu as participé à la chasse aux œufs, n'est-ce pas ? poursuivit Clement, qui entendit au même moment la porte s'ouvrir derrière lui.

Il entrevit sans difficulté ce qui allait suivre, et son cœur se serra.

— Monsieur George ! rugit Mme Roper, les faisant tous sursauter. Ne vous ai-je pas assez répété de ne pas parler aux inconnus ? Rentrez immédiatement ! Nanny vous cherche. Votre leçon de géographie n'est pas finie.

Le petit garçon leur lança un regard effrayé.

— Pardon, marmonna-t-il avant de se précipiter à l'intérieur.

Clement et Trudy le suivirent des yeux et soutinrent le regard venimeux que leur lança la gouvernante. Cette dernière claqua aussitôt la porte d'un coup sec et retentissant.

Trudy soupira bruyamment.

— Le pauvre petit ! J'espère qu'il ne se fera pas trop gronder, dit-elle d'un ton compatissant.

— Soyez tranquille. Quelque chose me dit que ce garçon saura se tirer d'affaire, déclara Clement avec un sourire en se remémorant la façon dont George savait user de son regard enjôleur. Alors, que pensez-vous de cette histoire de trésor que sa sœur et Eddie auraient découvert ?

D'un commun accord, ils entamèrent une promenade à travers les jardins et suivirent les sentiers en admirant le travail réalisé par M. Cricklade et ses jardiniers.

Les buissons de forsythia étaient en pleine floraison, le jaune de leurs tiges se mariant parfaitement aux massifs de tulipes et de jonquilles. Quant aux rosiers fraîchement taillés des parterres de fleurs, ils commençaient à se parer de feuilles rouges.

— Je ne sais pas, déclara Trudy. Eddie et Emily étaient peut-être simplement en train d'énumérer tout ce qu'ils pourraient faire ou s'acheter s'ils étaient riches. C'est le genre de jeux que les enfants aiment inventer.

— Hmm, c'est possible, dit Clement, dubitatif.

— Vous ne croyez quand même pas qu'ils avaient vraiment trouvé un trésor ? demanda Trudy avec un sourire.

— Ça dépend de ce que vous entendez par « trésor ». Nous savons qu'ils étaient tous les deux très curieux et qu'ils aimaient jouer aux espions. Et nous savons aussi qu'Emily est une enfant très intelligente. Qui sait ce qu'ils ont pu découvrir durant l'un de leurs jeux ?

Tandis qu'ils traversaient une pelouse, Trudy jeta un regard alentour et remarqua un miroitement argenté au loin – probablement la lumière du soleil se reflétant sur le lac, pensa-t-elle. Le domaine tout entier constituait un terrain de jeu rêvé pour des enfants et disposait de nombreuses cachettes depuis lesquelles on pouvait facilement écouter des conversations ou épier les faits et gestes des promeneurs.

Clement et Trudy contournaient à présent l'endroit où les jardins d'agrément faisaient place à des terrains paysagers, et la jeune policière aperçut à l'horizon un dôme gris, peut-être une rotonde ou un pavillon d'été. Inconsciemment, elle dirigea ses pas de ce côté.

— Vous pensez que quelqu'un aurait pu donner de l'argent aux enfants ? demanda tout bas Trudy, qui n'aimait pas l'idée qui lui venait à l'esprit. Peut-être qu'ils ont surpris un couple qui, vous savez…

Consciente qu'elle était probablement en train de rougir, elle détourna le visage.

— … avait peut-être intérêt à leur offrir des cadeaux en échange de leur silence. Surtout si l'un d'entre eux ou les deux étaient mariés. À d'autres personnes, j'entends.

Clement, qui marchait à ses côtés, se mordit la lèvre en réprimant un sourire.

— C'est une possibilité, oui.

— Et n'oubliez pas que même une petite somme peut sembler une fortune à des enfants. À leur âge, si j'avais trouvé une pièce de deux pence, je me serais crue riche.

— Mais vous vous seriez doutée que ça n'aurait pas suffi à acheter un vélo et une paire de patins, fit remarquer Clement.

Trudy fronça les sourcils.

— Enfin, s'ils recevaient de *vraies* sommes d'argent... Ne me dites pas que vous croyez que les enfants faisaient chanter quelqu'un, docteur Ryder ?

— L'idée n'est pas attrayante, n'est-ce pas ?

— Non ! Et je ne crois pas que ce soit plausible non plus. Je sais que je ne connaissais pas Eddie Proctor personnellement, mais à en croire tout ce que l'on a appris à son sujet, il m'avait l'air d'être un garçon gentil et honnête.

— Ce n'était pas une mauvaise graine, comme on dit ?

— Non. Et, en plus de cela, je pense que ses parents l'avaient bien élevé et qu'ils lui avaient appris à faire la différence entre le bien et le mal, insista Trudy.

Clement acquiesça d'un signe de tête. Lui non plus n'aimait pas beaucoup l'idée que le fils de Vincent Proctor ait été impliqué dans une histoire aussi sordide. Et pourtant... quelqu'un avait vraisemblablement voulu la mort du petit garçon.

— Je suppose que nous sommes tous les deux d'accord, à ce stade, pour affirmer que l'enfant a bien été assassiné ? dit le coroner à mi-voix. Et que nous devrions désormais enquêter en ce sens ?

Ils avaient quitté l'allée en gravier et suivaient maintenant un chemin de paillis à travers les arbres. Devant eux, la silhouette massive d'un bâtiment blanc leur indiqua qu'ils atteignaient le pavillon d'été situé dans les bois.

— Oui, c'est ce que je crois, déclara Trudy. Je ne sais pas pourquoi, mais mon instinct me dit que son décès n'était pas accidentel.

— Dans ce cas, il existe forcément un mobile. Nous savons qu'Eddie n'a pas subi d'attouchements, donc le coupable n'est pas un déviant sexuel. Et rien ne suggère que le petit Proctor était un enfant battu. Alors quelle hypothèse nous reste-t-il ?

Trudy sentit ses yeux la brûler, et elle secoua vivement la tête.

— Je ne veux pas croire..., commença-t-elle avec difficulté.

Sa gorge se serra, et elle sut qu'elle ne parviendrait pas à formuler à voix haute les pensées sombres qui lui traversaient l'esprit.

Clement lui rendit service en terminant sa phrase à sa place :

— Que le garçon a peut-être fait quelque chose de mal et que l'histoire à laquelle il s'est retrouvé mêlé a causé sa mort ? Je n'ose pas l'imaginer, moi non plus. C'est insupportable, n'est-ce pas ?

— Oui, et je suis toujours convaincue que c'est impossible, déclara Trudy, obstinée.

— J'espère que vous avez raison. Car dans le cas contraire... vous devez vous douter de ce que cela implique ?

Trudy jeta un regard à Clement, réfléchit un instant et devint tout à coup pâle comme un linge.

— Oh non ! Emily ! chuchota-t-elle, horrifiée. Vous pouvez être sûr que, quoi qu'Eddie ait découvert, elle était au courant elle aussi !

Ce qui signifiait qu'un autre enfant était en danger.

Les arbres – principalement des hêtres, des ormes et quelques noisetiers épars – firent place à une clairière dans laquelle on avait construit une grande structure hexagonale. Face à elle, la vue avait été dégagée afin d'offrir un panorama sur le lac. Une terrasse couverte peinte en blanc courait tout le long des murs ornés de treillis sur lesquels grimpait du chèvrefeuille sauvage.

— Oh ! comme c'est beau ! s'exclama Trudy, ses idées noires momentanément chassées par le romantisme de la scène.

— C'est très bien entretenu pour un simple pavillon d'été, fit observer Clement en se mettant à faire le tour de la maison.

Le toit en ardoise grise était immaculé, de même que les boiseries. Les fenêtres étaient d'une propreté étincelante et... oui,

Clement pouvait voir qu'un petit poêle à bois avait été encastré dans l'un des murs.

Lorsqu'ils atteignirent le devant du pavillon, il remarqua que l'unique porte de la bâtisse semblait robuste et bien verrouillée. Et, à côté de la maison, il aperçut de vieilles toilettes sèches en bois, à moitié cachées par un laurier.

C'est alors que la porte s'ouvrit et qu'une grande silhouette s'avança d'un pas traînant sur le perron en bois qui surplombait deux petites marches.

— Bonjour. Vous êtes Lallie, c'est bien ça ? demanda Trudy, qui se remémorait sa conversation avec le chef jardinier.

La dernière fois qu'elle l'avait vu, l'homme tuteurait des poiriers le long d'un mur orienté au sud. Qu'avait dit M. Cricklade à son sujet déjà ? Que l'homme était simple d'esprit ?

— Bonjour, mademoiselle, dit-il, visiblement surpris de les voir.

Clement fut le premier à comprendre.

— Vous vivez ici, monsieur… euh… ?

— Clark, monsieur. Mais tout l'monde m'appelle Lallie. Oui, c'est chez moi.

C'était un homme imposant, qui donnait l'illusion trompeuse d'être enrobé et mollasson, remarqua Trudy. Peut-être était-ce dû à ses vêtements amples et usés, ou à sa façon de traîner le pas, les épaules légèrement voûtées, comme s'il était constamment en train de s'excuser.

— Bonjour, Lallie, dit-elle doucement. Nous sommes désolés pour cette intrusion, nous ne savions pas que vous habitiez là, ajouta-t-elle en indiquant d'un signe de tête l'habitation insolite.

— Oh ! ben, j'vis là depuis que j'suis rentré d'la guerre, déclara Lallie, le visage rayonnant tandis qu'il jetait un regard alentour. Mais ça a pas toujours été l'cas. Papa était vacher à la ferme et, lorsqu'il est mort, maman est restée dans not' cottage. Mais quand j'suis revenu, le pasteur m'a dit qu'elle avait été emportée l'hiver d'avant. Une pneumonie, qu'il a dit. Et le maître avait loué le cottage à quelqu'un d'autre.

— Oh ! c'est terrible, s'exclama Trudy.

Quel choc cela avait dû être ! Le pauvre homme, qui vivait certainement depuis toujours au village, avait été appelé pour combattre dans les tranchées – sans doute comme la plupart des jeunes de son âge – et, à son retour…

— Oh oui, ma vieille maman me manque beaucoup, confirma Lallie. Bref, le pasteur m'a dit qu'il allait causer au maître, et après ça M. de Lacey m'a proposé de m'installer ici, fit-il avec un signe de tête en direction de sa modeste maison. Il a dit que j'pouvais aller fouiller dans ses remises et prendre tout ce dont j'avais besoin pour la retaper. Des outils, du bois et tout le reste. J'ai trouvé un beau petit poêle et j'ai réussi à bien l'réparer.

— C'est du beau travail, acquiesça Clement avec sincérité.

Il pouvait constater que la vieille structure en bois était parfaitement étanche et bien entretenue. Les fenêtres du pavillon avaient été repeintes récemment, et un nouveau mastic avait été posé autour des vitres pour éviter les courants d'air.

— La vieille cuisinière du château m'a récupéré un réchaud à gaz dans un débarras, et on a trouvé un lit en laiton dans le grenier du Hall, qui tient pile-poil contre le mur du fond. Les gens m'ont beaucoup aidé, vraiment beaucoup, déclara Lallie avec un sourire. Ma vieille maman disait toujours : « les gens sont gentils quand on apprend à les connaître », et elle avait raison. Vous voulez entrer prendre le thé ? J'ai une pompe. M. Cricklade dit que l'eau vient de la source souterraine qui alimente le lac.

— Oh ! merci, mais nous ne voulons pas vous déranger, répondit Trudy.

Elle n'avait pas refusé l'invitation à cause d'une quelconque réticence à boire cette eau. Mais sans savoir pourquoi, elle trouvait qu'il ne serait pas correct de pénétrer dans l'humble logement de cet homme.

— Nous revenons tout juste du Hall. Nous parlions à M. de Lacey de ce pauvre garçon décédé, ajouta-t-elle.

— Ah, quelle sale histoire ! fit Lallie en secouant la tête.

Au vu de sa tignasse brune en bataille, l'homme n'avait sans doute pas eu droit à une bonne coupe de cheveux depuis qu'il avait servi dans l'armée.

— Une fois, j'lui ai montré le nid qu'un couple de chiqueuses avait fait dans une vieille théière en haut d'une haie.

La dernière fois que Trudy avait entendu quelqu'un appeler les grives musiciennes par ce terme de vieux patois, elle portait encore des nattes et des jupes plissées.

— Je parie que ça a dû lui plaire. Est-ce qu'il collectionnait les œufs d'oiseaux ? s'enquit-elle poliment.

— J'sais pas, déclara Lallie avec un haussement d'épaules avant de se mettre à sourire. Les gosses arrêtaient pas d'aller et venir. Toujours en train de jouer aux cow-boys et aux Indiens, et tout le tintouin. Une fois, j'leur ai fabriqué un chariot avec les roues d'un vieux landau et un peu de bois et de ficelle. Ils ont descendu la colline avec, et mademoiselle Emily criait de joie.

— Nous venons tout juste de parler à Mlle de Lacey et à son père, précisa Trudy d'une voix douce.

— Ah. J'crois bien qu'le châtelain est pas content à cause du puits, déclara gravement Lallie. Il m'avait jamais dit de vérifier qu'il était bien couvert, j'le jure, s'empressa-t-il d'ajouter.

— Nous apprenons tous de nos erreurs, dit tristement Clement. Je suis certain que, s'il pouvait revenir en arrière, M. de Lacey s'assurerait que le puits soit correctement scellé.

Lallie haussa de nouveau les épaules.

— Vous avez sûrement raison. Le maître est un homme bien, dans son genre. Mais il est très secret. Vraiment très secret, répéta-t-il en secouant la tête. Et faut pas l'énerver !

Puis, avec une brusquerie qui surprit Clement et Trudy, il dévala les deux marches du perron et prit le chemin de la forêt.

— Il faut que j'y retourne, sinon M. Cricklade va dire que j'lambine ou j'sais pas quoi encore, lança-t-il par-dessus son épaule en guise d'explication. Vous écartez pas des chemins ! conclut-il avant de disparaître dans les bois.

20

— Eh bien, je crois que nous ferions mieux de suivre le sentier, déclara Clement en souriant à Trudy, tandis qu'ils revenaient sur leurs pas pour rejoindre leur voiture.

Trudy lui rendit son sourire mais se rembrunit aussitôt, de nouveau tourmentée par une idée lugubre qui ne la quittait pas.

— Docteur Ryder, vous croyez que quelqu'un aurait pu attirer Eddie jusqu'au puits en lui promettant une somme d'argent ? demanda-t-elle tout bas. Si l'on oublie un instant cette conversation au sujet du trésor, cela pourrait déjà expliquer pourquoi il est allé au puits.

— Hmm, c'est possible. Cela aurait tenté n'importe quel enfant.

Trudy soupira. C'était vrai. Le désir d'argent des enfants ne s'apparentait pas à de la cupidité puisque, à cet âge, ils n'auraient pas su dire si cela était une qualité ou un défaut. Pour eux, l'argent n'était que l'un de ces mystérieux concepts du monde des adultes, qu'ils ne comprenaient pas encore très bien. Recevoir de l'argent de poche signifiait pouvoir passer toute la journée à la fête foraine ou au cinéma, ou aller à la confiserie pour acheter des sacs entiers de bonbons (à l'inverse des adultes, qui semblaient ne jamais vouloir dépenser leurs sous !). Mais lorsqu'ils n'avaient pas d'argent de poche – soit la plupart du temps –, alors cette idée leur sortait complètement de la tête, et ils trouvaient plein d'autres activités à faire gratuitement.

Néanmoins, une promesse d'argent serait toujours attrayante aux yeux d'un enfant, et elle pouvait presque garantir son obéissance.

— Bon, eh bien, ce ne sont pas les gens fortunés qui manquent dans cette affaire, fit Trudy avec un long soupir. Les de Lacey, pour commencer - aussi bien le châtelain que son cousin. Et Marjorie est riche comme Crésus ! Vous avez vu tous les bijoux qu'elle portait ?

— Ça aurait été difficile de les manquer ! lança Clement en riant. Mais comme vous l'avez fait remarquer, le coupable n'a sans doute pas promis une somme mirobolante à Eddie. Un simple shilling aurait suffi à attirer le garçon.

Cette triste réalité fit de nouveau soupirer Trudy.

— Quoi qu'il en soit, ne nous laissons pas trop distraire par cette histoire de trésor, conseilla le coroner. N'oubliez pas de qui nous tenons cette information. À l'âge de George, les enfants peuvent facilement se tromper ou mal interpréter une situation. En revanche, nous ferions bien de retourner chez les Proctor pour demander aux parents d'Eddie si leur fils rapportait des sommes inhabituelles à la maison ces derniers temps.

— Peut-être qu'il vaudrait mieux en parler à ses frères et sœur, avertit Trudy. Si Eddie avait de l'argent, il le cachait peut-être à ses parents.

— Très bien. Vous devriez vous en charger. Mais allez-y en douceur. Même si les enfants peuvent se montrer étonnamment résilients, n'oublions pas que les petits Proctor sont en deuil. Et n'est-il pas interdit d'interroger des mineurs sans leurs parents ? Cela dit, si Eddie dissimulait bel et bien de l'argent, il y a peu de chances que ses frères et sœur le dénoncent en leur présence.

Trudy sourit.

— Je me disais que je pourrais faire en sorte de les croiser quand ils rentreront de l'école pour le déjeuner et discuter un peu avec eux.

Clement secoua la tête d'un air faussement affligé.

— Mademoiselle Loveday, seriez-vous déjà en train de perdre votre moralité, à votre âge ? lança-t-il d'un ton outré en feignant d'être déçu.

— Non, monsieur, mon capitaine appelle ça « faire preuve d'initiative », répliqua-t-elle du tac au tac.

— Oh ! dans ce cas, c'est d'accord, dit-il en souriant.

— Et qu'allez-vous faire de votre côté ? s'enquit avec curiosité Trudy.

— Je vais interroger la cuisinière du Hall. J'aimerais qu'elle me parle du dragon qui garde le château des de Lacey.

Trudy haussa les épaules. Elle ne comprenait pas pourquoi le coroner s'intéressait tant à Mme Roper. Certes, sa loyauté envers la famille semblait un peu excessive, mais beaucoup de vieux domestiques étaient comme ça. Et elle ne voyait vraiment pas ce qui aurait pu la pousser à assassiner un enfant du village – même si ce dernier avait eu l'audace de devenir ami avec Emily de Lacey !

21

Mme Hilda Verney fut un peu surprise en découvrant la personne venue lui rendre visite dans sa cuisine. Tout d'abord, elle n'était pas habituée à ce que des hommes si élégants passent par la porte de service. En plus, elle ne voyait pas d'un bon œil quiconque l'interrompait dans sa routine quotidienne sans une bonne raison. Mais sa méfiance initiale se dissipa dès que l'homme se présenta.

Elle ne s'était pas rendue en personne à l'audience, mais elle avait lu les articles relatant la mort du petit Eddie Proctor. Comment ne pas s'y intéresser ? Le village entier en parlerait au cours des décennies à venir. Dans l'un de ces papiers, un journaliste visiblement bien renseigné avait joint un résumé succinct du parcours professionnel du coroner, précisant qu'il avait été un chirurgien réputé pendant de nombreuses années avant de changer de carrière.

Comme beaucoup de gens de la campagne et de la classe ouvrière, Mme Verney tenait les médecins – et en particulier les chirurgiens – en très haute estime. Qui plus est, le costume luxueux et impeccablement taillé de son visiteur, sa voix profonde et distinguée ainsi que la prestance et l'assurance qu'il dégageait eurent tôt fait de la convaincre de sa bonne foi.

En outre, le maître de maison avait informé tous les membres de son personnel qu'ils risquaient de rencontrer cet homme au

Hall ou au village et qu'ils devraient se montrer pleinement coopératifs si jamais ce dernier les questionnait au sujet de l'accident d'Eddie Proctor.

Bien sûr, cela avait donné lieu à de folles spéculations dans les sous-sols sur ce que l'ouverture d'une enquête pouvait bien signifier. Mais le petit cireur avait certifié que la décision venait de Vincent Proctor. Il écoutait à la porte du bureau quand l'ouvrier agricole avait demandé au châtelain de s'assurer qu'une investigation en bonne et due forme soit menée sur la mort d'Eddie, et il avait rapidement fait circuler l'information à l'étage des domestiques.

Si certains villageois considéraient qu'il valait mieux enterrer l'affaire et ne plus jamais évoquer le sujet, d'autres se montraient plus compréhensifs envers les parents du garçon. Après tout, il leur semblait normal que ces derniers cherchent à découvrir ce qui s'était réellement passé ce dimanche de Pâques.

Et la cuisinière faisait définitivement partie de ce second groupe.

Elle prit néanmoins tout son temps pour préparer du thé et servir des tranches de pain au lard dont elle avait le secret. Cela lui permit de réfléchir et de mettre de l'ordre dans ses pensées.

Non pas qu'elle sache quoi que ce soit qui puisse être utile au coroner. Comme le reste des domestiques, elle n'avait pas participé à la chasse aux œufs. Mais le maître souhaitait que son personnel réponde aux questions, et les ordres étaient les ordres.

Elle s'assit donc en face de Clement et lui adressa un sourire poli.

— Vous connaissiez bien les Proctor ? demanda Clement, qui se pencha en arrière et ignora le léger grincement de protestation de sa chaise.

— Pas plus ni moins que les autres villageois, répondit-elle avec aisance.

Ce même naturel transparaissait dans son allure générale, avec sa silhouette replète qui semblait imiter la forme de ses *cottage loaves* et sa masse de cheveux gris coiffés en un chignon étonnamment élégant. Elle avait retiré son tablier quand Clement s'était présenté, révélant une robe ample et fluide du même bleu-gris que ses grands yeux humides.

Au moment où elle s'était assise, un chat tigré énorme quoique visiblement rodé à l'exercice avait bondi sur sa chaise et s'était lové sur ses genoux. À présent, il ronronnait de bonheur tandis que la cuisinière le caressait d'un air distrait.

— Je croise parfois Doreen à l'épicerie et je la vois souvent à l'église le dimanche, ajouta-t-elle. Mais son mari, beaucoup moins. Les hommes ont toujours une bonne excuse pour ne pas venir à l'office, pas vrai ? Et comme je ne vais jamais au pub…

Elle avait haussé les épaules en disant cela mais ne semblait pas s'en plaindre, et Clement eut le sentiment qu'elle était satisfaite de la vie qu'elle menait au Hall. C'était une femme visiblement assez solitaire, mais sans doute très observatrice.

Il fut rapidement établi qu'elle était la cuisinière du château depuis plus de vingt ans, et Hilda précisa, en adressant un nouveau sourire poli au coroner, qu'on l'appelait « madame » simplement par courtoisie, mais qu'elle était célibataire et heureuse de l'être.

Elle paraissait faire partie de ces rares personnes qui étaient satisfaites de leur existence et n'attendaient rien de plus de la vie. Cette femme était probablement une excellente cuisinière, et elle devait parfaitement se contenter de la chambre dont elle disposait à l'étage des domestiques et des quelques passe-temps qu'elle avait en dehors du travail. Cela faisait d'elle un témoin objectif, sans rancœur cachée envers quiconque, et c'est pourquoi Clement était certain qu'elle serait une source d'informations précieuse.

— M. de Lacey se sent coupable de ne pas avoir fait couvrir correctement le puits, déclara Clement. Au moins, il est scellé à présent.

La cuisinière secoua tristement la tête.

— C'est le genre de choses qui rappellent combien la vie peut se montrer cruelle, dit-elle doucement.

Clement hocha la tête.

— Il manque énormément à son amie, la pauvre petite Emily.

— Oh oui, c'est certain ! répondit Hilda en grattant le menton du chat qui ronronna de plus belle. C'étaient les meilleurs amis du monde, ces deux-là. Ils venaient souvent ici pour m'aider à préparer le repas et à mélanger les pâtes à gâteau. Ce qu'ils aimaient le plus faire, c'étaient les *butterfly cakes* à l'orange, parce qu'il restait toujours du glaçage à la crème au beurre à lécher au fond du plat.

— Et ils avaient le droit d'y goûter avant tout le monde dès leur sortie du four ? devina Clement avec un sourire attendri.

— Bien sûr, c'était bien mérité ! confirma Hilda en souriant, elle aussi. Il n'y avait pas une once de méchanceté chez ce garçon, ajouta-t-elle sur un ton catégorique.

Clement acquiesça d'un signe de tête.

— C'est bon à savoir, déclara-t-il avec gravité. J'ai bien sûr questionné Emily, mais elle prétend n'avoir aucune idée de ce que son ami faisait dans le verger ce matin-là. J'imagine qu'elle dit la vérité, ajouta-t-il, un peu incertain.

Hilda Verney resta silencieuse quelques secondes, puis elle soupira.

— Emily est une gentille fille. Elle ne mentirait pas par méchanceté ni par malice. Mais elle est intelligente comme pas deux !

Clement réfléchit un instant à ce que venait de dire Hilda et esquissa un sourire.

— C'était elle qui commandait, dans leur duo ?

— Ça oui. Elle n'était jamais à court d'idées.

— Et Eddie suivait les ordres sans broncher ? interrogea Clement d'un air songeur.

— La plupart du temps, oui.

Le Dr Ryder sirota sa tasse de thé et jeta un coup d'œil par la fenêtre. La cuisine n'était pas complètement enterrée, mais les vitres, qui laissaient passer des rayons obliques, étaient situées en hauteur et n'offraient donc pas de vue sur les jardins.

— Mme Roper m'a semblé être quelqu'un d'assez froid, lança-t-il soudain.

Il avait révisé sa tactique et ne fut pas surpris de voir le sourire qu'arborait la cuisinière devenir narquois.

— Oui, je comprends qu'elle puisse donner cette impression, surtout aux personnes qu'elle considère comme des « étrangers ». La famille l'a accueillie après la mort de son mari, et elle leur est très dévouée.

Hilda découpa une nouvelle tranche de pain au lard et poussa l'assiette vers Clement.

— Quand on est privilégié, on a parfois du mal à comprendre combien la vie des plus démunis peut être angoissante, expliqua-t-elle prudemment. Mme Roper a été anéantie par la mort de son mari. Elle avait quitté son foyer, s'était installée dans un lieu inconnu, pour finalement se retrouver seule du jour au lendemain.

— Je comprends que cela ait pu être terrifiant.

— Oui. Mais ensuite, la mère de M. Martin l'a recueillie. Elle lui a offert un travail de femme de chambre, un toit, des revenus réguliers, mais aussi – et c'est peut-être le plus important – un nouveau but dans la vie, déclara posément la cuisinière. Vous voyez, à cette époque, Mme Vivienne commençait à se faire vieille – et pas qu'un peu. Elle avait du mal à se déplacer, perdait la mémoire. Elle n'avait plus autant d'énergie qu'avant et elle avait besoin de quelqu'un pour veiller à son confort, mais aussi pour être ses yeux et ses oreilles au manoir. Et Cordelia avait besoin d'être rassurée et protégée. C'était l'arrangement idéal, en un sens.

Clement prit une bouchée de pain au lard et la mastiqua lentement avant de reprendre la parole.

— Mais vous ne trouviez pas cela très sain ? lança-t-il enfin.

Hilda Verney haussa ses épaules replètes.

— Qui suis-je pour les juger ? dit-elle simplement. Ça leur convenait à toutes les deux, c'est certain. Je pense que Mme Vivienne a été d'autant plus heureuse d'avoir Cordelia pour dame de compagnie et confidente à mesure qu'elle vieillissait et que ses facultés physiques et mentales se dégradaient. Mais quand elle est morte…

— Cordelia Roper s'est retrouvée démunie ? risqua-t-il. À quoi s'est-elle occupée après cela ? Je doute que M. Martin ait accepté d'être materné à son tour.

— Oh non, pas lui ! répondit Hilda en riant.

— Elle s'est occupée des enfants, alors ?

— C'est ce qu'on imaginerait, pas vrai ? Mais je ne crois pas. George n'était encore qu'un bébé et il avait sa propre nourrice. Et Emily… Emily ne l'aime pas beaucoup, vous savez. Mme Roper était trop à la botte de sa grand-mère, et Emily est de nature plutôt secrète.

— Ah. Donc, à présent, Mme Roper est un dragon qui se retrouve sans trésor à garder ? C'est triste.

— Oh ! je n'irais pas jusque-là. Elle considère qu'elle est encore chargée de faire respecter la devise de la vieille dame.

— Qui était… ?

— La famille avant tout, répondit aussitôt la cuisinière. Mme de Lacey était très fière de la place qu'ils occupaient ici et de leur histoire familiale. Et l'avenir de la lignée lui importait beaucoup.

— Ah. Il n'est donc pas surprenant que Mme Roper voie d'un mauvais œil le tapage suscité par la mort d'Eddie. Elle n'a notamment pas dû apprécier que l'affaire soit couverte par la presse et que la famille soit critiquée pour ne pas avoir couvert correctement le puits.

— Exact, dit simplement Hilda.

Ravi d'avoir trouvé un témoin aussi perspicace, Clement réfléchit à tout ce qu'il pourrait avoir besoin d'éclaircir, et il se rappela la curieuse attitude des clients du pub lorsqu'il avait mentionné la défunte épouse de Martin de Lacey.

— Comment Mme de Lacey mère s'entendait-elle avec sa belle-fille, Jennifer ? Et Mme Roper, que pensait-elle d'elle ?

En guise de réponse, Hilda attrapa la théière.

— Je vous ressers ?

Elle se leva pour refaire bouillir de l'eau. La cuisinière usait visiblement de ce stratagème pour se laisser le temps de réfléchir. Clement attendit obligeamment son retour et, quand Hilda eut fini de mettre de l'ordre dans ses pensées, il lui tendit sa tasse à moitié vide.

Il avait bien conscience que, si cette femme ne voulait pas répondre à ses questions, il n'aurait aucun moyen de l'y obliger. Face à toute tentative de menace, corruption ou autres flatteries et manipulations, elle aurait sans doute affiché ce même sourire courtois qui n'aurait pas manqué de le mettre en déroute.

— Mme Roper s'en remettait toujours à la vieille dame sur ces questions-là, et elle prenait son avis pour parole d'évangile, j'en ai bien peur, déclara Hilda.

Intéressé, Clement tendit l'oreille.

— Et Mme Vivienne haïssait sa belle-fille comme la peste.

Elle avait prononcé ces mots avec son flegme habituel et d'un ton monocorde qui les avait rendus d'autant plus choquants.

Clement cligna des yeux, puis s'agita sur sa chaise. La violence de ces paroles l'avait quelque peu déconcerté, surtout de la part d'une femme qui ne semblait pas encline à l'exagération. C'était la preuve indubitable qu'il existait de vives tensions au sein de la si pudique et énigmatique famille de Lacey.

— Savez-vous pourquoi ? demanda-t-il enfin sans détour.

Il ne voulait pas se montrer insultant envers Hilda Verney en tentant de lui soutirer des informations à son insu. Elle pouvait parfaitement choisir de ne pas lui répondre. Les cartes étaient entre ses mains, et ils le savaient tous les deux.

Mais il pensait avoir bien cerné la cuisinière à présent. Et, même si elle faisait attention à choisir ses mots avec prudence devant lui, elle semblait être le genre de personnes à prendre son devoir de citoyenne très au sérieux et à avoir des principes.

Et il était incontestable que la mort d'un jeune garçon était injuste. Même si Hilda ne voyait pas comment de vieilles querelles familiales pouvaient avoir un quelconque lien avec le décès d'un petit villageois, elle n'oserait pas mettre en doute la parole d'un homme tel que Clement Ryder.

— Je crois que la vieille Mme de Lacey pensait que sa belle-fille déshonorait… ses vœux de mariage.

Clement laissa échapper un long soupir.

— Je vois. Son opinion était-elle biaisée, selon vous ? s'enquit-il prudemment. Certaines mères se montrent parfois surprotectrices avec leurs enfants – surtout avec leurs fils – et, dans ce cas de figure, aucune femme n'est jugée à la hauteur…

Hilda Verney eut un sourire un peu sinistre.

— Je ne pense pas que quiconque connaissait Mme Vivienne l'aurait accusée d'être une mère poule, déclara-t-elle avant de se lever de table. Maintenant, je dois vraiment commencer à préparer le dîner pour la famille, docteur Ryder. J'ai été ravie de discuter avec vous.

Elle avait dit tout ce qu'elle avait à dire et refusait de s'épancher davantage. Aussi frustrant que cela puisse être, Clement respecta sa décision.

— Ce fut un plaisir pour moi aussi, madame Verney, répondit-il en se levant de table.

Et il le pensait sincèrement.

22

Tandis que Clement laissait Hilda à ses fourneaux et sortait de la cuisine en songeant, ravi, à sa rencontre avec cette femme remarquable et à leur discussion non moins intéressante, Trudy descendait à pied le chemin du village. Entourée par la fratrie d'Eddie Proctor, elle n'avançait pas beaucoup dans son enquête, malgré les nombreuses questions qu'elle avait posées aux enfants.

Elle voyait bien que le fils aîné se sentait coupable de ne pas avoir pu sauver son frère et qu'il avait tendance à déverser sa colère et son agressivité sur la terre entière. Elle avait aussi remarqué que le benjamin ne semblait pas bien saisir le concept de la mort et qu'il s'attendait encore à voir réapparaître Eddie d'un jour à l'autre – un soir, à la table du dîner, par exemple.

C'étaient les deux enfants les plus proches en âge d'Eddie et ceux qui le connaissaient le mieux, ainsi que ses habitudes, mais mis à part le fait qu'il était toujours fourré au Hall avec Emily et qu'il passait son temps à jouer au *conkers* ou aux cartes les jours de pluie, Trudy n'en avait pas appris beaucoup plus.

Mais elle avait pu établir au moins une chose : si Eddie avait touché de l'argent récemment, il n'en avait rien dit à ses frères et sœur.

Trudy raccompagna les enfants jusque chez eux et les regarda se précipiter dans l'allée, visiblement pressés de se mettre à table. Soulagée de voir que la porte d'entrée leur était ouverte par leur mère, elle fit toutefois attention à ce que Mme Proctor ne la remarque pas.

Au moins, Doreen Proctor n'était plus alitée et elle prenait soin de sa grande famille. Ce n'était pas rien, même si elle était toujours livide et semblait épuisée.

Pensive, Trudy fit demi-tour et commença à regagner le Hall.

À l'orée des bois, s'assurant d'être dissimulés par la lisière des arbres, deux hommes surveillaient ses mouvements avec des jumelles.

C'étaient les deux mêmes individus installés au fond du bar, passés inaperçus (en réalité, on avait surtout oublié leur présence) le jour où Trudy et Clement s'étaient rendus au pub pour parler aux habitués.

L'un d'eux notait méticuleusement les allées et venues de la jeune femme dans son carnet, tandis que son acolyte surveillait le Hall. Il était arrivé juste à temps pour apercevoir le Dr Clement Ryder émerger de la bâtisse après sa conversation instructive avec la cuisinière.

Tout comme son comparse, il retranscrivit avec soin le détail des activités du coroner dans son calepin.

Quand il eut terminé, ils observèrent en silence la policière et l'homme se retrouver et se mettre à discuter.

— Penses-tu que ces deux-là vont causer des problèmes ? demanda l'un d'eux.

— Ça m'étonnerait, répondit l'autre. On ne peut pas dire qu'on ait affaire à Sherlock Holmes et Watson.

Quelques mètres plus bas, Trudy raconta à Clement l'échec de son enquête auprès des frères et sœur d'Eddie, et le coroner lui fit part de ce que la cuisinière lui avait appris.

— On dirait que vous avez été plus productif que moi, dit-elle avec sarcasme. Voilà qui explique pourquoi les villageois se sont tus dès que l'on a évoqué la femme de Martin de Lacey. Si elle faisait scandale, ils ont dû préférer serrer les rangs devant des étrangers.

— Le pauvre, dit doucement Clement. Je parle de Martin de Lacey, précisa-t-il, tandis que Trudy lui lançait un regard perplexe. Le mari trompé est toujours tourné en ridicule. Si sa femme était du genre volage, cela a dû le mettre très en colère.

Trudy acquiesça d'un signe de tête.

— Alors, que faisons-nous maintenant ?

— Eh bien, tant que nous sommes ici, nous pourrions aller voir si Oliver de Lacey ou sa mère sont chez eux, répondit-il pensivement.

— Il y a des chances pour que sa mère soit présente, mais Oliver est sans doute au *college* à cette heure-ci. Ou à Londres, ajouta-t-elle avec dépit.

Mais pour une fois, le pessimisme de Trudy se révéla injustifié, car, à leur arrivée à la charmante *dower house*, Oliver de Lacey en personne leur ouvrit la porte.

23

À trente-cinq ans, il était plus jeune que son cousin et, à voir ses cheveux bruns joliment coupés et bien fournis, il ne semblait pas à avoir à s'inquiéter d'une calvitie précoce, contrairement à Martin de Lacey. Et il ne portait pas de moustache, ce qui le rendait plus séduisant, selon Trudy. Néanmoins, avec ses grands yeux gris et sa mâchoire carrée – traits que l'on retrouvait sur les nombreux portraits accrochés au Hall –, il était difficile d'ignorer l'air de famille qu'il entretenait avec les de Lacey.

— Oui ? demanda-t-il d'un air un peu surpris.

Il porta d'abord son attention vers Trudy, écarquillant les yeux à la vue de son élégant uniforme sombre et de la casquette qui recouvrait ses cheveux relevés en chignon.

— C'est la police, n'est-ce pas ? Ma mère aurait-elle encore oublié de payer le permis de détention de ses chiens ?

Trudy sourit poliment et les présenta tous les deux, puis détailla d'un ton plutôt sec la raison de leur venue.

Pourquoi tant de gens la prenaient-ils pour une pervenche ?

— Le pauvre gamin qui s'est noyé dans notre puits ? Quelle tragédie ! Je pense qu'on sera mieux à l'intérieur, dit-il aussitôt en s'écartant pour les laisser passer. Ma mère n'est pas là. Elle doit sûrement jouer au bridge chez une vieille amie. D'ailleurs, je ne vais pas tarder à partir, moi non plus, j'ai un cours à 16 heures, précisa-t-il en jetant un coup d'œil à l'horloge à pendule qui tictaquait péniblement dans le vestibule qu'ils traversaient. Allons dans la véranda. C'est la deuxième porte sur votre gauche.

La véranda était une sorte de petite bibliothèque-salon baignée de lumière dont l'un des murs était entièrement dédié à des rayonnages de livres. Le reste de la pièce était occupé par une grande table basse et plusieurs fauteuils. Des portes-fenêtres modernes laissaient pénétrer un généreux soleil printanier qui réalisait son habituel numéro avec ses particules de poussière dansant dans l'air et retombant sur un vieux chien qui ronflait devant la cheminée éteinte.

— C'était une erreur de ne pas boucher ce puits correctement, admit Oliver de Lacey avant de prendre un fauteuil et d'indiquer d'un geste à ses visiteurs de l'imiter. Ça ne ressemble pas à mon cousin de laisser ce genre de choses traîner sans s'en occuper. Cela dit, c'était plutôt au gérant du domaine de s'assurer que... Mais bon, c'est facile de rejeter la faute sur les autres après coup, n'est-ce pas ?

Avec son élégant costume trois-pièces bleu marine à fines rayures rouges, ses richelieus noirs et sa cravate Eton, Oliver était tout l'opposé d'un gentilhomme de campagne. Clement pouvait facilement l'imaginer en train de se rendre à une cérémonie académique au Sheldonian Theatre vêtu de la toge colorée et ornée qu'il était certainement habilité à porter. En résumé, il était l'incarnation vivante du parfait professeur d'Oxford. Il n'était pas étonnant que la riche Marjorie Chandler ait du mal à choisir entre les deux hommes.

— J'ai parlé à votre cousin Martin, commença Clement d'un ton aimable. Il m'a demandé d'enquêter un peu plus sur l'incident au nom du père du garçon.

— Ah bon ? Pourtant, j'imagine que les premières conclusions n'avaient rien révélé de fâcheux ? dit Oliver, un sourcil brun levé en signe d'interrogation. Le pauvre petit est tombé par accident, n'est-ce pas ?

Il croisa délicatement une jambe sur l'autre au niveau du genou, en prenant soin de lisser le petit pli qui était apparu sur son pantalon, et se mit à balancer paresseusement son pied libre dans les airs.

— Oh ! nous ne remettons pas cela en question, mentit Clement. Mais bien entendu, ses parents aimeraient, dans la mesure du possible, comprendre comment l'accident est arrivé. Et cela, simplement pour trouver la paix.

— Oui, oui, je les comprends, concéda aussitôt Oliver. Ce doit être terrible de ne pas connaître le pourquoi du comment. Mais j'ai peur de ne pas pouvoir vous aider sur ce point, dit-il en jetant un regard à Trudy avant de reporter son attention vers Clement. Qui sait ce qui a bien pu lui passer par la tête, surtout dans un moment pareil ? Peut-être qu'il a aperçu un oiseau s'envoler du puits et qu'il a voulu voir s'il n'avait pas fait son nid à l'intérieur ? Les rouges-gorges et les merles nichent parfois dans des endroits insolites, vous savez.

Clement haussa les épaules.

— Il y a beaucoup d'explications possibles.

— Étiez-vous présent le dimanche de Pâques, monsieur ? demanda Trudy, décidant qu'il était temps de rendre cet interrogatoire plus officiel.

En outre, elle voyait bien qu'Oliver de Lacey considérait Clement comme la personne référente pendant leur entretien, et cela ne lui plaisait pas.

Comme pour confirmer ses soupçons, le professeur lui lança un regard étonné, comme s'il avait presque oublié sa présence. Néanmoins, il répondit rapidement à sa question.

— Oui, j'étais l'un des organisateurs. Mais je n'ai pas pris part à la chasse aux œufs, évidemment. Je me souviens d'y avoir moi-même participé quand je n'étais encore qu'un petit freluquet. Je savais que les enfants de Martin seraient de sortie dans le jardin, mais je n'ai pas pris la peine d'aller voir. Je recevais une dame. Et, après ça, j'avais un papier à écrire.

Trudy sentit ses lèvres se tordre en un sourire sarcastique. Oliver n'avait pas besoin de souligner à quel point il était un homme important ni combien son temps était précieux. L'amour-propre et la suffisance qu'il dégageait étaient bien assez manifestes.

— Oui, je me doute que vous étiez très occupé, monsieur, dit-elle doucement. Mais saviez-vous qu'Emily était amie avec le garçon qui est mort ?

— Je crois que ma mère l'a mentionné, oui.

— A-t-elle assisté à la chasse aux œufs ?

— Non, elle était partie en vacances quelque part sur la côte Sud avec des amis. D'ailleurs, ce genre de choses ne l'intéresse pas, lança Oliver avec nonchalance.

Il se renversa dans son fauteuil et observa un instant son pied libre qu'il continuait à faire tournoyer avec insouciance. Ses chaussures en cuir étaient impeccables et parfaitement cirées.

— Ma mère a tendance à se considérer comme la châtelaine par intérim, vu que le poste est vacant et qu'il le restera jusqu'à ce que Martin décide de se remarier, mais cela ne veut pas dire qu'elle est prête à assumer toutes les responsabilités de la fonction, déclara-t-il.

Clement se redressa légèrement dans son fauteuil, et Trudy, qui connaissait désormais parfaitement ses méthodes, comprit aussitôt qu'il souhaitait prendre le relais de l'interrogatoire. Elle obtempéra et commença à retranscrire le témoignage d'Oliver dans son carnet.

— J'ai cru comprendre que votre mère vivait ici depuis son mariage ? dit Clement en souriant, tandis qu'il observait l'agréable pièce. Cette vieille maison a beaucoup de charme. Mais elle n'a pas autant de cachet que Briar's Hall, n'est-ce pas ?

Oliver eut un petit sourire amer.

— Non, pas tout à fait. Mais nous sommes déjà chanceux d'y habiter, comme je dois sans cesse le rappeler à ma chère maman. En soi, rien n'oblige Martin à nous laisser vivre ici gratuitement, vous savez. Il le fait par sens des obligations familiales.

— Cela ne doit quand même pas être très agréable pour vous, déclara Clement d'un air songeur. Vous devez avoir l'impression que votre vie ici dépend entièrement du bon vouloir et de la générosité de votre cousin ?

Le sourire d'Oliver se fit plus amer encore.

— Eh bien, Martin n'a pas vraiment le choix – à moins qu'il ne veuille se mettre à dos les villageois en nous chassant. Mais il aime tellement jouer les grands seigneurs bienfaisants ! De toute façon, cela n'aura bientôt plus d'importance. Il est grand temps que je me marie, et la dame en question préférera certainement vivre à Oxford même. Maman aussi, d'ailleurs.

— La femme dont vous parlez serait-elle à tout hasard une certaine Mlle Chandler ? interrogea Clement avec désinvolture.

L'espace d'un instant, Oliver de Lacey se figea, et le balancement de son pied cessa. Puis il pencha légèrement la tête sur le côté, à la façon d'un étourneau ayant repéré du mouvement sous une pelouse, et regarda attentivement le coroner.

— Je ne comprends pas comment nous en sommes venus à évoquer ma future épouse alors que nous parlions initialement de la fin tragique de ce pauvre garçon décédé sur notre domaine, déclara-t-il en faisant bien comprendre à Clement qu'il trouvait son comportement déplacé.

— Je n'avais pas réalisé que votre relation avait progressé *à ce point*, répliqua le coroner d'un air joyeux, ignorant sans le moindre remords cette réprimande à peine cachée. Permettez-moi d'être le premier à vous adresser mes félicitations. Et je ne manquerai pas de les présenter aussi à Mlle Chandler la prochaine fois que je la verrai.

Oliver poussa un long soupir.

— N'allez pas trop vite en besogne, lança-t-il d'un ton mi-amusé, mi-las, et en levant lentement la main. Je n'ai pas encore eu l'occasion de lui faire ma demande.

Trudy ne put s'empêcher d'intervenir aussitôt :

— Si je peux me permettre, monsieur, vous semblez tenir pour acquis le fait que la jeune femme dira oui.

Oliver leva les yeux au ciel et soupira de nouveau - plus bruyamment cette fois.

— *Mea culpa*, mademoiselle. Disons simplement qu'elle a laissé entendre qu'elle ne serait pas contre une demande en mariage, ce qui me donne toutes les raisons de croire qu'elle acceptera.

— Votre cousin est-il au courant ? s'enquit Clement.

— Martin ? Alors ça, je n'en ai pas la moindre idée, dit Oliver avec désinvolture.

Il jeta un coup d'œil à sa montre et se leva.

— À présent, il faut vraiment que je retourne au *college* avant que mon imbécile d'élève débarque pour essayer de défendre son dernier devoir. Il n'y parviendra pas, évidemment, ajouta-t-il d'un air abattu. Son cas est désespéré. Je doute qu'il ait la moindre idée de comment Einstein… Oh ! peu importe.

— Eh bien, je vous remercie de nous épargner une leçon sur Einstein, monsieur, marmonna Clement en se levant lui aussi de son fauteuil et en tendant la main à Oliver. Et merci du temps que vous nous avez accordé.

— Comme je le craignais, j'ai peur de ne pas vous avoir été d'une grande aide, docteur.

Clement choisit judicieusement de garder le silence, et ils prirent tous trois la direction de la porte d'entrée. Dans le couloir,

Oliver attrapa un jeu de clés de voiture posé sur une console en marbre et en similor, puis sortit de la maison, trousseau à la main.

Il les quitta pour rejoindre le côté de la maison, où un petit garage en bois avait été construit – probablement à l'époque où les premières automobiles avaient fait leur apparition –, et il disparut bientôt de leur vue en sifflant un air entraînant du dernier spectacle joué au West End de Londres.

24

Clement et Trudy avaient remonté l'allée et presque atteint le portail lorsqu'ils entendirent derrière eux le bruit des roues d'Oliver sur le gravier. Ils se déportèrent instinctivement sur l'herbe du bas-côté pour le laisser passer.

Le professeur les klaxonna en les dépassant, et Trudy ne fut pas surprise de voir surgir le capot bas et élancé d'une Morgan peinte du même vert foncé que les célèbres voitures de course britanniques.

— Je n'aime pas cet homme, déclara Trudy, tandis que la voiture s'éloignait.

Clement, qui regardait le véhicule disparaître au loin, garda le silence quelques instants, puis demanda finalement :

— Une raison particulière à cela ?

Trudy fronça les sourcils.

— Je ne sais pas. Peut-être sa façon de se penser si supérieur - dans tous les domaines. Comme s'il tenait à montrer à quel point il était plus intelligent que nous. Et plus riche, plus important. Plus beau, aussi !

— Parlez pour vous, jeune fille, répliqua Clement, qui réajusta fièrement sa cravate et tira sur ses manchettes avant de passer une main dans son épaisse chevelure blanche.

Trudy éclata de rire. Sans savoir pourquoi, elle était toujours étonnée de voir le Dr Ryder faire preuve d'humour.

— Il n'aime pas beaucoup son cousin, n'est-ce pas ? s'enquit-elle pensivement. Je sais qu'il n'a pas raconté grand-chose à son sujet, mais on aurait dit qu'il... Je ne sais pas... Qu'il ricanait tout bas chaque fois qu'il parlait de lui.

— Je suis d'accord avec vous. Et je pense que Martin lui rend son animosité au centuple. Oui, il est clair que ces deux-là se détestent cordialement.

— Vous pensez que c'est pour cette raison qu'il – Trudy indiqua d'un signe de tête la route maintenant déserte – tient tant à épouser Mlle Chandler ? Sans compter sa fortune, bien sûr. Pour faire enrager son cousin ?

Clement hocha la tête, mais en vérité il était presque certain qu'Oliver avait une raison bien plus secrète de vouloir se marier et s'installer avec sa riche Américaine.

Il savait que Trudy ne l'avait pas remarqué – ce qui n'avait rien d'étonnant pour une jeune fille ayant mené une existence comme la sienne –, mais il avait le sentiment qu'Oliver de Lacey n'avait aucune attirance pour les personnes du sexe opposé. Il était prêt à parier une guinée ou deux que la réputation d'homme à femmes du professeur avait été soigneusement cultivée – et qu'elle était totalement saugrenue.

Cependant, il n'avait pas très envie d'entamer l'exposé des raisons pouvant pousser un homme comme Oliver de Lacey à user du mariage comme d'une couverture. Mais étant donné que l'homosexualité était un crime, sa protégée avait sûrement été mise au courant de ce genre de pratiques durant sa formation.

— Donc, à part avoir confirmé que les cousins ne s'entendaient pas, nous n'avons pas beaucoup avancé, pas vrai, docteur ? dit Trudy, un peu désespérée. Nous découvrons beaucoup de choses intéressantes, mais rien qui semble expliquer pourquoi Eddie Proctor est tombé ou a été poussé dans ce puits.

Mais Clement n'en était pas si sûr.

— Oh, je ne dirais pas ça. Le garçon n'est pas mort pour *rien*, fit-il remarquer avec une sombre logique. Ce qui signifie que quelqu'un devait vouloir sa mort ou avoir besoin de l'éliminer. Et un jeune garçon, vivant dans un petit village… les seules personnes dont il aurait pu se faire des ennemis doivent être du coin.

Il jeta un coup d'œil en direction du château et de la *dower house* avant de regarder au loin, en direction du village de Briar's-in-the-Wold.

— Alors, tout ce que nous apprenons sur les gens de son entourage a de l'importance, acquiesça Trudy, disposée à se laisser convaincre. Très bien. Dans ce cas, ne devrions-nous pas faire un détour par l'écurie avant de rentrer ?

Clement la regarda avec étonnement.

— L'écurie ? interrogea-t-il, confus. Pourquoi ?

— Nous savons que Jennifer de Lacey était bonne cavalière et qu'elle est morte à la suite d'une chute de cheval, expliqua Trudy en se demandant si son idée n'était pas ridicule. Donc, si nous cherchons à découvrir un crime dans lequel aurait trempé quelqu'un du village, ne pensez-vous pas que l'on devrait interroger l'un des palefreniers ou…

— Oui, oui, bien sûr, s'empressa de répondre Clement, qui s'en voulait de ne pas avoir compris plus tôt où Trudy voulait en venir.

Il se demanda avec inquiétude s'il se serait montré si lent d'esprit seulement un an auparavant.

Trudy sourit de soulagement. Pendant un instant, elle avait cru que sa proposition était stupide. D'habitude, c'était le Dr Ryder qui trouvait des pistes et élaborait des théories. C'est pourquoi elle ressentit une certaine fierté lorsqu'ils prirent le chemin des écuries.

À ses côtés, Clement Ryder était étrangement silencieux.

La maladie de Parkinson était encore mal connue mais, grâce aux recherches qu'il avait menées depuis son diagnostic, il savait que les tremblements, le ralentissement des mouvements (ou bradykinésie) et la rigidité musculaire en étaient les principaux symptômes.

Même s'il souffrait à l'occasion de tremblements et marchait parfois d'un pas irrégulier, il n'avait jusque-là pas remarqué chez lui d'autres signes de syndrome parkinsonien, comme un état dépressif, des difficultés à déglutir et à s'endormir ou des troubles cognitifs.

Ce dernier symptôme le terrifiait tout particulièrement. Le coroner avait toujours pu se fier à son intelligence et à son discernement. Mais quand ceux-ci commenceraient fatalement à lui faire défaut…

Son rythme cardiaque s'accéléra au point de lui donner le vertige tandis qu'ils se dirigeaient vers l'écurie, mais il se força à affronter sa peur. Car, durant un moment d'absence terrifiant, il n'avait absolument pas deviné pourquoi Trudy avait suggéré d'aller parler aux palefreniers.

Bien sûr, cela n'avait pas duré longtemps, et il avait rapidement compris son raisonnement. Mais était-ce simplement un trou de mémoire dû à son âge ? Ou un premier signe d'altération de ses facultés mentales ? Son esprit avait instinctivement éludé le mot *démence*. Il savait que plus tard, lorsqu'il serait seul chez lui et que l'obscurité tomberait, ce terme reviendrait le hanter.

Remarquant que Trudy le regardait d'un air perplexe, il s'intima l'ordre de se ressaisir.

Les recherches sur la « paralysie agitante » n'en étaient encore qu'à leurs débuts, mais il était toutefois largement admis que la démence survenait généralement durant les dernières phases de la maladie. Et Clement n'en était encore qu'à un stade précoce. Il ne devait donc pas se laisser gagner par la paranoïa chaque fois qu'il avait un trou de mémoire. Il avait près de soixante ans, après tout, et il était tout à fait normal que ses réactions et sa pensée soient un peu ralenties.

Oui, il ne s'agissait que de cela, se dit-il pour se rassurer. L'espace d'une fraction de seconde, sa jeune protégée l'avait devancé. Ce qui était plutôt bon signe, compte tenu de tous les efforts qu'il déployait pour lui apprendre à réfléchir de façon logique et hors des sentiers battus !

— Ce doit être l'écurie, vous ne croyez pas ?

La voix de Trudy l'arracha à sa mélancolie, et il leva les yeux vers l'endroit qu'elle désignait. Une grande arche, qui avait peut-être autrefois servi de voie de passage à la diligence de la famille de Lacey, laissait entrevoir une cour pavée et, plus loin, une longue structure de bois et de brique aux portes à deux battants typiques des écuries.

— On dirait bien, grommela Clement, qui avait du mal à se libérer de ses pensées moroses.

Au moment où ils pénétraient dans la cour propre et bien entretenue, un cheval au port élégant passa une tête curieuse par le battant supérieur de l'un des box. Il avait une robe noir brillant et une étoile blanche dessinée sur le front, et Trudy ne put s'empêcher d'aller aussitôt caresser son irrésistible museau rose et doux comme du velours.

— Il me rappelle Black Beauty, dit Trudy. Ce livre m'a fait pleurer comme une madeleine quand j'avais douze ans ! J'aimerais avoir une carotte pour lui, ajouta-t-elle d'un air dépité.

— Tenez, essayez ça, dit Clement en sacrifiant l'une de ses pastilles à la menthe pour la bonne cause.

Trudy la prit, la posa à plat sur sa main et l'offrit à son nouvel ami à quatre pattes qui, par une habile manœuvre des lèvres, l'accepta gracieusement.

— Je peux vous aider ?

Une voix assez puissante les fit se retourner. Clement et Trudy examinèrent le « garçon » d'écurie qui leur faisait face – et semblait avoir la soixantaine bien tassée, si ce n'est plus de soixante-dix ans.

— Je suis le Dr Clement Ryder, et voici l'agent de police stagiaire Loveday, annonça Clement, qui nota que l'homme semblait un peu se détendre.

Il portait un vieux pantalon gris et un gilet à col en V assorti sur une chemise blanche aux manches roulées jusqu'aux coudes. L'homme à la peau tannée et aussi ridée qu'une vieille pomme avait visiblement passé la majeure partie de sa vie au grand air. Son crâne était parsemé de touffes irrégulières de cheveux blancs, et deux sourcils broussailleux surplombaient ses yeux bleu nuit enfoncés qui observaient attentivement les deux visiteurs.

Il tenait – de façon un peu alarmante – une longue fourche, qu'il laissa tomber au sol en entendant la voix distinguée du coroner.

— Ah oui, le châtelain a dit que vous risquiez de passer un de ces jours, déclara-t-il avec amabilité. Je suis William Kirklees, l'intendant des écuries. C'est à propos du pauvre petit Eddie ? Le maître a dit que vous nous parleriez de lui. C'était un gentil gosse.

— Est-ce qu'il venait souvent ici ? s'enquit Trudy.

— Seulement de temps en temps, et toujours avec Mlle Emily. En général, ils venaient quand ils avaient chipé des morceaux de sucre, ou des carottes et des pommes du potager, répondit-il avec un sourire aux lèvres, qui révéla une dent de devant manquante. Tous les gamins aiment nourrir les chevaux. Et les bêtes s'en plaignent pas, ça non. De vrais goinfres, ceux-là, ajouta-t-il affectueusement.

— J'imagine que vous n'étiez pas présent le dimanche de la chasse aux œufs ?

— Si, j'étais là, mais je suis seulement venu m'occuper des chevaux. J'ai pas fait ma journée complète, vu que c'était Pâques. Je suis arrivé tôt et je suis parti à l'église. J'ai pas vu les gamins faire la chasse aux œufs parce que j'suis rentré directement chez moi après la messe, expliqua l'intendant.

— Oui, je comprends, déclara Trudy, qui s'attendait à cette réponse.

Elle se tourna alors avec candeur vers le cheval et le caressa à nouveau.

— Il est magnifique. Il appartient au châtelain ? Ou était-ce le cheval de sa pauvre épouse ? J'ai cru comprendre qu'elle était morte à la suite d'une chute de cheval ?

— Ah non, le cheval de Mlle Jennifer, le maître l'a vendu. Je pense qu'il supportait plus de le voir dans les parages. Mais ce vieux Seamus était une très belle bête. Vraiment très belle.

— On m'a dit que Mme de Lacey était une excellente cavalière. Le fait qu'elle fasse une chute pareille a dû vous étonner, poursuivit Trudy d'un air ingénu.

— Oh ! ça oui, reconnut l'intendant en hochant la tête. Mlle Jennifer avait l'une des meilleures assiettes des Home Counties. Je comprends pas ce qui a pu se passer. Seamus adorait sa maîtresse. Et il lui obéissait à merveille. J'étais vraiment triste de le voir partir, mais c'est comme ça, ajouta-t-il en poussant un long soupir.

L'homme semblait avoir bon cœur et être disposé à parler, alors Trudy acquiesça d'un signe de tête et décida de pousser un peu plus sa chance.

— Vous avez beaucoup dû repenser à l'accident. Avez-vous une idée de ce qui a bien pu arriver ce jour-là ?

Le vieil homme se frotta le menton d'un air songeur, et Trudy aurait juré entendre ses doigts épais crisser sur sa barbe blanche.

— Pour moi, la seule explication possible, c'est que son cheval a eu peur de quelque chose, dit finalement l'intendant. Ça a dû être si soudain qu'elle est tombée de sa selle avant de pouvoir le maîtriser.

— Et c'est ce qu'ont également pensé les autres palefreniers ? demanda habilement Trudy. J'imagine qu'ils étaient tous bouleversés ?

— Ça oui. Et je crois qu'on était tous du même avis, oui. Sauf John, peut-être.

— John ? l'encouragea Trudy.

— Blandon. Celui qui s'occupait de Seamus. Enfin, il s'occupait de tous les chevaux, mais Mlle Jennifer voulait qu'il prenne tout particulièrement soin de Seamus.

— Ah oui ? Cela vous dérange-t-il si nous allons lui parler ? demanda Trudy, qui sentait que l'homme devenait un peu plus méfiant.

— Ça va pas être de la tarte, à moins de crier très fort ! répondit William Kirklees en éclatant d'un rire sonore. Il a déménagé plus au nord peu de temps après la mort de Mlle Jennifer. L'un de mes gars m'a dit qu'il avait épousé la propriétaire d'un pub. Ça m'étonne pas. Il a toujours été du genre à retomber sur ses pattes, John.

Trudy jeta un regard à Clement, dont les yeux s'étaient mis à briller.

— Il avait de l'ambition, c'est ça ? dit Trudy en prenant soin de garder un ton léger et jovial. Je connais bien ce type d'hommes. J'imagine qu'il est plutôt séduisant ?

— Oh oui ! Enfin, c'est ce que les femmes du coin me disaient. Moi je le voyais pas. Je veux dire, il avait juste une tête, une paire d'yeux, un nez et une bouche, comme nous tous.

Le vieil homme haussa les épaules, comme s'il y avait longtemps qu'il s'était résolu à ne rien comprendre aux femmes.

— Cette histoire a dû lui faire beaucoup de peine. Vous pensez que son départ est lié au fait que M. de Lacey se soit débarrassé de Seamus ?

L'intendant haussa les épaules.

— Tout ce que je sais, c'est que la mort de la châtelaine l'a vraiment touché. Et il a démissionné sans prévenir.

— Je suppose que vous ne savez pas dans quelle ville du Nord il est allé ?

Sans surprise, le vieil homme secoua la tête.

— Désolé, ma petite, j'en ai pas la moindre idée.

Ce qui n'était pas un problème, songea Trudy. Elle avait été si souvent mise à l'écart et assignée aux archives que la paperasse n'avait plus de secret pour elle !

— Eh bien, je vous remercie, monsieur Kirklees, dit-elle en jetant un coup d'œil à Clement pour voir s'il voulait ajouter quelque chose.

Le coroner hocha discrètement la tête.

— Oui, merci, monsieur Kirklees. Vous travaillez ici depuis longtemps ?

— Depuis toujours. Je suis juste parti le temps qu'a duré la guerre. La première, j'entends.

— Donc vous avez dû connaître la mère du châtelain, Vivienne de Lacey ? Je parie qu'elle était bonne cavalière, elle aussi.

— Ah, ça oui ! C'était une grande dame, affirma William Kirklees. Une ou deux fois, elle a failli m'avoir avec sa cravache, ajouta-t-il avec tendresse. Fallait pas l'énerver, ça non. Elle avait un sacré caractère.

Trudy lui lança un regard abasourdi.

— Elle a essayé de vous frapper avec sa cravache ? demanda-t-elle, scandalisée.

Le vieil homme la regarda et lui sourit.

— Oui, comme je vous ai dit, c'était une grande dame, déclara-t-il d'un air approbateur.

Clement se détourna et toussa pour couvrir un éclat de rire qu'il n'arrivait plus à réprimer.

— Eh bien, nous ne vous retiendrons pas plus longtemps, monsieur Kirklees. L'heure tourne, et j'imagine que vous aimeriez boire votre thé, fit Trudy.

Au même moment, l'horloge sonna 16 heures.

— Tout juste, répondit l'intendant.

Trudy suivit Clement sous le passage voûté, et ils rejoignirent le devant de la maison, où le coroner avait garé sa Rover.

— Est-ce qu'ils sont tous devenus fous ? chuchota-t-elle. Si quelqu'un essayait de me donner un coup de cravache, je… je… je l'assommerais !

— Je m'en souviendrai, déclara Clement d'un air solennel.

Le brusque éclat de rire de Trudy fit tressaillir les lèvres du coroner. Et, pendant un instant, la morosité qui l'avait gagné plus tôt se dissipa.

À l'inverse, Trudy se rembrunit durant le court trajet du retour en direction de la ville. Lorsqu'elle aurait fait son rapport au capitaine Jennings, elle devrait rentrer chez elle, et elle était certaine qu'elle n'avait pas fini d'entendre parler de sa rupture avec Brian.

25

Trudy fut retenue un moment au commissariat, car le capitaine Jennings, d'humeur particulièrement narquoise et butée, exigea que les recherches menées jusqu'à présent sur l'affaire Eddie Proctor lui soient scrupuleusement détaillées. C'est ce qui expliquait qu'elle avait dû prendre le dernier bus pour rentrer chez elle et qu'elle était maintenant en retard pour le dîner.

Ce n'était pas de bon augure !

Elle se changea à toute vitesse, se lava le visage et les mains, et se mit à table aussi silencieusement que possible. Ses parents avaient visiblement déjà mangé à l'heure habituelle, et son père était encore attablé, plongé dans son journal.

En voyant Trudy entrer, sa mère abandonna sa vaisselle dans l'évier et alla se placer sans un mot devant le four. Là, elle enfila une paire de gants de cuisine, ouvrit la porte du compartiment principal et sortit un plateau retenu par deux porte-plaques. Dessus reposait un monticule de ragoût du Lancashire un peu gélatineux, assorti de petits pois ratatinés. Barbara Loveday attrapa ensuite le vieux journal qu'elle gardait spécialement sur le plan de travail, le jeta sur la table en formica et y déposa la plaque chaude.

— Fais attention à ne pas te brûler, dit-elle simplement.

Trudy acquiesça d'un air morose. Elle détestait être en froid avec ses parents, cela la mettait toujours très mal à l'aise. Elle prit son couteau et sa fourchette et détacha timidement un morceau d'agneau du plat. Elle souffla dessus avant de le porter avec prudence à sa bouche.

— Hmm, délicieux, lança-t-elle avec une bonne humeur factice.

Sur le mur, l'horloge en bois en forme de soleil – un cadeau de Noël offert par tante June quelques années auparavant – faisait défiler avec indifférence les secondes, tel un observateur désintéressé.

Son père froissa son journal pour attirer l'attention de Trudy et, quand leurs regards se croisèrent, il lui adressa un petit sourire.

Trudy le lui rendit, mais effaça cette moue rieuse de son visage dès qu'elle aperçut sa mère revenir à table. Barbara Loveday s'assit d'un air sombre et se renversa sur sa chaise, les bras croisés.

Ce n'était pas bon signe.

— Bon, Trudy Loveday, commença-t-elle – un autre signe qu'elle allait avoir droit à une bonne leçon ! Ton père et moi voulons avoir une petite discussion avec toi.

Essayant de paraître nonchalante, Trudy choisit une rondelle de pomme de terre et la mastiqua avant de l'avaler.

— À propos de quoi, maman ? demanda-t-elle.

— De Brian, bien sûr, dit Barbara. Sa mère est passée me demander si c'était vrai que tu avais rompu avec son fils. Je ne savais plus où me mettre ! Avec Madge, on est amies depuis que nous avons emménagé ici.

— Et je suis sûre que vous le resterez, maman, répondit Trudy, qui tentait de l'apaiser.

Mais comme c'était souvent le cas durant la plupart de ces « petites discussions » avec sa mère, elle put à peine placer un mot.

— Évidemment, Trudy, ce n'est pas la question.

Barbara Loveday poussa un bref soupir, et son joli visage rondelet s'empourpra de colère.

Trudy s'empressa de baisser les yeux vers son assiette. Même si son appétit diminuait à vue d'œil, elle se força à piquer quelques petits pois avec sa fourchette et les mâcha longuement.

— Elle dit que Brian était très contrarié et qu'il ne s'y attendait pas du tout. Madge lui a naturellement demandé ce qu'il avait bien pu faire pour te fâcher à ce point, et il jure qu'il n'en a aucune idée.

— Il n'a rien fait du tout, maman, répondit Trudy en essayant de se montrer patiente même si la colère commençait à la gagner à son tour. C'est un gentil garçon, mais je ne veux pas l'épouser. Je ne pense pas que nous soyons faits l'un pour l'autre. C'est aussi simple que ça.

Il se fit un instant de silence, puis sa mère se tortilla sur sa chaise.

— Tu le fréquentes depuis tes seize ans. Ça fait presque quatre ans. Quand un garçon est avec une jeune fille depuis si longtemps, eh bien… il a le droit d'avoir certaines attentes.

Trudy s'entêta à fixer son assiette.

— On ne sortait pas vraiment ensemble, déclara-t-elle enfin. On est juste allés une ou deux fois au cinéma et au bal. Et je n'ai jamais dit… Je ne l'ai pas encouragé… On n'a jamais parlé de fiançailles ni de quoi que ce soit de ce genre. C'est sa mère et toi qui pensiez…

C'était toujours la même chose ; chaque fois qu'elle se mettait en colère ou qu'elle était contrariée, elle n'arrivait plus à faire une phrase correcte.

— Mais c'est aussi ce que pensait Brian, ne l'oublie pas, la sermonna sèchement Barbara. Madge a dit que toute cette histoire l'avait beaucoup attristé.

Trudy se mordit la langue pour retenir la brillante riposte qui lui montait aux lèvres, et elle prit une profonde inspiration.

— Je pense que Madge exagère un peu les choses. Brian ne m'a pas semblé si contrarié que ça. Il était surpris, c'est vrai, et oui, un peu déçu. Mais il est loin d'avoir eu le cœur brisé, maman ! Je t'assure.

Sa mère la regarda fixement pendant un instant, puis ses épaules s'affaissèrent en signe de défaite, et elle jeta un rapide coup d'œil à son mari silencieux, indiquant clairement qu'elle avait besoin de renfort.

— Mais il ne s'agit pas seulement de Brian, déclara sa mère d'une voix plus éteinte et, curieusement, plus amère aussi.

Un léger frisson parcourut l'échine de Trudy. Elle n'avait jamais entendu sa mère employer ce ton auparavant.

— C'est ton travail, Trudy, commença Barbara, piquant aussitôt sa fille au vif.

— Oh non, on ne va pas reparler de ça, maman ! dit-elle en gémissant presque. Je pensais qu'on avait fait le tour de la question quand j'ai postulé à la formation !

— On est loin d'en avoir fait le tour, rétorqua sa mère, qui commençait à hausser le ton. Nous ne voulions pas que tu rejoignes la police et, toi, tu as dit que tu allais le faire, un point c'est tout. Et si tu te souviens bien, jeune fille, poursuivit sa mère, de plus en plus énervée, tu avais accepté que l'on en rediscute avant la fin de ton stage. Une fois qu'on aurait tous eu le temps de bien comprendre les implications de ce métier. Eh bien, ce délai est écoulé !

Trudy fronça les sourcils, tentant de se rappeler si elle avait bien fait cette concession. Il lui semblait vaguement s'en souvenir. Mais à l'époque, elle espérait que cette proposition leur serait rapidement sortie de la tête.

À l'évidence, ce n'était pas le cas.

— Très bien, dit Trudy en prenant le taureau par les cornes. Discutons-en. Vous savez comme moi que mon travail n'est pas très différent de celui d'une simple documentaliste. Je passe le plus clair de mes journées aux archives, à classer des documents ou à préparer le thé. Je pourrais tout aussi bien travailler comme secrétaire dans un bureau ! Le reste du temps, on m'appelle pour effectuer des fouilles corporelles sur les suspects femmes et pour inspecter leurs sacs à main. Parfois, je reste au chevet de certaines victimes à l'hôpital, pour être là au cas où elles diraient quelque chose d'important ou d'incriminant à leur réveil. Et il m'arrive aussi de devoir frapper à la porte des gens pour leur annoncer de mauvaises nouvelles et de m'asseoir près d'eux pour leur tenir la main. C'est terrible et bouleversant, mais on ne peut pas dire que ce soit dangereux. Et, quand je ne fais rien de tout ça, je patrouille à pied. Et jusqu'à présent…

Voyant que sa mère était sur le point d'explorer cette piste prometteuse, Trudy se dépêcha de finir sa phrase.

— … je n'ai récolté que quelques égratignures aux genoux et aux coudes en pourchassant des voleurs de sacs à main et d'autres crapules de ce genre. Ce n'est rien à côté des blessures que je me faisais pendant mes entraînements de hockey à l'école.

À bout de souffle, elle s'arrêta une seconde pour prendre une inspiration, ce qui donna à sa mère l'occasion d'intervenir.

— Et c'est ce genre de choses qui t'ont valu d'être félicitée pour ta bravoure, peut-être ? Cette petite sauterie à l'hôtel Randolph n'avait aucun rapport avec une égratignure au genou. N'est-ce pas, ma fille ? Tu as plaqué un meurtrier au sol, Trudy !

— Je pensais que vous étiez fiers de moi.

— On l'était. On l'est ! Mais ce n'est pas la question, dit sa mère, qui criait presque à présent et semblait à deux doigts de pleurer de frustration. Que crois-tu que nous ayons ressenti, ton père et moi, quand nous avons appris ce que tu avais fait ? Nous étions malades d'inquiétude !

— Je n'ai jamais couru aucun danger, maman ! Pas vraiment, en tout cas – le suspect ne voulait pas me faire de mal, tenta-t-elle d'expliquer, tout en se rendant compte que c'était sans doute vain.

— Et la prochaine fois, Trudy ? intervint une voix masculine qui la prit au dépourvu.

Elle détourna les yeux du visage de sa mère, tout aussi excédé que le sien, et se tourna vers son père.

Étrangement, elle se sentit trahie par cette soudaine irruption dans la dispute. Cela devait se voir à son expression, car son père soupira et baissa son journal. Puis il se pencha sur la table, lui prit la main et la serra entre ses doigts calleux.

— Tu as été chanceuse jusqu'à présent, ma chérie, dit-il avec douceur. Mais ça ne durera pas éternellement. La chance finit toujours par tourner.

Trudy ouvrit la bouche, puis s'aperçut qu'elle ne savait pas quoi répondre.

— Je crois que tu ne te rends pas encore tout à fait compte que ton travail peut être très dangereux, Trudy, poursuivit son père. Chaque fois que nous lisons un article dans le journal sur des policiers morts dans l'exercice de leurs fonctions, ça nous glace le sang. Tu peux le comprendre, n'est-ce pas ?

— Oui, mais, papa…

Trudy réfléchit, avec un désespoir grandissant, aux mots qu'elle devrait employer pour les convaincre.

— Pour commencer, les policiers dont tu parles sont des *hommes*, dit-elle en insistant lourdement sur le mot. Beaucoup de leurs missions ne me seront jamais confiées. Et, de toute manière, la plupart de ces incidents se produisent à Londres ou dans les grandes villes. Pas à Oxford ! Je vous assure que je fais surtout du travail de bureau. Je le jure.

— Et c'est le cas en ce moment, peut-être ? demanda sèchement sa mère.

Trudy cilla.

— Ce n'est pas juste. Vous savez que j'aide le Dr Ryder avec l'une de ses affaires - celle de ce pauvre garçon retrouvé mort dans un puits à Briar's-in-the-Wold. Nous aidons ses parents à découvrir ce qui s'est réellement passé. Vous ne trouvez pas cela important ? lança-t-elle d'un air de défi, certaine qu'elle prenait désormais l'avantage dans cette dispute. Imaginez un instant ce que traversent les parents de ce pauvre enfant. Le Dr Ryder et moi essayons de leur apporter des réponses. Vous ne trouvez pas que c'est une bonne chose que quelqu'un se charge de ça ?

Trudy aperçut Barbara jeter un coup d'œil désespéré à Frank, et instantanément la satisfaction qu'elle ressentait se mua en honte. Et cela la mit en colère. Ses parents ne pouvaient tout de même pas nier qu'elle faisait quelque chose de bien. Alors pourquoi se sentait-elle si mal, tout à coup ?

— Oui, c'est bien que quelqu'un s'en charge, déclara Barbara avec gravité. Mais pourquoi faut-il que ce soit toi ?

Son père se pencha en arrière sur sa chaise et détacha dans son mouvement ses doigts de ceux de sa fille assise en face de lui, privant Trudy de leur chaleur.

— On s'inquiète seulement pour toi, ma chérie, dit tristement son père.

Trudy, qui sentait elle aussi les larmes lui monter aux yeux, poussa son assiette.

— Je pense que je vais aller me coucher de bonne heure, annonça-t-elle sombrement avant de quitter la cuisine.

26

Tandis que Trudy Loveday était seule dans sa chambre, au bord des larmes, et tour à tour envahie par la colère, la perplexité, la détresse et l'envie de se rebeller, Marjorie Chandler vivait des instants beaucoup plus palpitants – bien que tout aussi riches en émotions.

Elle était dans son appartement et contemplait une jolie bague en diamant et rubis que Martin de Lacey venait de lui offrir.

Dehors, la nuit tombait, et les lumières de la ville commençaient à briller. Marjorie venait de préparer l'une des rares recettes de son répertoire – un plat de pâtes dont une grand-mère italienne lui avait livré le secret – et était maintenant assise sur son canapé à côté de Martin, devant un feu vacillant, en train de siroter un bon merlot.

Il avait bien choisi son moment.

Vêtu d'un vieux costume plutôt élégant, il avait simplement glissé la main dans sa poche et en avait sorti un petit écrin carré en cuir turquoise dont il avait soulevé le couvercle.

— Elle appartenait à Elizabeth de Lacey, mon arrière-arrière-grand-mère. Je crois qu'elle l'a reçue du fils cadet d'un marquis dont je tairai le nom, avait-il ajouté en souriant avec cette autodérision propre aux Anglais. Elle n'a pas épousé son prétendant, mais cette friponne a bien sûr gardé la bague. Elizabeth a beaucoup fait parler d'elle en son temps. Elle était connue pour ce genre de comportement – son côté un peu volage, notamment. Elle a scandalisé la cour à plusieurs reprises, mais elle s'est énormément enrichie.

Tandis qu'elle regardait de nouveau le bijou, Marjorie sentit son cœur s'emballer.

— Cette cour, de laquelle s'agissait-il ? Celle de la reine Victoria ? demanda-t-elle, les yeux brillants.

Martin haussa les épaules.

— Oui, ou peut-être celle d'avant. Je ne suis pas sûr, répondit-il.

Marjorie s'esclaffa.

— Comme vous pouvez vous montrer dédaigneux vis-à-vis de votre histoire familiale, vous, les Britanniques, déclara-t-elle avec un léger accent traînant américain et une certaine jalousie. À Boston, les gens tueraient pour pouvoir raconter que l'un de leurs ancêtres fréquentait une cour royale.

Martin haussa de nouveau les épaules.

— À la fin du XVIIe siècle ou au début du XVIIIe, je crois que notre famille possédait un titre de noblesse. Peut-être celui de baron, ou quelque chose d'équivalent. Mais je pense que nous l'avons perdu pendant les guerres napoléoniennes, étant donné que les titres ne peuvent pas être transmis par des femmes. Je ne peux donc pas promettre que vous deviendrez « Lady » de Lacey. Du moins, pas officiellement. Mais tout le monde au village vous considérera comme la châtelaine.

Marjorie rit nerveusement.

— C'est donc l'idée que vous vous faites d'une demande en mariage ? s'enquit-elle avec malice.

— J'en ai peur, chérie, rétorqua Martin en souriant. Je crains de ne plus avoir l'âge de mettre mon vieux genou à terre.

Il contempla un instant la magnifique bague, puis tourna les yeux vers Marjorie qui se levait et avançait en direction de la cheminée. Là, elle posa pensivement une main sur le chambranle, le regard perdu dans les flammes.

Martin l'étudia avec nervosité. Avait-il mal choisi son moment ?

Ce soir, elle portait un élégant pantalon d'intérieur en soie bleue et avait laissé ses longs cheveux blonds lâchés, ce qui la faisait paraître plus jeune que ses trente et un ans.

— Bien sûr, si je me suis trop avancé…, commença-t-il en déposant la bague sur la table basse située devant lui avant de toussoter d'un air gêné. Je sais qu'Oliver… eh bien, Oliver est bien plus séduisant que moi, et c'est un intellectuel, par-dessus le marché. Mais… il n'est pas vraiment du genre à se marier, si vous voyez ce que je veux dire.

— Oh ! ne dites pas de bêtises, Martin. Vous n'avez pas à vous inquiéter au sujet d'Oliver, mentit allègrement Marjorie. Nous sommes seulement amis, rien de plus.

Elle s'enfonçait dans le mensonge sans le moindre scrupule.

— C'est juste que… eh bien, vous me prenez totalement au dépourvu.

Elle se dirigea vers le canapé et s'empara de l'écrin que Martin avait laissé, de manière si tentante, sur la table basse.

Évidemment, cette proposition ne l'étonnait pas le moins du monde. Elle savait que Martin essayait depuis un certain temps de trouver le courage de lui faire sa demande. Simplement, elle n'avait pas encore pris sa décision.

Oliver lui avait fait quelques discrètes avances, lui aussi, et il avait sondé le terrain, pour ainsi dire. Mais contrairement à son cousin dont l'approche était beaucoup plus directe, le professeur de physique se montrait prudent. En un sens, cela prouvait qu'Oliver était un homme du monde sophistiqué, et cela plaisait à Marjorie. D'un autre côté, c'était téméraire et admirable de jouer cartes sur table comme le faisait Martin. S'il avait vécu à une époque antérieure, elle l'aurait parfaitement imaginé en officier de cavalerie, chevauchant à travers les champs de bataille français.

Et il fallait reconnaître que la bague était splendide.

En plus de cela, elle deviendrait la châtelaine « officieuse » de Briar's Hall. C'était tellement dommage que les de Lacey aient perdu leur titre de noblesse. Cela aurait rendu ses amis américains fous de jalousie.

Mais était-elle prête à rejoindre les rangs des « *gentlemen-farmers* » ? Des amis londoniens lui avaient fait découvrir ce terme, qu'ils trouvaient hilarant. Cela lui avait donné matière à réflexion. Après tout, elle était loin d'être une femme de la campagne.

Et, de la même façon, ne pouvait-elle espérer mieux que de devenir la femme d'un professeur d'Oxford ? Marjorie avait toujours été consciente que sa richesse était le plus grand atout dont elle disposait dans la vie. Elle n'était pas particulièrement belle, elle devait bien l'admettre, même si du maquillage et des vêtements chics pouvaient donner cette illusion - Coco Chanel et Christian Dior pouvaient en témoigner !

— Laissez-moi y réfléchir, Martin, dit-elle enfin.

Elle s'assit à côté de lui, tendit la main vers son visage et lui caressa doucement la joue.

— Très bien, chérie, réfléchissez, répondit Martin d'un air détaché, même si son cœur battait la chamade.

Une fois qu'Oliver aurait découvert ce qu'il avait fait, il redoublerait d'efforts pour le supplanter auprès de Marjorie, il le savait.

Et ils verraient alors ce qui se passerait.

27

Clement Ryder, qui ignorait tout de la terrible dispute qui avait éclaté chez sa protégée et de l'angoisse suscitée par la rivalité des membres de la famille de Lacey, avait lui-même son lot de soucis.

Il s'était versé un fond de cognac et était maintenant assis devant un feu ardent, à regarder les flammes d'un air maussade. Il était veuf et ses deux enfants avaient quitté le nid depuis longtemps. Toutefois, ce n'était pas le silence qui régnait dans la maison – une agréable demeure victorienne mitoyenne située dans l'un des quartiers les plus prisés de la ville – qui l'incommodait, mais plutôt le tumulte intérieur auquel il était en proie.

Il finit son verre avec un grognement, le plaça sur la table en noyer marqueté à côté de lui et appuya lentement la tête contre le fauteuil.

Il était temps de prendre le taureau par les cornes, pensa-t-il sombrement. Il ferma les yeux et se mit à réfléchir.

S'il commençait bel et bien à perdre la mémoire ou ses capacités de réflexion, il devait trouver un moyen de mesurer la dégradation de ses fonctions cognitives. Ou l'absence de détérioration de ces dernières. Car il avait encore tendance à penser que son trou de mémoire passager survenu l'après-midi n'avait rien d'alarmant. Mais il devait se rendre à l'évidence : sa maladie allait s'aggraver. Il espérait – et était même convaincu – que cela se ferait très progressivement. Malgré tout… il devait suivre l'évolution de la maladie.

Il lui faudrait donc mettre en place un système. Un journal. Oui, il pourrait commencer à tenir un journal et y consigner chaque incident – chaque épisode de tremblements, chaque mot mal articulé, chaque pas traînant. De cette façon, il disposerait de statistiques – de vraies données tangibles – qu'il pourrait étudier.

Les faits lui avaient toujours servi de repères. Se fier uniquement à ses émotions était un mauvais calcul. Et il ne pouvait pas se permettre de s'inquiéter chaque fois qu'il avait un petit trou de mémoire, car s'il se laissait aller à imaginer tout ce qui risquait de mal tourner il finirait par avoir peur de sortir de son lit le matin. Et s'il se tranchait accidentellement la gorge en se rasant à cause d'un tremblement ? Ou s'étouffait durant son petit déjeuner avec sa tartine de pain grillé parce qu'il avait des difficultés à avaler ? S'il se faisait percuter par un fou furieux qui doublait dans un virage parce que son temps de réaction était ralenti ?

Non, s'engager dans cette voie finirait par le rendre fou.

D'autres tests pourraient s'avérer utiles. Des tests qu'il pourrait effectuer chaque semaine pour vérifier l'évolution et l'état de ses capacités mentales… Oui, il y en avait beaucoup.

Il prit un papier et un stylo, et commença à les lister. Il se sentait déjà plus rassuré et retrouva peu à peu son calme à mesure qu'il élaborait un plan d'action.

Tandis que le coroner dressait sa liste, la petite Emily de Lacey, allongée sur son lit dans la nursery de Briar's Hall, songeait aux grandes personnes. Les adultes pouvaient faire des choses vraiment bizarres. Des choses que ni Eddie ni elle n'arrivaient à comprendre. Elle se retourna sur son matelas et fixa le mur. Des ombres familières projetées par les arbres à l'extérieur dansaient sur le papier peint terne.

Eddie l'observait-il depuis le paradis ? Elle se disait qu'il devait sûrement y être, vu qu'il avait toujours été gentil. Est-ce qu'on avait les réponses à toutes nos questions après la mort ? Si oui, pourquoi n'était-il pas revenu lui raconter ce qui lui était arrivé ce jour-là ? Peut-être que c'était interdit ? Le pasteur disait parfois que l'homme ne pouvait pas tout savoir, que l'omni… l'omni-quelque chose était réservée à Dieu.

Elle soupira et se retourna dans son lit, essayant de trouver une position confortable. Mais elle n'arrivait pas à s'endormir.

Elle avait peur.

Et s'il lui arrivait la même chose qu'à Eddie ? Même si c'était sûrement chouette, le paradis… le chemin pour s'y rendre l'inquiétait. Elle ne voulait pas mourir.

Peut-être que tout irait bien. Ils n'avaient parlé à personne de ce qu'ils avaient vu, donc personne n'était au courant qu'elle savait certaines choses.

À moins qu'Eddie l'ait dit à quelqu'un.

Mais Eddie n'aurait jamais fait ça. Pas vrai ?

28

Le lendemain matin, Trudy se leva très tôt et se faufila hors de la maison avant que ses parents se réveillent. Elle prit le premier bus pour se rendre au travail et surprit ses collègues de l'équipe de nuit en arrivant avec deux bonnes heures d'avance au commissariat.

Sans perdre de temps, elle se mit à rechercher John Blandon, le palefrenier du Hall parti quelque part « plus au nord ». Avec un nom relativement commun et peu d'informations à son sujet, elle savait qu'il ne serait pas facile à localiser.

Lorsque le sergent et le capitaine arrivèrent, elle avait déjà bien avancé en éliminant un grand nombre de John Blandon qui n'étaient assurément pas l'homme qu'elle cherchait.

Jennings, d'humeur aussi narquoise que la veille, lui lança qu'elle ferait mieux d'aller voir à la morgue ce que le vieux vautour pourrait bien vouloir, cette fois-ci. Le surnom cruel dont son mentor affublait le coroner ne faisait même plus tiquer Trudy. Ravie de pouvoir s'en aller, elle marmonna simplement un « Oui, monsieur ».

Après avoir récupéré son vélo et descendu St. Aldate's Street pour rejoindre Floyds Row, elle commença à se sentir de meilleure humeur. Cette rancœur absurde finirait bien par passer à ses parents. Et qui savait quelles surprises lui réservait cette journée ?

C'était ce qui lui plaisait tant dans son métier. On ne savait jamais ce qui allait arriver. Mais comment l'expliquer à son père et à sa mère, qui aimaient tant la routine et la prévisibilité des emplois stables et sans danger ?

Lorsqu'elle arriva au bureau du coroner, sa secrétaire lui apprit qu'il était au tribunal ce matin-là et qu'il ne serait disponible qu'après le déjeuner. Trudy s'en voulut de ne pas avoir vérifié l'agenda du Dr Ryder avant de venir. Elle ressortit donc d'un pas traînant et resta un moment debout sous le soleil printanier, un peu abattue.

Autour d'elle, la ville vaquait à ses occupations habituelles, et des rayons sporadiques jouaient à chat avec des nuages gris. Deux hommes qui discutaient de leur travail passèrent devant elle, tous deux collecteurs de loyer, d'après le peu qu'elle avait entendu.

Elle savait qu'elle devait retourner au poste, mais elle n'en avait aucune envie. Le capitaine Jennings ne serait pas particulièrement content de la voir, et il devrait chercher quelque chose d'ennuyeux à lui faire faire. Donc, elle lui rendrait service en lui épargnant cette peine, n'est-ce pas ?

Satisfaite de son petit sophisme, Trudy chercha une manière de se rendre utile et, après un moment de réflexion, elle se rendit à la cabine téléphonique la plus proche et fouilla sa sacoche de police à la recherche de quelques pence. Une opératrice prit son appel, et Trudy lui demanda le numéro de la *dower house* de Briar's-in-the-Wold. Après avoir dûment alimenté la cabine téléphonique en pièces de monnaie, elle fut finalement mise en relation.

Une domestique répondit à l'autre bout du fil. Elle commença par débiter le numéro de téléphone complet ainsi que le nom de la résidence, avant de lancer avec zèle : « Comment puis-je vous aider ? » Elle donnait l'impression d'être jeune, et avait parlé d'une voix mécanique et monotone qui laissait penser que la maîtresse de maison lui avait sûrement fait apprendre par cœur le protocole à suivre en cas d'appel.

— Je voudrais parler à Mme Sylvia de Lacey, s'il vous plaît, dit-elle distinctement.

— Certainement, madame. Puis-je savoir qui la demande ?

— L'agent de police Loveday. C'est au sujet d'Eddie Proctor.

Un petit cri aigu se fit entendre à l'autre bout de la ligne, et Trudy ne put s'empêcher de sourire. On avait dû enseigner à la jeune fille la façon appropriée de s'adresser à différents interlocuteurs et lui faire répéter une multitude de scénarios possibles - allant d'une erreur de numéro à la réception de l'appel d'un évêque -, mais Trudy doutait qu'être contactée par la police ait fait partie de la formation.

— Je vais voir... si Madame est présente, finit par bégayer la domestique.

Il y eut un petit bruit sec quand la jeune fille posa le combiné, et Trudy partit à la recherche d'un penny supplémentaire dans sa sacoche, au cas où Mme de Lacey se trouverait dans une pièce éloignée ou mettrait du temps à décider si elle prenait ou non la communication.

La curiosité - comme le lui avait appris son sergent-instructeur durant sa formation - était effectivement un puissant moteur, car quelques instants plus tard une voix bien plus assurée résonna à l'autre bout du fil.

— Oui ? Mme Sylvia de Lacey à l'appareil.

— Bonjour, madame de Lacey, je suis l'agent Loveday. Je vous appelle d'Oxford. Je me demandais si, par hasard, vous pensiez venir en ville aujourd'hui ?

Cette question quelque peu péremptoire fut de nouveau accueillie par un silence étonné, puis Sylvia répondit :

— Eh bien, non, mais je peux me déplacer, si vous jugez que c'est important.

— Oui, madame. Comme vous le savez peut-être, nous enquêtons sur les circonstances entourant… *l'accident* du jeune Eddie Proctor.

Après cette courte pause lourde de sens, Trudy crut percevoir une soudaine tension dans le téléphone. Mais peut-être n'était-ce que le fruit de son imagination.

— Je pensais que cette affaire était close depuis longtemps, lança Sylvia de Lacey d'un ton brusque. L'enquête n'a-t-elle pas conclu à un accident ? Je ne vois pas ce qu'il y aurait de plus à ajouter sur le sujet.

Martin ne l'avait donc pas informée qu'il avait demandé à ce qu'une enquête plus approfondie soit menée. C'était étonnant, vu qu'il avait prévenu tous les domestiques qu'ils risquaient de croiser Clement et Trudy, et leur avait demandé de se montrer coopératifs.

Était-il possible qu'il ait omis d'en parler à sa tante parce qu'il soupçonnait qu'elle n'approuverait pas sa démarche ? Ou avait-il si peu de considération pour elle qu'il avait tout simplement oublié de l'en avertir ?

Plus étonnant encore, Trudy se fit la réflexion quelques secondes plus tard qu'Oliver, le propre fils de Sylvia, n'avait pas non plus mentionné la visite qu'ils lui avaient rendue. S'il l'avait fait, elle aurait sans doute paru moins étonnée de ce coup de fil. Comment se faisait-il que les membres de cette famille semblent ne jamais rien se confier ? Martin de Lacey et la si dévouée Mme Roper défendaient à la petite Emily de leur parler, Oliver et sa mère ne communiquaient visiblement pas entre eux, et le Dr Ryder avait dit que le châtelain ne s'était pas montré totalement franc durant leur premier entretien.

— Nous ignorons toujours pourquoi Eddie est allé dans le verger et comment il est tombé dans le puits, madame de Lacey, expliqua patiemment Trudy. Naturellement, les parents du pauvre garçon ont besoin d'avoir l'assurance que nous mettons tout en œuvre pour découvrir la vérité. Je suis certaine qu'en tant que mère vous pouvez compatir à leur douleur, ajouta-t-elle d'un ton doucement réprobateur.

— Oh oui, oui, évidemment, dit aussitôt la femme, qui semblait un peu irritée et troublée à la fois. Tout cela est terrible ! Mais je ne vois pas comment je pourrais vous aider.

— Nous interrogeons tous ceux qui ont connu Eddie, bien entendu, mais aussi tout le personnel du château et les membres de votre famille. Nous avons déjà parlé à M. Martin de Lacey, à votre fils et à la jeune Emily. Ainsi qu'à Mme Roper et aux jardiniers, parmi les domestiques. Nous essayons de nous forger un avis sur le garçon et sur ce qui s'est passé ce dimanche de Pâques. Pourrions-nous nous voir ici, en ville ?

Trudy était certaine qu'après avoir entendu la liste de toutes les personnes ayant déjà été interrogées Sylvia ne voudrait pas être laissée pour compte. Et qu'elle viendrait ne serait-ce que pour tenter de découvrir ce que les autres avaient dit.

— Au poste de police ? Vous voulez que je me rende dans un *commissariat* ? souffla Sylvia de Lacey, abasourdie.

Trudy soupira intérieurement. À l'évidence, elle n'avait jamais imaginé devoir un jour franchir le seuil d'un endroit aussi exotique.

— Oh non, bien sûr que non, madame de Lacey. Je pensais que nous pourrions nous retrouver quelque part en ville, autour d'une tasse de thé, peut-être ?

— Ça me va. Connaissez-vous Elliston & Cavell ?

Il s'agissait d'un grand magasin qui se targuait de disposer d'un salon de thé réputé.

— Ou préférez-vous Fuller's ? ajouta Sylvia de Lacey.

Trudy connaissait bien cette pâtisserie-salon de thé onéreuse et haut de gamme dans laquelle ni ses parents ni elle n'avaient jamais osé s'aventurer étant donné qu'ils n'auraient pu s'offrir un gâteau à eux trois !

— Disons Elliston & Cavell, lâcha-t-elle à la hâte. Quelle heure de la matinée vous arrangerait ?

— Eh bien, j'ai une petite citadine. Je peux donc être là d'ici une quarantaine de minutes.

— Très bien, je vous retrouve au salon de thé, alors, dit Trudy avec un certain soulagement.

Elle imagina ensuite comme ce devait être agréable de pouvoir prendre sa « citadine » chaque fois que l'on voulait se rendre quelque part. Bien sûr, une fois que le Dr Ryder lui aurait appris à conduire, elle commencerait à économiser et, d'ici quelques années, elle pourrait peut-être s'acheter une petite voiture. Pourquoi pas une Morris Minor ou…

— Comment saurai-je que c'est vous ?

À l'autre bout du fil, la voix détachée de Sylvia avait interrompu sa douce rêverie, la ramenant brutalement sur terre.

— Je serai en uniforme, madame.

Trudy gloussa presque en remarquant que sa réponse était suivie d'un nouveau silence. Elle avait une fois de plus réussi à surprendre la dame.

— Oh ! bien sûr, suis-je bête, dit son interlocutrice, se reprenant aussitôt. À tout de suite, agent…

— Loveday, madame, répondit Trudy, qui tâcha de ne pas se formaliser de cet oubli et raccrocha.

Elle profita d'avoir du temps à tuer pour faire un peu de lèche-vitrines, se sentant tour à tour coupable de ne pas travailler et bien décidée à savourer ce sentiment de liberté propre aux pauses imprévues – et clandestines.

Elle était fière d'avoir obtenu que Mme de Lacey vienne à elle, étant donné qu'elle n'avait pas très envie de pédaler jusqu'au village. Mais soudain, une pensée terrifiante lui traversa l'esprit, et la satisfaction qu'elle ressentait se dissipa instantanément.

Avait-elle assez d'argent pour payer sa part de l'addition au salon de thé ?

Une fois de plus, elle fouilla dans sa sacoche et fut soulagée de découvrir qu'elle pourrait au moins s'offrir une tasse de thé – mais sans doute pas un gâteau.

Rassurée, elle parcourut d'un pas lent Cornmarket Street en direction du grand magasin. Elle s'arrêta devant un salon de coiffure et regarda la photo d'un mannequin arborant la nouvelle coiffure bouffante à la mode. Si un jour elle osait revenir à la maison avec une coupe pareille, sa mère en ferait une attaque !

Mais elle balaya au plus vite l'idée de décevoir et d'irriter encore plus sa mère et se dépêcha d'entrer dans le magasin, où elle passa le temps qui lui restait à flâner devant les différents comptoirs, à regarder les articles au rabais. Cela attira l'attention de l'agent de sécurité qui l'observa avec intérêt pendant un certain temps, se demandant sans doute ce que venait faire la police dans son magasin.

Les vendeuses lui jetaient des coups d'œil furtifs elles aussi et, dès que Trudy s'éloignait, elles se regroupaient pour échanger des messes basses à son sujet. Même si Trudy commençait à avoir l'habitude de ce genre de réaction, elle était convaincue que de plus en plus de femmes rejoindraient les forces de l'ordre dans les années à venir. Et peut-être qu'elle ne serait alors plus considérée comme une telle curiosité.

Trudy pénétra dans le salon de thé au décor ancien à la fois fonctionnel et raffiné, et elle choisit une table située dans un coin à l'écart, faiblement éclairé, se doutant que Mme de Lacey préférerait avoir un peu d'intimité. Elle s'assit, indiqua à la serveuse qui s'était aussitôt approchée qu'elle attendait une amie et observa les lieux avec ravissement. Elle n'était venue dans cet endroit qu'à une ou deux reprises auparavant avec sa mère, et d'autres fois avec des amis pour des occasions spéciales comme des anniversaires, mais jamais pour un rendez-vous professionnel.

Une femme d'âge mûr aux cheveux teints en bleu lavande apparut à l'entrée du salon de thé, enveloppée dans une grande étole en vison un peu fatiguée. Trudy leva la tête et l'observa attentivement. Mais après avoir jeté un rapide coup d'œil alentour, la dame rejoignit deux autres femmes déjà attablées qui semblaient tout aussi fortunées qu'elle.

Pendant les dix minutes qui suivirent, Trudy regarda avec plaisir les clients entrer et sortir de l'établissement, s'amusant à leur inventer une vie. Mais lorsqu'une femme mince et élégante passa la porte et s'arrêta un instant pour scruter la salle, Trudy se redressa instinctivement sur sa chaise. La dame qui venait d'arriver avait de magnifiques cheveux poivre et sel relevés en un chignon simple mais chic qui attirait le regard et mettait en valeur ses pommettes hautes et sa mâchoire ciselée. Elle portait une veste bleu marine très ajustée et une jupe droite assortie. Seule une écume de dentelle cousue sur le devant de son chemisier en soie couleur champagne apportait une touche de féminité à sa tenue.

Elle repéra rapidement Trudy et se dirigea vers la table du fond, tout en jetant des coups d'œil furtifs aux autres clients pour vérifier qu'il n'y avait aucune de ses connaissances dans la salle. Mais au vu de l'expression détendue qu'elle affichait lorsqu'elle arriva devant Trudy, ce n'était manifestement pas le cas.

— Agent Loveday ?

— Oui. Je vous remercie d'être venue, madame de Lacey.

La femme prit une chaise, retira ses gants et fut immédiatement approchée par la serveuse.

— Du thé et une assiette de scones, je vous prie, dit-elle aussitôt, sans consulter le menu – ni Trudy. Alors, en quoi puis-je vous aider ? demanda-t-elle avec un regard perçant.

Son attitude n'était pas hostile à proprement parler, mais Trudy décelait une certaine impatience dans son ton, qui semblait l'avertir de ne pas trop tergiverser.

— Connaissiez-vous Eddie Proctor ? demanda-t-elle en premier lieu. Je crois savoir que c'était un très bon ami de votre petite-nièce, Emily.

— Oui, je le connaissais, déclara aussitôt Sylvia, ce qui surprit Trudy qui, sans savoir pourquoi, s'attendait à un « non » catégorique. Enfin, disons plutôt que je les voyais souvent traîner autour du château, Emily et lui, précisa-t-elle. Vous savez, quand ils jouaient dans le domaine, par exemple. Il me donnait l'impression d'être un gentil garçon.

— Vous lui avez parlé ?

Elle avait du mal à imaginer une femme si élégante discuter avec un petit villageois de onze ans aux vêtements probablement tachés de boue.

— Eh bien, nous n'avions pas de longues conversations, déclara Sylvia avec un léger rictus qui étira ses lèvres peintes avec le dernier rouge à la mode. Mais il était poli et, quand nous nous croisions dans le parc, nous échangions quelques mots. J'aime me promener dans le domaine, vous savez. J'ai toujours adoré les balades dans la campagne.

Ah, voilà qui expliquait tout, pensa Trudy.

— Oui, à ce qu'il paraît, Emily et lui aimaient jouer à Robin des bois et aux cow-boys et aux Indiens dans la forêt. L'avez-vous déjà vu parler à des inconnus ?

— Dans le parc du château ? lança-t-elle en levant l'un de ses sourcils joliment dessinés. Ça m'étonnerait beaucoup. Si quelqu'un avait rôdé dans les environs, le chef jardinier serait tout de suite allé lui demander ce qu'il faisait là. Avec le grand costaud qui travaille pour lui – un homme imposant mais sûrement incapable de faire du mal à une mouche –, ils auraient fait déguerpir quiconque n'ayant pas une bonne raison de se trouver là.

Trudy reconnut Lallie Clark à cette description et esquissa un sourire.

— Mais le domaine est immense, et certaines parties sont boisées. Quelqu'un pourrait facilement s'y cacher, fit-elle remarquer.

— Alors, comme ça, vous croyez qu'un intrus, un vagabond, ou qui sais-je encore, aurait assassiné le garçon ?

Sylvia n'avait pas haussé le ton, mais Trudy pouvait sentir la vague d'inquiétude qui la submergeait.

Malheureusement, pile à cet instant, la serveuse arriva avec le thé et une assiette de scones délicieux.

Le petit pot de crème épaisse, les abricots et la confiture de fraise servis en accompagnement rendaient le tout encore plus appétissant, et Trudy, qui avait sauté le petit déjeuner pour s'échapper plus tôt de la maison, sentit son estomac gronder.

Elle rougit, espérant que personne ne l'avait entendue.

— Merci, je vais nous servir, lança Sylvia à la serveuse qui murmura quelque chose avant de se retirer discrètement.

Aussi impressionnée qu'irritée par la désinvolture de Sylvia et le ton distant qu'elle avait employé avec la jeune fille, Trudy se demanda ce que deviendrait cette femme si elle devait un jour se débrouiller par elle-même. Réussirait-elle à trouver du travail ? Était-elle douée pour quoi que ce soit à part jouer le rôle de Mme de Lacey de Briar's Hall ?

Soudain, elle se rappela qu'elle devait rester concentrée sur sa mission. Elle scruta le visage de la femme assise en face d'elle, qui commençait à servir le thé.

— Cette théorie vous paraît si invraisemblable que cela ? demanda Trudy.

Avant l'interruption de la serveuse, elle avait perçu un certain trouble chez Sylvia et tentait de le raviver.

— Si l'on se fie à tout ce que nous avons appris sur Eddie jusqu'à présent, il semble peu probable qu'il soit tombé dans un puits par accident. Pour commencer, il avait le vertige.

La main avec laquelle Sylvia tenait la théière semblait avoir légèrement tremblé mais, lorsque Mme de Lacey releva les yeux vers Trudy, son visage ne laissait transparaître aucune émotion.

— Et vous croyez vraiment que cela importe ? Moi qui suis mère, je peux vous assurer que les enfants font parfois des choses auxquelles on ne s'attend pas.

— Merci, dit Trudy, tandis que Sylvia poussait une tasse vers elle.

Elle attrapa la pince à sucre argentée et parvint, un peu maladroitement, à y glisser deux morceaux de sucre. Et, tout en remuant son thé, elle réfléchit avec soin à sa prochaine question. Son instinct lui soufflait que Sylvia avait quelque chose à lui apprendre, mais elle n'arrivait pas à déterminer de quoi il pourrait s'agir. Elle regrettait que Clement soit retenu au tribunal. Il ne faisait aucun doute qu'il serait parvenu à soutirer des informations à Mme de Lacey en usant de son charme. Ou de menaces !

— Avez-vous déjà été témoin de quelque chose d'étrange lors de vos promenades dans les bois, madame de Lacey ?

Elle avait opté pour une approche moins directe, sans s'attendre à ce qu'il en résulte quoi que ce soit, et pourtant il lui sembla voir son interlocutrice pâlir légèrement.

Il était difficile d'en avoir la certitude sous cette lumière artificielle, et son maquillage impeccable était trompeur.

Mais elle semblait plus tendue et alerte, et Trudy eut de nouveau la sensation euphorisante d'avoir touché un point sensible.

— Étrange dans quel sens ? répliqua-t-elle brusquement, et Trudy comprit aussitôt que son témoin essayait de gagner du temps.

— Avez-vous vu Eddie – ou Emily, peut-être – parler à quelqu'un que vous ne connaissiez pas ?

— Vous me l'avez déjà demandé, et je vous ai déjà répondu que non.

L'avait-elle fait ? s'interrogea Trudy en se repassant le fil de leur discussion. Il lui semblait plutôt que Mme de Lacey n'avait pas répondu à sa question, du moins pas directement.

Se montrait-elle toujours aussi prudente et fuyante ? Était-elle simplement agacée d'avoir dû venir en ville et de devoir s'abaisser à discuter avec une policière ? Ou y avait-il autre chose ?

— Un petit garçon est mort, madame de Lacey, déclara-t-elle gravement.

Mis à part un frémissement des lèvres, sa réprimande sembla produire peu d'effet sur Sylvia.

— Oui, c'est tragique. Je sais que Martin s'en veut beaucoup. Bien sûr, le puits a été sécurisé depuis, et il est même question de le faire entièrement boucher, mais... La famille est très peinée de cet accident, je peux vous l'assurer, dit poliment Sylvia. Un scone ?

— Non, merci, répondit sagement Trudy, qui ne pouvait pas se permettre de partager l'addition, à sa grande frustration.

De nouveau, elle dut faire attention à ne pas perdre le contrôle de l'interrogatoire. Elle se laissait déconcentrer par le ressentiment que lui inspirait cette femme arrogante au mode de vie privilégié, et cela ne pouvait plus durer.

— Votre fils semblait..., commença Trudy.

Elle observa avec plus d'attention encore Sylvia, dont l'épaule s'était raidie imperceptiblement.

— ... penser qu'il ne s'agissait peut-être pas d'un accident.

C'était totalement faux, mais elle avait menti avec un certain aplomb. Sachant qu'Oliver n'avait pas parlé à sa mère de son propre entretien avec eux, elle était presque sûre de ne pas se faire prendre si elle dénaturait légèrement ses propos.

Une expression perplexe et étonnée traversa brièvement le visage de Sylvia qui réussit néanmoins à hausser les épaules avec élégance.

— Ce qui est certain, c'est qu'Oliver a une façon bien à lui de voir le monde. Et ça, depuis toujours, ajouta-t-elle avec un sourire que Trudy ne jugea pas sincère.

Sylvia donnait l'impression de vouloir paraître amicale, mais cela ne lui allait pas. En plus, Trudy n'appréciait pas qu'on la traite avec condescendance.

— C'est un homme très intelligent, vous savez. Son QI le classe parmi les génies, déclara fièrement Sylvia avec un nouveau sourire forcé. Mais... eh bien, comme beaucoup d'hommes d'exception, il manque parfois d'un peu de... de bon sens. Et on peut difficilement se fier à lui quand il est question d'affaires quotidiennes et banales. Il a beau comprendre ce qu'est la fusion nucléaire, si sa voiture tombe en panne, il est obligé d'appeler un mécanicien ! À force d'être toujours préoccupé par des sujets de haute importance, les petites choses lui paraissent... eh bien, il n'y comprend rien, c'est aussi simple que ça. Il peut aussi se montrer très maladroit en société. Comme beaucoup d'universitaires, il ne prête pas beaucoup d'attention à ce qui se passe autour de lui. C'est pourquoi il n'est pas toujours le mieux placé pour donner son avis sur les gens ou sur des événements de la vie quotidienne.

Trudy cligna des yeux, tentant de comprendre le message que la femme essayait de lui faire passer. À l'évidence, elle insinuait qu'il n'était pas toujours bon de se fier au jugement de son fils. Mais pourquoi ? De quoi avait-elle peur au juste ? Que pensait-elle qu'Oliver leur avait raconté ?

— Je vois, mentit Trudy, qui ne voyait pas du tout où Sylvia voulait en venir. J'ai cru comprendre qu'il envisageait de se marier bientôt ?

Elle avait opté pour une tactique désespérée consistant à poser toutes les questions qui lui venaient à l'esprit et à voir ce qui se passerait ensuite.

— Avec Marjorie ? Oui, c'est une jeune femme charmante, déclara Sylvia, manifestement soulagée de ce changement de sujet.

Trudy comprit alors qu'elle avait fait une erreur.

— À sa façon de parler d'elle, il semblait avoir beaucoup d'affection pour Emily, lança-t-elle ensuite pour revenir au sujet qui l'intéressait.

— Oui, et la petite adore son oncle Oliver, acquiesça Sylvia avant de jeter un coup d'œil à sa montre. Je dois vraiment passer chez Coopers avant de retourner au Hall. Aviez-vous d'autres questions à me poser ?

Oui, des tas, mais Trudy savait que, de toute manière, elle ne tirerait rien de cette femme aujourd'hui. Elle la remercia d'être venue avec toute l'amabilité dont elle fut capable et regarda Sylvia s'éloigner avec frustration. Elle avait le sentiment d'avoir échoué.

Elle resta un moment assise à ruminer, avant de finir par remarquer la serveuse postée devant la table.

— J'espère que les scones sont à votre goût, madame ? demanda-t-elle avec zèle.

Trudy sursauta et sentit son cœur s'emballer à la vue de l'assiette de scones toujours intacte sur la table. Oh ! bon sang, l'addition ! Elle avait été tellement obnubilée par l'échec de son interrogatoire qu'elle en avait oublié l'addition !

— J'ai failli faire une crise cardiaque ! raconta Trudy deux heures plus tard.

Elle était assise dans le bureau du Dr Ryder et sirotait de nouveau une tasse de thé.

— Alors comment avez-vous fait ? demanda Clement, qui trouvait l'histoire très divertissante.

— J'ai dû expliquer que je n'avais pas de quoi payer. J'étais tellement gênée ! Mais je me suis sentie encore plus bête quand la serveuse a dit que l'addition avait été mise automatiquement sur l'ardoise de Mme de Lacey. Apparemment, ils lui font crédit et lui envoient tous les mois une facture au château. Les gens riches ne vivent vraiment pas comme nous, pas vrai ? dit Trudy d'un air songeur.

Clement, qui avait lui-même passé des arrangements similaires avec un certain nombre de clubs, de magasins et de restaurants de la ville, se contenta de hocher la tête sans rien dire.

— J'espère que vous avez eu le bon sens de finir l'assiette de scones.

Trudy gloussa.

— Oui ! Et, tant que j'y étais, j'ai fini les coupelles de crème et de confiture. Je n'en ai pas laissé une goutte !

— Vous avez bien fait. Alors, que croyez-vous qu'elle cache au juste ?

Il avait patiemment écouté le récit un peu décousu de l'entretien décevant avec la mère d'Oliver, sans réussir à déterminer ce qui avait bien pu rendre Sylvia si nerveuse. Ce n'était pas étonnant, étant donné que Trudy n'y était elle-même pas parvenue.

— Je ne sais pas, dit-elle, contrariée. Mais je suis sûre qu'elle ne m'a pas tout dit. Elle est restée distante et hautaine, mais à une ou deux reprises j'ai eu l'impression d'avoir touché une corde sensible. Je sentais que quelque chose la troublait, mais sans arriver à mettre le doigt dessus ou à en tirer parti. Je me suis même demandé plusieurs fois si elle n'avait pas peur de quelque chose et cherchait à tout prix à ne pas le montrer. Vous voyez de quoi je parle ?

— Oui, je vois. Eh bien, nous allons écouter votre instinct et creuser un peu plus en ce sens.

— Vous voulez qu'on lui rende visite chez elle ? interrogea Trudy d'un air dubitatif.

Elle trouvait qu'il était bien trop tôt pour affronter de nouveau l'hostile Mme de Lacey, d'autant plus qu'ils ne disposaient d'aucun nouvel élément.

— Non, dit Clement, qui perçut le soulagement que sa réponse suscitait chez Trudy. Je parlais d'aller braver Oliver dans son antre, étant donné qu'il vous a semblé que son fils était un sujet sensible pour Sylvia ?

Trudy acquiesça d'un signe de tête.

— Très bien, poursuivit Clement. Nous l'avons observé chez lui, voyons maintenant comment il réagit quand nous nous immisçons dans sa vie professionnelle. C'est à leur domicile que les gens se sentent le plus à l'aise et en sécurité. Mais là où ils exercent… ils sont beaucoup moins en confiance. Ils craignent toujours d'être épié par leur patron – qui n'est autre que le directeur du *college*, dans le cas du Dr de Lacey !

29

St. Bede's était constitué d'un ensemble de bâtiments disparates, érigés pour la plupart au début du XIXe siècle, lorsqu'il existait encore des terrains constructibles entre Woodstock Road et Walton Street. Le *college* disposait d'une belle bibliothèque, d'une chapelle pas tout à fait aussi jolie et de trois résidences que les générations successives d'étudiants forcés d'y loger avaient affublées de divers surnoms (assez méchants, pour la plupart).

Les bureaux des professeurs étaient dispersés dans ces mêmes résidences étudiantes, et le concierge fut ravi de les diriger vers le bâtiment « webster », nom officiel de l'une des bâtisses carrées de style georgien.

Après avoir trouvé l'escalier VI, ils montèrent au deuxième étage et repérèrent une porte où était inscrit le nom du Dr Oliver de Lacey suivi des initiales de plusieurs titres universitaires, tous plus impressionnants les uns que les autres. Ils frappèrent et, quelques instants plus tard, une voix se mit à pester.

— Du balai, bande de crétins !

Trudy et Clement se regardèrent, un sourire aux lèvres.

— Ce n'est pas la première fois que l'on me fait ce compliment, dit le coroner avec fierté, faisant aussitôt glousser Trudy.

Il frappa de nouveau à la porte, avec plus de force cette fois-ci, et s'attira de nouveau les foudres du professeur, qui ouvrit violemment la porte.

— Le cours ne commence pas avant…

Il s'interrompit net et les regarda, bouche bée, son beau visage momentanément figé en une expression plutôt comique. Puis son air fulminant se dissipa et fit place à un sourire penaud.

— Excusez-moi, je ne savais pas que c'était vous. Hum… j'imagine que vous avez oublié de me demander quelque chose pendant notre entretien ? Entrez. Si vous voulez une tasse de thé ou un café, je peux appeler un *scout*.

— Non, merci, monsieur, répondit Trudy.

Lors d'une précédente enquête sur la mort d'un étudiant, elle avait appris que les professeurs et les élèves de St. Bede's employaient ce terme pour désigner les domestiques du *college* et elle ne fut donc pas prise au dépourvu cette fois-ci.

— Eh bien, asseyez-vous. Oh ! laissez-moi retirer cette pile de livres…

La pièce était telle que Trudy l'avait imaginée, avec ses tapis orientaux luxueux, son papier peint floqué, son canapé et ses chaises anciennes probablement hors de prix disposées çà et là. La plupart des meubles étaient couverts de livres, même si c'était sur le grand bureau en noyer qu'on en trouvait le plus. Sur les murs, des peintures de paysages et de personnalités éminentes (voilà ce que Trudy considérait comme de l'art, du vrai !) attiraient l'œil, et de longs rideaux en velours vert foncé occultaient les rayons sporadiques qui pénétraient à travers les larges fenêtres à guillotine. Dans l'âtre d'une imposante cheminée blanche, un feu vacillant aurait eu besoin d'être réalimenté en bûches ou en charbon.

— Comme c'est beau ! souffla Trudy.

— Vous trouvez ? dit Oliver, qui semblait sincèrement surpris.

Il regarda un instant autour de lui, comme s'il voyait la pièce pour la première fois.

Étant donné qu'il travaillait ici depuis un certain temps, il tenait sans doute tout cela pour acquis et ne le remarquait même plus, pensa Trudy. Mais sa mère tomberait certainement en pâmoison devant ces rideaux... Se ressaisissant, Trudy la chassa rageusement de ses pensées.

Clement et elle prirent place sur les chaises de style Queen Anne qu'Oliver leur avait dégagées, et le professeur s'installa dans un fauteuil bien plus confortable, qu'il avait visiblement l'habitude d'occuper. Trudy savait que les *colleges* d'Oxford ne disposaient pas de salles de classe à proprement parler, comme du temps où elle allait à l'école. À la place, les étudiants recevaient des leçons privées - ou en petit groupe - directement dans le bureau de leur tuteur.

Se souvenant qu'Oliver de Lacey était un physicien spécialisé en énergie nucléaire, la jeune femme se demanda avec émerveillement quelles discussions passionnantes - dont elle n'aurait sans doute pas compris un mot - avaient eu lieu entre ces murs.

— Alors, qu'avez-vous oublié de me demander ? lança Oliver en s'adressant de nouveau à Clement.

Mais cette fois, Trudy ne le tolérerait pas. La récente dispute avec ses parents lui avait laissé un goût amer, et elle n'était pas d'humeur à se montrer conciliante.

— Nous n'avons rien oublié, docteur de Lacey, dit-elle doucement. Seulement, l'entretien avec votre mère a soulevé plusieurs points que nous aimerions approfondir.

Cette fois-ci, sa réaction fut sans équivoque. Dans la lumière faiblissante qui pénétrait à travers la grande fenêtre, le professeur d'Oxford était manifestement devenu blême. Pendant un instant, son sourire sembla s'être figé sur son visage et, lorsqu'il se mit à se tortiller dans son fauteuil, Trudy remarqua combien ses épaules étaient tendues.

— Vous avez parlé à ma mère ? Mais pourquoi, bon sang ? Il n'y a aucune chance qu'elle sache quoi que ce soit à ce sujet.

Le sourire de Trudy se fit encore plus doux.

— D'après mon expérience, les mères en savent souvent beaucoup plus que l'on ne croit. Je vous épargne le récit détaillé du nombre de fois où, dans le cadre de mon travail, j'ai arrêté des jeunes hommes ou des jeunes filles absolument certains que leurs parents n'avaient pas la moindre idée de ce qu'ils trafiquaient. Mais ils étaient toujours au courant. Nos parents connaissent tout de nous, vous savez.

En face d'elle, Oliver parvint à émettre un petit rire.

— Vraiment ? Vous me faites peur ! Quelle idée cauchemardesque !

Même s'il avait dit cela à la légère et qu'il était clair qu'il plaisantait, Trudy comprit aux gouttes de sueur qui perlaient à son front que cette idée l'avait réellement troublé.

À côté d'elle, Clement était ravi de voir que sa protégée parvenait à pousser l'homme dans ses retranchements. Sagement assis à regarder le spectacle, il laissait de temps à autre le regard flâner autour de lui. Une bannière en soie négligemment suspendue au-dessus d'une porte lui apprit que l'homme avait été rameur durant ses études. Le coroner tressaillit en remarquant que l'étendard arborait la couleur bleu pâle de l'équipe d'aviron de Cambridge, avant de se souvenir que, même si Oliver de Lacey vivait et travaillait actuellement à Oxford, il était pendant un temps passé à l'ennemi en suivant des études à Cambridge.

— Alors, qu'a bien pu dire ma mère pour que vous accouriez ainsi à ma porte ? demanda Oliver d'un ton amusé.

Incarnation par excellence de l'homme mondain, il avait retrouvé son assurance et adressait un sourire indolent à Trudy, mais son regard était alerte et soucieux.

Désormais obligée d'entrer dans les détails, la jeune femme se heurta à la même difficulté qu'un peu plus tôt ; elle avait beau se repasser sa conversation avec la mère d'Oliver, elle n'arrivait toujours pas à mettre le doigt sur ce qui l'avait tant intriguée dans le discours de Sylvia de Lacey.

Consciente que son interlocuteur attendait une réponse et qu'elle devait garder le contrôle de la situation, Trudy chercha quelque chose à répliquer.

— Elle m'a raconté qu'elle aimait beaucoup se promener dans le domaine, lança-t-elle, étonnée de voir Oliver perdre de nouveau ses couleurs, de façon encore plus spectaculaire cette fois-ci.

Remarquant que Clement devenait lui aussi plus attentif, elle sentit une vague de fierté l'envahir. Elle avait beau avoir réussi à faire mordre Oliver à l'hameçon un peu par hasard, parfois, tout ce dont on avait besoin, c'était que la chance nous sourie.

— Ah oui ? répondit sèchement Oliver.

— C'est exact. Il n'y a rien d'étonnant à ça, monsieur, beaucoup d'entre nous apprécient les promenades dans la campagne. Et votre cousin possède un très joli domaine.

— C'est vrai, dit-il simplement.

— Votre mère m'a aussi confié que… Bien sûr, je ne peux pas évoquer une enquête en cours, déclara Trudy, heureuse d'avoir su trouver l'excuse parfaite pour ne pas avoir à afficher son ignorance. Mais nous avons parlé d'inconnus qui…

Elle était sur le point d'ajouter d'un air anodin qu'il était probable qu'Eddie Proctor les ait croisés, mais se ravisa aussitôt en voyant Oliver tressaillir dans son fauteuil. Le mouvement avait été discret mais perceptible, et Trudy espérait que Clement l'avait lui aussi remarqué. Mais généralement, rien n'échappait au regard gris du coroner.

— Je comprends que vous avez vous aussi remarqué la présence d'étrangers au village, docteur de Lacey, lança Trudy, qui avait opté pour une affirmation plutôt qu'une question.

Pendant une seconde, une expression de panique traversa très distinctement le visage de l'homme, et Clement et Trudy purent presque entendre ses idées se bousculer dans sa tête. À quoi pensait-il ? Il se demandait certainement ce que sa mère leur avait confié. Mais que craignait-il à ce point qu'elle leur ait dit ?

Ce n'était pas la première fois que Trudy se mettait à rêver de détenir un superpouvoir, à l'image de Superman ou d'autres personnages des bandes dessinées que son frère adorait lire enfant. Si on lui laissait le choix, elle prendrait sans hésitation celui de lire dans les pensées !

— Des étrangers ? répéta Oliver en fronçant légèrement les sourcils. Eh bien, il n'est pas inhabituel de tomber sur des randonneurs un peu louches.

Trudy dut reconnaître à contrecœur l'intelligence de cette réponse. Ne sachant ce que sa mère avait pu dire, ni où la policière voulait en venir, il avait opté pour une observation d'ordre général difficilement réfutable et qui pouvait vouloir dire tout et son contraire. Il était vrai que les gens faisaient encore beaucoup de randonnées pédestres. Même si l'avènement de l'automobile les avait rendues moins populaires qu'autrefois, les promeneurs restaient encore très nombreux.

Trudy n'était toujours pas près de découvrir ce que la mère et son fils dissimulaient, et cela l'agaçait. Car elle était désormais certaine que ces deux-là cachaient bien quelque chose.

— Selon vous, docteur de Lacey, est-il probable qu'un randonneur ait croisé par hasard Eddie Proctor au domaine et qu'il l'ait poussé dans le puits ? demanda Trudy avec gravité.

— Je pense que c'est très *im*probable, répliqua Oliver d'un ton catégorique.

— Votre mère semblait bien connaître le garçon.

Elle avait une fois de plus réussi à le surprendre avec cette nouvelle approche, même si la panique qui avait envahi un peu plus tôt son regard semblait s'être dissipée à présent.

— Vraiment ? Je n'aurais jamais cru cela, répliqua-t-il d'une voix traînante.

Sa nonchalance et son air amusé commençaient à taper sur les nerfs de Trudy. Mais la jeune policière s'en voulait surtout à elle-même, car, d'une manière ou d'une autre, Oliver était parvenu à écarter ses questions des sujets qu'il jugeait « dangereux » – quels que ces derniers puissent être. Ne sachant pas quoi lui demander ensuite, elle sentit ses épaules se tendre à son tour.

Clement avait remarqué son embarras, et il saisit cette occasion pour se lever et aller jusqu'à un buffet, où trônait une série de cadres argentés. Il prit dans ses mains l'une des photographies, qui montrait un jeune Oliver de Lacey fraîchement admis à l'université, se tenant devant un bâtiment splendide.

— Il s'agit du Trinity College de Cambridge, n'est-ce pas ? interrogea Clement.

Soulagé, Oliver se leva de sa chaise pour le rejoindre.

— Oui, c'est mon ancienne *Alma Mater*, admit-il. Mais je suis revenu à Oxford pour mon doctorat.

— Je suis étonné que vous ayez choisi de suivre vos études de premier cycle à Cambridge et de vous y installer, déclara Clement d'un air songeur. Cela a dû en faire sourciller plus d'un.

— Là était précisément le problème, voyez-vous. Les Oxoniens avaient l'esprit trop étriqué pour moi, dit Oliver avec un sourire.

Il était manifestement bien plus à l'aise lorsqu'il s'agissait de discuter avec un autre intellectuel. Et Trudy ne voyait plus aucune objection à laisser les deux hommes bavarder. Ce n'était pas comme si elle avait une longue liste de questions pertinentes à lui poser.

— Vous savez ce que c'est d'avoir dix-huit ans, reprit Oliver en riant. On se met des idées ridicules en tête ! Je voulais partir le plus loin possible de chez moi, et naviguer sous les couleurs de Cambridge me donnait l'impression d'être un rebelle !

— Mais nous devenons plus sages avec les années, si j'en crois mon expérience, rétorqua Clement. Et vous êtes maintenant de retour à Oxford. Au moins, cela vous rapproche de votre travail à Londres.

— Exact ! C'est bien beau, la rébellion, mais voyager à bord d'un train confortable et mettre seulement une heure pour se rendre en ville a aussi ses avantages, lança Oliver en riant à nouveau. Surtout quand on travaille dans un domaine aussi exigeant que la physique nucléaire.

Il tourna délibérément le dos à la jeune policière, qui le rendait nerveux, et se mit à parler de lui.

En général, les gens étaient toujours intimidés et époustouflés par son travail, et cela lui procurait un agréable sentiment de supériorité.

— J'ai commencé à travailler pour une commission gouvernementale après l'annonce en 1953 de la mise en place d'un programme d'énergie nucléaire civil. Peu de temps après, l'Autorité britannique de l'énergie atomique a été créée, et elle a pris la direction du programme national d'énergie nucléaire. Naturellement, ils ont eu besoin d'experts, et... eh bien, j'ai été recruté.

— Ce doit être une profession très exigeante et éprouvante, déclara Clement, décidé à caresser l'homme dans le sens du poil.

— En effet. J'ai fait partie de l'équipe qui a supervisé l'installation du premier réacteur surgénérateur rapide à Dounreay, dans le comté de Caithness, en mars 1954.

— Je me souviens que la jeune reine Elizabeth a inauguré un genre de site... Lequel était-ce ?

— Calder Hall, sans doute. Ce réacteur était l'un des six premiers prototypes Magnox de petite taille. C'était une pile pressurisée de production d'énergie et de plutonium baptisée Pippa. Mais je vais arrêter de vous ennuyer avec ça. Marjorie me répète souvent que j'ai tendance à trop m'étendre sur le sujet et à assommer les gens.

— Pas du tout, je trouve cela fascinant, lui assura Clement.

Et c'était vrai, en un sens. Oliver de Lacey était non seulement un homme brillant, mais aussi, visiblement, un membre influent de la sphère dans laquelle il évoluait. Il devait notamment avoir l'oreille d'un certain nombre de ministres et d'experts de Whitehall[1]. Et d'après son expérience, mieux valait surveiller de près ce genre d'hommes.

— Eh bien, nous n'allons pas vous déranger plus longtemps, docteur de Lacey, dit-il, au grand soulagement du professeur. Merci à nouveau de nous avoir accordé un peu de votre temps.

Trudy se leva en silence et, après avoir elle-même adressé un bref signe de tête et un murmure de remerciement à leur hôte, elle se laissa escorter jusqu'à la porte.

Clement et elle gardèrent le silence tandis qu'ils descendaient l'escalier spiral en pierre et rejoignaient la grande pelouse verte située au centre de la cour intérieure.

— Alors ? demanda finalement Trudy avec empressement. J'avais vu juste, pas vrai ? Il cachait bien quelque chose. Vous l'avez remarqué, n'est-ce pas ? interrogea-t-elle, nerveuse.

— Oui, il était fébrile, acquiesça Clement. Et j'ai été très étonné que, plus jeune, il ait choisi d'aller étudier au Trinity College de Cambridge.

— Ah oui ? répondit vaguement Trudy, qui savait que les gens cultivés accordaient beaucoup d'importance à ce genre de détails – mais, personnellement, ça ne l'intéressait pas. Je pense que sa mère a été témoin de quelque chose sur le domaine. Quelque chose qu'il a probablement vu, lui aussi. Et que cela impliquait des gens qui n'étaient pas du village.

1. Palais abritant le ministère de la Défense du Royaume-Uni.

Ce n'était pas que Clement ne partageait pas l'avis de Trudy, mais son esprit était obnubilé par tout autre chose. Depuis qu'il avait vu la photo du jeune Oliver de Lacey posant gaiement devant le Trinity College de Cambridge, une idée – à la fois farfelue et totalement plausible – lui était venue et avait occulté tout le reste.

Bien sûr, c'était très peu probable... Qui plus est, il n'avait aucun moyen de creuser la question. Et même s'il avait raison...

Tout cela pouvait-il être lié d'une quelconque manière à la mort d'Eddie Proctor ? Eh bien, oui, c'était possible. Ils avaient entendu dire qu'Emily et Eddie étaient deux petits curieux et qu'ils jouaient souvent aux espions. Non, pas si vite, pensa Clement. Il se laissait emporter par son imagination. Et c'était un reproche qu'il adressait d'habitude à la jeune Trudy !

Même si sa théorie était fondée – et rien n'était moins sûr –, y avait-il une chance qu'un garçon de onze ans ait découvert quelque chose à ce propos dans les bois qui entouraient Briar's Hall ?

Non, reconnut Clement à contrecœur, pas la moindre. C'était absurde. Il se laissait aller à des supputations complètement fantaisistes. Il ne voyait pas comment Eddie Proctor aurait pu représenter une menace suffisamment importante pour qu'on veuille l'éliminer. Cela n'avait aucun sens.

— Docteur Ryder !

Il sursauta en entendant Trudy crier son nom et comprit que ce n'était sans doute pas la première fois qu'elle l'appelait.

— Désolé, je réfléchissais, dit-il avec un regard penaud.

— Je l'ai bien vu, lança Trudy, visiblement agacée. Vous étiez complètement perdu dans vos pensées. Vous avez découvert une raison pour laquelle Oliver aurait pu vouloir tuer Eddie ?

Clement cligna des yeux. Avait-il trouvé un mobile ? Oui. Ou plutôt non, probablement pas.

— Je ne vois... Non, je ne crois pas. Allez, venez, je dois retourner au bureau, dit-il brusquement.

Sa théorie avait beau être absurde, ça ne coûtait rien d'effectuer quelques petites vérifications. Il devrait pouvoir demander à certains amis d'amis de se renseigner à droite à gauche... Mais il devrait se montrer discret.

On ne peut plus discret.

Trudy, qui ne pipait pas mot, ne cessait de lui lancer des regards appuyés tandis qu'ils rejoignaient à pied son bureau. Elle le soupçonnait visiblement de tenir une piste et semblait lui en vouloir de ne pas lui en parler. Mais plus il réfléchissait, plus il se réjouissait qu'elle n'ait pas compris son allusion au Trinity College et à Cambridge.

Car si sa théorie ne contenait ne serait-ce qu'une toute petite part de vérité... Et même dans le cas où elle se révélerait totalement fausse... Ils seraient dans un sacré pétrin.

30

Assez embarrassés, Clement et Trudy se séparèrent, et le coroner se dirigea à grands pas vers St. Giles'. La jeune femme ne tenta pas de le rattraper, mais elle se demanda avec amertume ce qu'il partait faire, car elle ne croyait pas une seconde que c'était son devoir qui l'appelait avec tant d'empressement à son bureau.

Trudy était certaine qu'une idée lui était venue à un moment de l'entretien avec Oliver de Lacey, et cela la frustrait beaucoup de ne pas savoir de quoi il s'agissait. Elle était d'autant plus furieuse que Clement ne comptait manifestement pas lui en parler. Avait-il vraiment si peu confiance en elle ? Même s'il la traitait avec bien plus de respect que n'importe lequel de ses collègues de travail, elle se rendait compte peu à peu que leur collaboration n'était pas une relation d'égal à égal.

Avec tristesse, elle songea au fait qu'elle n'était peut-être pas assez intelligente pour monter en grade dans la police. Ce n'était d'ailleurs pas la première fois qu'elle l'envisageait. Mais elle pensa ensuite à l'exemple du sergent O'Grady, preuve vivante qu'il n'était pas nécessaire d'avoir un QI aussi élevé que ceux du Dr Ryder et d'Oliver de Lacey pour être un bon policier !

Et, si Clement avait des choses à faire, alors elle aussi en aurait !

Elle abandonna l'idée de retourner au commissariat pour y panser ses blessures et décida plutôt de faire un crochet par la bibliothèque et plusieurs autres bâtiments publics, car elle était déterminée à retrouver la trace de John Blandon, l'ancien palefrenier de Briar's Hall.

Dans leur vie courante, les gens étaient bien obligés de régler leurs factures d'eau et d'électricité, de payer leurs impôts et diverses taxes, ou parfois de faire une demande de permis de conduire et plein d'autres choses qui laissaient une trace dans les registres.

Et finalement, après trois heures passées à éplucher avec sérieux et détermination divers recensements du comté qu'elle avait recoupés avec des sources provenant de différents organismes, elle fut grisée de voir ses recherches aboutir.

Elle avait enfin trouvé son homme !

Demain, elle en informerait Clement – qui pouvait bien garder ses petits secrets pour lui. Elle lui montrerait qu'un travail d'enquête sérieux et rigoureux ne valait pas moins qu'une intelligence supérieure à la normale !

Tandis que Trudy Loveday, exténuée, rentrait chez elle en bus après une dure journée de travail riche en frustration, Emily de Lacey descendait les marches de Briar's Hall et jetait un coup d'œil furtif aux environs, cachée derrière le pilier de l'escalier.

Le couloir était silencieux, mais elle rejoignit quand même la porte d'entrée sur la pointe des pieds, tendit la main vers le loquet et… faillit avoir une crise cardiaque.

— Où croyez-vous aller comme ça, mademoiselle Emily ?

La voix de Mme Roper fendit l'air, et Emily fit volte-face, avant de se mettre à déglutir de façon compulsive.

— Nulle part, répondit-elle instinctivement.

— Vraiment ? Pourtant, il semble que « nulle part » se trouve bien « quelque part » à l'extérieur, puisque vous étiez sur le point d'ouvrir la porte, fit remarquer la gouvernante en fixant la petite fille de son regard perçant.

— Je voulais juste aller jouer, madame Roper. J'ai passé toute la journée à l'intérieur, geignit Emily.

— Et vous savez pourquoi ! siffla la vieille femme. Que vous a dit votre père ?

Emily soupira, mais répéta consciencieusement :

— Je n'ai pas le droit de sortir, sauf si quelqu'un m'accompagne.

Mme Roper fit semblant de regarder autour d'elle.

— Quelqu'un vous accompagne-t-il ? demanda-t-elle avec condescendance.

Emily poussa un soupir.

— Non, madame Roper.

— Sans compter qu'il fera bientôt nuit. N'avez-vous aucun bon sens, mademoiselle Emily ?

La petite fille soupira à nouveau.

— Il ne fera pas nuit avant des heures, fit-elle remarquer avec entêtement.

Mme Roper jeta instinctivement un coup d'œil par la fenêtre la plus proche sans toutefois se laisser distraire.

— Avec qui comptiez-vous aller jouer ? demanda-t-elle sèchement.

Emily se figea. Parfois – très rarement, cela dit –, il lui arrivait de sous-estimer la gouvernante.

— Vous avez dit que vous partiez jouer, poursuivit l'implacable Mme Roper. Vous deviez donc avoir un camarade de jeu en tête. Mais la plupart des enfants du village sont en train de prendre le thé chez eux à cette heure-ci.

Emily hocha la tête.

— Je voulais juste aller dehors toute seule, en fait.

Les yeux de Mme Roper se rétrécirent.

— Mademoiselle Emily, essayiez-vous de filer discrètement rejoindre quelqu'un ?

Emily se raidit.

— Ne dites pas de bêtises, madame Roper. Je ne vois pas qui je pourrais aller rejoindre dans le jardin.

Pendant un instant, la petite fille et la gouvernante, différentes à presque tous les égards, restèrent là, à se toiser de part et d'autre du fossé d'incompréhension qui les séparait.

— Je vous conseille de retourner à l'étage. Ce sera bientôt l'heure de prendre votre thé, dit finalement Mme Roper. Et, si je vous surprends à nouveau en train d'essayer de sortir en douce, j'en informerai votre père. Vous m'avez comprise, jeune fille ?

Emily acquiesça d'un air grave.

— Oui, madame Roper, répondit-elle, avant de faire demi-tour et de remonter l'escalier à toute vitesse, le cœur battant.

31

Le lendemain matin, Clement fut ravi d'apprendre que sa protégée avait retrouvé l'ancien palefrenier des de Lacey, et il eut le bon sens de féliciter chaleureusement Trudy pour ses efforts assidus et sa persévérance. Il indiqua également qu'il serait ravi de la conduire dans le Northamptonshire, où John Blandon possédait à présent un pub.

— Quand on nous a dit qu'il avait déménagé « plus au nord », je dois bien avouer que j'imaginais un endroit un peu plus éloigné que le comté voisin, dit-il avec un sourire ironique, tandis que la ville disparaissait derrière eux.

Trudy haussa les épaules. Elle-même n'avait jamais quitté l'Oxfordshire, sans doute comme la plupart des personnes qu'elle connaissait. Le Northamptonshire, c'était bien le nord, pour elle aussi. Mais elle entrevoyait peu à peu que, pour les gens comme Clement – et sans doute les de Lacey –, le nord évoquait plutôt les territoires de chasse à la grouse en Écosse et le petit pavillon qu'ils possédaient certainement là-bas. Ou encore le Lake District et le bateau à moteur qu'ils sortaient par beau temps pour naviguer sur le lac Windermere.

— Quel est le nom du village, déjà ? demanda Clement.

Il jeta un coup d'œil à Trudy et perçut de l'amertume dans son regard.

— Forge Keating. C'est dans l'est du comté. Vous voulez que je regarde où ça se situe sur la carte ? proposa-t-elle d'un air maussade.

— Oui, s'il vous plaît. Vous allez bien, Trudy ? Vous semblez un peu déprimée.

Trudy soupira. Par où commencer ? Elle avait rompu avec son petit ami, s'était disputée avec ses parents, n'appréciait pas la manière dont son soi-disant « partenaire » lui cachait des choses (d'autant plus que ça ne semblait pas le déranger) et, pour finir, elle commençait à éprouver du ressentiment envers tous ceux qui avaient de l'argent !

Mais elle avait conscience que ce dernier point était surtout lié à un mécontentement d'ordre plus général. En vérité, elle n'enviait pas spécialement les riches. D'après son expérience, ils n'étaient pas plus heureux que la moyenne des gens.

— Je vais bien, dit-elle simplement.

Mais durant la majeure partie du trajet, elle se contenta d'observer la façon dont son ami conduisait. Elle étudia les mouvements de l'embrayage et du levier de vitesse, mais aussi dans quelle circonstance et à quelle fréquence le coroner freinait et utilisait ses rétroviseurs. Vu qu'elle avait économisé presque assez d'argent pour acheter un permis d'apprenti conducteur, ses leçons de conduite allaient bientôt pouvoir commencer. Et elle voulait approfondir autant que possible ses connaissances théoriques avant de se mettre elle-même au volant.

Ce silence inhabituel de la part de Trudy ne plaisait pas au coroner, qui continua à observer attentivement sa protégée. C'était peut-être la raison pour laquelle il n'avait pas remarqué qu'une discrète Hillman les suivait depuis Oxford, en prenant toujours soin de garder un ou deux véhicules de distance.

Forge Keating était un village de bonne taille, qui s'étendait de manière à peu près circulaire autour d'une grande église romane, d'un manoir un peu plus récent et du coude formé par une rivière. Les maisons les plus imposantes se regroupaient le long des berges qui offraient la plus belle vue sur les champs, tandis que les plus petites - principalement les logements d'ouvriers agricoles - devaient se contenter d'un dédale de ruelles sans nom et de culs-de-sac.

La Tanche était l'unique pub du village. Son enseigne peinte représentait le poisson éponyme volant et se cambrant dans les airs, luttant contre l'hameçon attaché à la ligne d'un pêcheur invisible.

— Ça doit être le lieu de rendez-vous des pêcheurs du coin, commenta Clement, tandis qu'ils se garaient devant l'établissement.

Il faisait une chaleur agréable, et l'arrière du pub donnait effectivement sur la rivière. Des tables et des bancs avaient été disposés dans le jardin, sans doute dans l'espoir d'attirer l'attention des premiers vacanciers de la saison, même si Trudy trouvait que M. Blandon se montrait un peu trop optimiste à cet égard. On était encore au printemps, après tout, et le vent pouvait être glacial par moments.

Le pub, un grand établissement blanc au toit de chaume pittoresque, semblait bien entretenu, et deux baignoires remplies de tulipes jaune et rouge vifs avaient été placées de part et d'autre de la porte principale, telles deux sentinelles colorées.

L'endroit venait à peine d'ouvrir et était encore désert. Seul un vieil homme accompagné de son chien était assis au bar et, tandis que le maître sirotait une pinte à la couleur boueuse, son fidèle compagnon, étendu à ses pieds sur le carrelage rouge, tentait de piquer un somme.

— Qu'est-ce que je peux vous servir... euh, madame et monsieur ?

Le gérant, qui se tenait derrière le bar, avait paru surpris en remarquant l'uniforme de Trudy. C'était en effet un bel homme d'un peu plus d'un mètre quatre-vingts, aux cheveux noirs et aux yeux d'un bleu perçant. Il avait cette mâchoire carrée typique des vedettes hollywoodiennes et parlait avec un léger accent campagnard du Dorset.

Il avait donc beaucoup déménagé, pensa Trudy.

— Une pinte du meilleur *bitter* local, dit Clement. Et pour vous, Trudy ?

— Une limonade, s'il vous plaît.

Le chien au poil hirsute leva un instant la tête pour les regarder, puis se laissa retomber au sol avec un long soupir.

— Et prenez de quoi vous offrir un verre, déclara Clement en tendant une généreuse somme d'argent au propriétaire.

— Merci, monsieur. Je vais prendre un demi de panaché.

— Vous ne seriez pas John Blandon, par hasard ? demanda le coroner en recevant sa monnaie et sa boisson, avant de goûter cette dernière du bout des lèvres – elle ne devait pas être mauvaise, car il en reprit une bonne gorgée et s'installa confortablement au bar.

Trudy, qui avait eu des difficultés à se hisser élégamment sur son haut tabouret, se mit également plus à son aise, mais sans toucher à sa boisson gazeuse.

Le propriétaire observa Clement attentivement.

— Je crois pas vous reconnaître, monsieur.

L'homme avait prudemment éludé la question.

— Il n'y a rien d'étonnant à cela, le rassura Clement. Je suis coroner à Oxford. J'ai cru comprendre que vous aviez travaillé dans un village des environs – Briar's-in-the-Wold ?

Le vieil homme assis au bar soupira et emporta sa pinte dans un recoin éloigné du pub. Visiblement, il n'aimait pas que de vains bavardages viennent troubler la dégustation de sa bière. Son chien le suivit paresseusement et s'affala de nouveau au sol en poussant un soupir de fatigue. Tous deux devaient certainement passer beaucoup de temps à La Tanche, pensa Trudy.

— Oui, ça doit faire quatre ou cinq ans maintenant, reconnut John Blandon, toujours méfiant. Je peux vous demander de quoi il s'agit ?

Après que Clement lui eut expliqué qu'un jeune garçon était décédé, le propriétaire souffla et s'accouda au bar.

— Ça m'a l'air d'être une sale histoire.

— Vous appréciiez les de Lacey ? demanda Clement sans détour.

— Je pensais pas grand-chose d'eux, à vrai dire, déclara Blandon. Mais à mon avis, ils sont pas du genre à laisser intentionnellement quelque chose de dangereux sur leur terrain. Ils ne pouvaient pas se douter qu'un bout de la planche qui recouvrait le puits avait pourri. En tout cas, le gérant du domaine était sûrement pas au courant.

— Et le châtelain ? Si je comprends bien, le gérant s'occupe surtout des fermes, et le manoir et ses jardins sont plutôt sous la responsabilité du maître des lieux ?

Clement n'était pas sûr qu'une telle répartition existe mais, si cet homme avait effectivement séduit la femme de Martin de Lacey (comme semblait l'indiquer la rumeur qui courait au village), cela l'intéressait de savoir quelle opinion avait Blandon du mari trompé.

— Il se serait pas montré négligent non plus. Ses propres enfants auraient pu tomber dedans, pas vrai ? Sa petite fille – j'ai oublié son nom – fourrait toujours son nez partout.

Trudy ne croyait pas un seul instant que cet homme avait oublié le nom des enfants de Jennifer de Lacey. Mais elle se contenta de rester assise à observer la scène.

— Si je ne m'abuse, vous étiez employé là-bas quand une autre tragédie familiale est survenue ? interrogea Clement. La femme du châtelain n'est-elle pas morte d'un accident de cheval ?

— Si. Je peux savoir pourquoi vous me posez toutes ces questions ?

Même si son ton n'était pas agressif à proprement parler, l'homme n'appréciait visiblement pas cet interrogatoire.

— Il s'agit d'une enquête de police officielle, monsieur, déclara Trudy.

Ce n'était pas tout à fait vrai, mais Trudy était ravie que sa présence soit à nouveau parfaitement légitimée. Clement avait beau être plus âgé et plus intelligent qu'elle, en plus d'être un homme, il n'en restait pas moins que c'était elle, l'agent de police. Et, en tant que tel, elle faisait figure d'autorité, que cela plaise ou non.

— Nous vous saurions gré de bien vouloir vous montrer coopératif. Après tout, ce n'est pas comme si vous aviez quelque chose à cacher, n'est-ce pas ? ajouta-t-elle finement.

Son sergent-instructeur lui avait enseigné, durant sa formation, que rappeler aux gens qu'il valait mieux éviter les ennuis avec la police suffisait généralement à faire parler les citoyens honnêtes. Et, si cela ne fonctionnait pas, eh bien, cela en disait long sur la personne à laquelle vous aviez affaire.

— Bien sûr que non, déclara aussitôt John Blandon en jetant un rapide coup d'œil par-dessus son épaule.

Trudy devina que Mme Blandon devait se trouver dans la cuisine. Cette fameuse riche épouse qu'il avait intérêt à contenter, pensa-t-elle avec cynisme.

— Que voulez-vous savoir ? demanda l'homme en baissant légèrement la voix.

— J'ai cru comprendre que vous étiez ami avec Jennifer de Lacey, la maîtresse de maison ? lança Clement.

Blandon commença à astiquer ses tireuses à bière, le visage en partie détourné.

— Alors comme ça, ce vieux ragot continue de circuler ? grommela-t-il.

— De quelle rumeur parlez-vous ? rétorqua Clement.

L'homme rougit et lança un regard furieux au coroner.

— À vous de me le dire ! On raconte ça simplement parce que je travaillais à l'écurie et que les gens trouvaient que j'étais beau garçon. Et comme Mme de Lacey était une femme mûre et qu'elle était ravissante… Certaines personnes ont l'esprit tordu.

— Donc, vous n'étiez pas… *amis*, tous les deux ?

John Blandon prit une longue inspiration.

— Je vois pas qui ça regarde, à part nous.

L'espace d'un instant, Trudy éprouva une certaine admiration pour cet homme. Il avait beau avoir été, peut-être, l'amant d'une femme mariée, au moins, il défendait l'honneur de son ancienne dulcinée.

— On pourrait arguer que cela regarde son mari, fit sèchement remarquer Clement.

Blandon rougit de nouveau.

— Je le voyais pas souvent, marmonna-t-il. Il montait seulement à cheval pour la chasse du Boxing Day et parfois pour visiter les fermes les plus éloignées. Son truc à lui, c'était plutôt les moutons. Il s'y connaissait bien en culture des terres aussi, mais il consacrait pas beaucoup de temps aux chevaux.

— Donc seule Mme Jennifer de Lacey venait souvent à l'écurie, dit pensivement Clement. J'ai cru comprendre que sa belle-mère était elle aussi une excellente cavalière en son temps.

— Peut-être. Mais elle était trop âgée pour monter quand je travaillais là-bas, assura l'ancien palefrenier. La vieille dame avait même plus de cheval à qui rendre visite depuis qu'elle avait vendu son hunter, quelques années plus tôt. C'est étrange que…

Pendant un instant, le séduisant propriétaire sembla perplexe, comme si le fait de remuer le passé avait fait remonter ses souvenirs.

— Qu'est-ce qui est étrange ? demanda aussitôt Clement.

— La vieille dame… Reparler de tout ça… ça m'a rappelé le jour où Seamus est revenu sans sa cavalière. Il était dans un sale état. J'ai tout de suite su que quelque chose de grave – de vraiment très grave, je veux dire – était arrivé. Un genre de pressentiment, vous voyez ? ajouta-t-il, la voix légèrement voilée. On est partis à la recherche de Mme Jennifer, et on a pas mis longtemps à la retrouver. Elle était étendue là, dans le pré, la nuque brisée…

Il se tut soudain et donna un dernier – et plutôt violent – coup de torchon à la tireuse à bière, avant de balancer le linge blanc sur son épaule d'un grand geste bien rodé.

— Elle était trop jeune et elle aimait trop la vie pour mourir de cette façon. Mais ça ne sert à rien de ressasser tout ça, pas vrai ?

Il haussa les épaules en signe d'impuissance.

— Vous avez dit qu'il s'était passé quelque chose d'« étrange » ce jour-là. Quand nous parlions de la vieille dame, Vivienne de Lacey, lui rappela Trudy.

John Blandon la regarda en silence pendant quelques secondes, comme s'il n'était pas prêt à laisser filer le souvenir de sa défunte bien-aimée. Puis il hocha lentement la tête.

— Oui, c'est vrai. Je me suis souvenu qu'elle était là, le jour de l'accident – à l'écurie, je veux dire. Je me rappelle que ça m'avait semblé bizarre à l'époque, parce que, comme je vous l'ai dit, elle ne montait plus, et son cheval préféré avait été vendu. Donc, qu'est-ce qu'elle fabriquait là ?

— Elle était présente quand Seamus est revenu sans sa cavalière ? demanda Clement, qui avait besoin d'établir clairement la chronologie des faits.

— Non, pas à ce moment-là. Avant que Jen… que Mme de Lacey parte faire du cheval. Je me souviens que j'étais en train de nettoyer les box du fond quand l'intendant m'a dit que la châtelaine sortait se promener et qu'il fallait seller et préparer Seamus.

Il regarda au loin par la fenêtre située derrière eux, en direction de la rivière. Mais à l'évidence, une scène d'une autre époque se rejouait devant ses yeux bleus pensifs.

— Je retournais voir Seamus quand la vieille bique est sortie de son box.

Il fit une pause, puis haussa les épaules.

— Comme vous l'aurez compris, je l'aimais pas beaucoup.

— Pourquoi ça ? demanda sans détour Trudy.

— Elle était… vicieuse. Oui, c'est ça, une vieille femme vicieuse, malade et toute ridée qui voulait qu'une chose, c'est que tout le monde soit aussi malheureux qu'elle. Elle a jamais aimé Jen… Mme de Lacey. Elle ne voulait pas d'elle dans la famille et elle a tout fait pour qu'elle se sente pas à sa place. Elle la trouvait pas assez bien pour son fils chéri. Comme si le châtelain était le mari idéal…, marmonna-t-il en reniflant.

Trudy et Clement échangèrent un rapide coup d'œil.

— Donc, vous l'avez aperçue ce matin-là avant que sa belle-fille parte à cheval ? interrogea Clement, qui cherchait à obtenir davantage de précisions.

— Oui, c'est ça. Et, comme je vous l'ai dit, ça m'a étonné. Ça fait une trotte pour se rendre à l'écurie depuis le manoir et, à l'époque, elle avait du mal à se déplacer sur de longues distances. Mais ce jour-là en particulier, elle a fait l'effort de venir, en s'appuyant sur cette canne en ébène qu'elle traînait partout avec elle. En plus, je l'ai vue sortir du box de Seamus. Alors, je vous le demande, ajouta-t-il d'un ton plus ferme, qu'est-ce qu'elle fichait là ?

Ce fut comme si un courant d'air glacé avait traversé la pièce et avait soudain refroidi l'atmosphère du pub.

— Vous pensez qu'elle aurait fait quelque chose au cheval ? demanda Clement.

Mais John Blandon refusa de s'aventurer aussi loin. Peut-être que même ici, dans les confins du Northamptonshire, le nom de Lacey lui inspirait encore une certaine crainte et que c'était pourquoi il préférait ne pas trop en dire.

Il se contenta donc de hausser les épaules d'un air maussade.

— Eh bien, je sais que la sellerie était en bon état, parce que c'était mon travail d'y veiller, dit-il, s'obstinant à vouloir se justifier. Et Jenny aurait jamais fait de chute en temps normal, elle était trop bonne cavalière. En plus, Seamus était le cheval le moins nerveux qui soit. Et il est resté mal en point plusieurs jours après l'accident. Il avait pas d'appétit, il transpirait et il avait des frissons…

— C'était peut-être dû au choc d'avoir perdu sa maîtresse ? Aimait-il Jennifer ?

Clement ne montait pas, mais certains de ses amis cavaliers lui avaient assuré que les chevaux étaient doués d'une grande sensibilité, et pouvaient se montrer aussi loyaux et affectueux que les chiens.

— Oh oui, ça fait aucun doute, acquiesça tristement John Blandon.

— Vous avez l'intime conviction que la vieille dame a quelque chose à voir avec l'accident de sa belle-fille, n'est-ce pas ? insista Clement d'une voix douce.

Mais là encore, le séduisant propriétaire fut trop malin pour se laisser convaincre d'admettre la chose si ouvertement. Et, malgré tous leurs efforts, ils ne purent rien obtenir de plus de lui. Si l'ancien amant de Jennifer de Lacey avait d'autres secrets, il n'était pas disposé à les partager.

32

Clement et Trudy quittèrent le pub après avoir fini leurs verres et, une fois de retour dans la voiture, ils restèrent assis en silence durant quelques secondes.

— Vous pensez qu'il a raison ? demanda finalement Trudy.

— Ça se pourrait. Mais après tant d'années, ce serait impossible de le prouver. Et, même si on y parvenait, à quoi cela servirait-il ? L'odieuse vieille dame et la jeune femme si pleine de vie ne sont toutes deux plus de ce monde.

Trudy poussa un long soupir.

— Et si Eddie Proctor avait découvert quelque chose à ce sujet ? Emily aurait également pu surprendre une conversation entre son père et sa grand-mère du temps où Vivienne de Lacey était encore en vie, et raconter ce qu'elle avait entendu à Eddie.

— Et Martin de Lacey aurait jeté le garçon dans le puits pour l'empêcher de parler ? dit Clement, sceptique. Le châtelain n'est pas idiot. Il devait savoir qu'il se disait au village que sa femme fréquentait notre bel ami, là-bas, ajouta-t-il en indiquant le pub. S'il a pu le supporter en gardant la tête haute, ce n'est pas un commérage de plus sur sa vieille mère qui l'aurait dérangé !

Trudy soupira. Le Dr Ryder avait peut-être raison.

— Mais n'oubliez pas, ajouta-t-elle avec obstination, que plusieurs témoins ont mentionné que le châtelain avait mauvais caractère et qu'il valait mieux ne pas le mettre en colère. Imaginez un petit garçon trop curieux venu fourrer son nez dans les affaires sensibles de la famille. Peut-être qu'Eddie a dit quelque chose qui l'a piqué au vif, que ça lui a fait perdre le contrôle de lui-même et qu'il…

Elle haussa les épaules de manière explicite.

— C'est possible, répondit Clement en hochant la tête.

Il attrapa la clé de la voiture et sentit sa main se mettre à trembler. Il manqua de peu le trou du démarreur, mais finit par réussir à mettre le contact et à passer la première vitesse. Il allait devoir redoubler de vigilance au volant à partir de maintenant. Maudite maladie de Parkinson !

Trudy, qui avait remarqué les difficultés rencontrées par son ami, sentit un frisson d'inquiétude la traverser. S'il était réellement malade… L'angoisse qui lui serrait le cœur la poussa à se voiler la face. Le coroner venait de boire une pinte de *bitter* corsé, se rappela-t-elle. Peut-être était-ce seulement les effets de l'alcool ?

Ou peut-être pas…

Pour se distraire, elle alluma la radio, et la chanson *Wooden Heart* d'Elvis Presley, en tête des ventes, résonna dans l'habitacle. Mais se doutant que cela ne serait pas du goût du coroner, Trudy éteignit rapidement le poste.

Une fois encore, la jeune policière resta anormalement silencieuse durant le trajet de retour vers Oxford, l'esprit occupé à ressasser en boucle la même idée. Il ne lui resterait bientôt qu'une chose à faire, prendre le taureau par les cornes et demander de but en blanc au coroner s'il avait des problèmes de santé. Mais elle frissonnait déjà rien qu'à cette idée. Une fois qu'elle lui aurait posé la question, elle ne pourrait plus revenir en arrière. Et que disait-on déjà sur le fait d'ouvrir la boîte de Pandore ?

Absorbés par leurs pensées respectives, ni Trudy ni Clement ne remarquèrent que la Hillman continuait de les suivre, en veillant toujours à garder ses distances.

*

À l'intérieur de la voiture se trouvaient les deux hommes qui les avaient observés à Briar's Hall depuis le flanc de la colline.

— Pourquoi est-ce qu'ils sont allés là-bas, à ton avis ? demanda nonchalamment le conducteur.

Son compagnon de voyage haussa les épaules.

— Je découvrirai qui est le propriétaire du pub quand nous serons rentrés.

C'était lui qui avait dû partir en repérage à leur arrivée au pub. Pour ce faire, il avait simplement observé attentivement l'intérieur de l'établissement par la fenêtre la plus proche. Il avait aussitôt remarqué que le comptoir principal était presque désert, mais que les deux individus avaient une discussion animée avec l'homme derrière le bar.

— Tu penses qu'ils commencent à faire des progrès ? s'enquit le conducteur.

— Ça ne m'étonnerait pas, tu sais. Je me suis renseigné, et notre Dr Ryder est en fait connu pour être du genre perspicace.

— Oui, il y a déjà eu quelques plaintes à son sujet. S'ils commencent à causer trop de problèmes tous les deux, on nous demandera sûrement de mettre fin à leur enquête.

L'homme du siège passager glissa la main dans sa poche.

— Un berlingot ? proposa-t-il en agitant un sachet en papier blanc en direction de son compagnon.

Mais le conducteur refusa le bonbon.

— Alors, que faisons-nous maintenant ? s'enquit Trudy.

— Je pense que nous devrions retourner au Hall, dit Clement. Juste au cas où Emily aurait bel et bien entendu parler de ce sombre secret de famille et en aurait fait part à Eddie.

Trudy écarquilla les yeux.

— On ne peut pas demander à une petite fille si elle pense que sa mamie a tué sa mère ! protesta-t-elle d'une voix aiguë.

Clement soupira.

— Bien sûr que non. Mais il y a quelqu'un d'autre que nous pouvons interroger au manoir.

— Pas le châtelain, s'empressa de répondre Trudy. Il niera tout en bloc et souhaitera probablement que nous interrompions nos recherches, marmonna-t-elle d'un air lugubre. N'oubliez pas que si nous nous retrouvons mêlés à cette histoire c'est uniquement parce qu'il nous a demandé d'investiguer. Et il peut très bien changer d'avis.

— Ce n'est pas à lui que je pensais non plus, dit Clement. Qui d'autre serait susceptible de connaître tous les secrets de Vivienne de Lacey ?

Trudy aurait voulu se gifler.

— Le dragon, bien sûr ! Mme Roper !

Mme Roper ouvrit immédiatement la porte, et son visage se crispa dès qu'elle aperçut ses visiteurs.

— M. de Lacey est parti à Three Trees s'occuper d'une clôture qui est tombée. Et Mlle Emily est souffrante, il ne faut pas la déranger, dit-elle d'un ton glacial.

— Ça ne fait rien, madame Roper, c'est vous que nous venons voir, déclara Trudy en s'efforçant de prendre une voix amicale, ce qui n'était pas facile quand on était confrontée à un tel degré d'animosité.

— Moi ? Je n'ai rien de plus à vous dire. Je ne connaissais pas bien Eddie Proctor, je ne l'ai pas aperçu durant cette tragique chasse aux œufs et je pense qu'il est tombé dans ce puits par accident. Alors…

Elle s'apprêtait à leur fermer la porte au nez.

— Nous aimerions vous parler de Mme Vivienne et de Mme Jennifer de Lacey, lança vivement Trudy, ce qui permit au moins d'empêcher la fermeture de la porte.

La bouche de Mme Roper s'était entrouverte.

— La maîtresse de maison ? dit-elle, et Clement et Trudy comprirent instinctivement qu'elle ne faisait pas référence à Jennifer. Comment pourrait-elle bien avoir quelque chose à voir avec ça ?

— Nous pensons qu'Eddie aurait peut-être découvert un secret la concernant. Quelque chose de peu reluisant, déclara Clement.

Il commençait à se dire qu'il était vain d'essayer de faire parler une femme aussi hostile. Mais peut-être que quelque chose lui échapperait s'il la choquait suffisamment ?

Mme Roper devint blême, puis le rouge lui monta aux joues.

— Mme Vivienne était une *grande* dame, siffla la gouvernante. Elle n'a jamais rien fait de mal et, si quelqu'un a affirmé le contraire, c'est qu'il mentait ! Il mentait, vous m'entendez ?

— Est-il vrai qu'elle détestait sa belle-fille ? demanda Clement. Nous…

Mais avant qu'il ait pu finir sa phrase, Mme Roper claqua la porte d'un air méprisant et révolté.

— Eh bien, si la vieille dame lui a effectivement confié avoir fait quelque chose de répréhensible, rien ne lui fera nous le dire, quand bien même on lui enfoncerait des pousses de bambou sous les ongles ! commenta Trudy.

— J'ai l'impression que vos lectures des aventures de Sexton Blake commencent à vous monter à la tête ! Des pousses de bambou sous les ongles… quelle drôle d'idée ! la sermonna Clement.

Ils échangèrent un sourire, mais continuèrent à longer la maison d'un pas lourd, visiblement contrariés, quand soudain un bruit étrange les fit s'arrêter net.

— Psst !

Trudy jeta un regard à Clement, qui semblait aussi surpris qu'elle.

— Psssst ! Par ici !

Ils firent volte-face, pressentant que le petit George avait dû échapper à nouveau à sa nourrice. Mais ce fut en réalité sa sœur, Emily, qu'ils aperçurent émerger d'un bosquet de lauriers situé sous une fenêtre ouverte.

Ses cheveux avaient été un peu ébouriffés par sa traversée du buisson, et ses grands yeux ronds fixaient Clement et Trudy avec insistance.

— Je dois vous dire quelque chose, murmura-t-elle. C'est à propos d'Eddie. Vite, partons d'ici avant que papa ou Mme Roper s'aperçoivent que je ne suis pas à l'étage.

Trudy jeta un rapide coup d'œil autour d'elle et aperçut le mur du potager.

— Allons là-bas, dit-elle.

Ces grands murs de briques rouges les dissimuleraient aux regards indiscrets.

Aussitôt, ils remontèrent tous trois l'allée de jardin au pas de course et s'engouffrèrent dans l'enceinte protectrice du potager. Un nouveau coup d'œil aux environs leur confirma que M. Cricklade n'était pas présent.

— Alors, de quoi s'agit-il ? demanda Trudy, à bout de souffle.

33

— C'est à propos du carnet de codes secrets d'Eddie, déclara solennellement Emily. Celui qu'il utilisait pour noter les plaques d'immatriculation des voitures.

Trudy jeta un coup d'œil à Clement avant de reporter son attention sur la petite fille. Ce nouveau sujet de discussion l'avait prise un peu au dépourvu, sans doute parce qu'elle avait eu l'esprit obnubilé par la mort de Jennifer de Lacey dernièrement.

— De quelles plaques parles-tu, Emily ? demanda-t-elle d'une voix douce.

— De celles des amis d'oncle Oliver. Ceux qui lui apprenaient à faire de la lutte.

Des professeurs de lutte ? Trudy cligna des yeux, complètement perdue. Elle n'avait aucune idée de ce que la petite fille était sur le point de lui révéler mais, d'une certaine manière, cette discussion lui rappelait un peu le cours sur le surréalisme du Dr Ryder.

À côté d'elle, Clement se balançait d'un pied sur l'autre, visiblement gêné.

— Peut-être qu'il faudrait que tu reprennes du début, dit Trudy en s'accroupissant pour se mettre au niveau de la petite fille, au lieu de la dominer de toute sa hauteur. C'était l'un de vos jeux d'espionnage ?

— Oui, mais c'est moi qui l'ai inventé, annonça Emily. La première fois que j'y ai joué, j'étais toute seule. J'ai vu oncle

Oliver au bord du lac et j'ai trouvé qu'il avait l'air louche, alors j'ai eu l'idée de le suivre. C'est comme ça que j'ai inventé le jeu des agents secrets et que je suis devenue Lola, la belle espionne française. Et oncle Oliver, c'était un méchant Allemand. Bien sûr, c'était pour de faux.

— D'accord, dit Trudy. Tu jouais toute seule et tu as aperçu ton oncle. Qu'as-tu trouvé de suspect dans son comportement ?

— Il s'arrêtait tout le temps pour regarder autour de lui, comme pour vérifier si quelqu'un le voyait – comme Lallie depuis le jardin, ou quelqu'un du village qui aurait pris le raccourci. Ça arrive, parfois, expliqua Emily. Au lac, il y a un sentier qui débouche sur une petite rue, près de la place du village. Papa dit que, même si les gens n'ont pas le droit d'entrer chez nous, ça ne le dérange pas qu'ils empruntent le raccourci.

— Je vois. Donc, tu avais l'impression que ton oncle s'assurait que personne ne l'observait ?

— Oui, et c'est à ce moment-là que j'ai eu l'idée du jeu. Alors je me suis approchée sans faire de bruit, en me cachant derrière des buissons. Mais il est seulement entré dans le hangar à bateaux…, dit-elle d'une voix qui exprimait encore la déception qu'elle avait dû ressentir. Je pensais qu'il allait sortir la barque. J'ai failli m'en aller, mais plus j'attendais, plus je me rendais compte qu'il mettait drôlement longtemps à la mettre à l'eau. C'est là que j'ai remarqué son ami. Il est entré dans le hangar à bateaux, lui aussi.

— Son ami ? demanda Trudy, tâchant de garder son calme. À quoi ressemblait-il ?

C'était la première fois qu'ils entendaient la moindre allusion au sujet d'un nouveau suspect potentiel, et elle devait veiller à obtenir une description précise de cet homme.

— Oh ! je ne sais pas trop, j'étais assez loin – je ne voulais pas qu'oncle Oliver me repère, vous comprenez ?

Trudy retint un grognement de frustration, mais elle ne comptait pas abandonner si vite.

— Est-ce que tu pouvais apercevoir la couleur de ses cheveux ?

— Oui, ils étaient blonds.

— Est-ce qu'ils auraient pu être blancs ?

— Oh non, il n'était pas vieux. Je le sais car au bout d'un moment, comme ils ne sortaient toujours pas la barque, je me suis faufilée comme un Sioux jusqu'au hangar et j'ai regardé à l'intérieur par une fenêtre. Ce n'était pas de la tarte, parce que toutes les fenêtres sont très hautes. Mais sur le côté du hangar il y a une vieille cuve à eau. J'ai grimpé dessus, et c'est là que j'ai vu que l'ami d'oncle Oliver n'était pas vieux. Je pense qu'il était un peu plus jeune que lui.

De nouveau, Clement recommença à s'agiter nerveusement, et Trudy lui lança un rapide coup d'œil interrogateur. Il observait attentivement la petite fille et paraissait inquiet. Mais pour l'instant, il semblait préférer la laisser mener la discussion.

— Et qu'as-tu vu ? demanda simplement Trudy.

À côté d'elle, Clement Ryder retenait son souffle.

— Pas grand-chose, on n'y voyait rien. La fenêtre était vraiment dégoûtante ! ajouta Emily d'un air tellement écœuré qu'ils ne purent s'empêcher de sourire.

Trudy entendit le coroner pousser un long soupir, mais elle était trop concentrée sur son témoin pour se demander ce qui avait pu inquiéter son ami.

— Je suis partie et, quand j'ai revu Eddie, je lui ai parlé de ce super nouveau jeu que je venais d'inventer, et je lui ai dit que j'étais Lola et que lui serait James Bond, déclara la petite fille. On a commencé par surveiller les jardiniers, mais on s'ennuyait, parce qu'ils passaient leurs journées à arracher des mauvaises herbes et ce genre de choses. Après, on a essayé d'espionner les gens du village, mais certains d'entre eux nous repéraient, et on se faisait gronder. On était à deux doigts d'arrêter quand, un jour, on a replacé le hangar à bateaux sous surveillance. C'est comme ça qu'on dit, vous savez. Et oncle Oliver est revenu. Bien sûr, entre-temps, j'étais déjà retournée là-bas quand il n'y avait personne et j'avais nettoyé la vitre de la fenêtre pour pouvoir bien voir l'intérieur, juste au cas où.

— C'était très malin de ta part, Emily, dit Clement.

— Merci, répondit-elle, ravie. Bref, dès qu'on a vu oncle Oliver entrer, Eddie a voulu grimper jusqu'à la fenêtre, mais je lui ai dit qu'on devait déjà attendre de voir si son ami revenait. S'ils s'échangeaient des messages secrets, on devait les prendre sur le fait et tout bien noter. La date, l'heure, etc., expliqua-t-elle joyeusement. Bien sûr, on savait que c'était pour de faux, ajouta-t-elle, craignant d'être prise pour une idiote. Oncle Oliver ne transmettait pas *vraiment* des informations classifiées.

La petite fille avait visiblement entendu cette phrase dans la bouche de quelqu'un d'autre. Et elle l'avait répétée avec une désinvolture qui les fit sourire à nouveau.

— Est-ce que son ami est revenu ? demanda Trudy.

Elle ne savait toujours pas où tout cela allait les mener, mais elle s'était laissé prendre par l'histoire.

— Oui. En fait, non, rectifia-t-elle, de façon assez déroutante. Un ami d'Oliver est arrivé, mais ce n'était pas le même qu'avant. Il n'avait pas les cheveux blonds comme le premier. Il est entré dans le hangar à bateaux, alors on a discrètement fait le tour du cabanon, et on est montés sur la cuve pour regarder à l'intérieur. On a fait très attention à ne pas faire de bruit.

— Et qu'avez-vous vu ? demanda Trudy, amusée.

— Ils faisaient de la lutte, déclara Emily. Enfin, Eddie a dit que c'était sûrement ce qu'ils étaient en train de faire. Ils étaient à moitié allongés au sol et ils gigotaient. On ne voyait pas grand-chose, parce qu'ils étaient derrière une barque.

Trudy était certaine qu'à côté d'elle le coroner avait marmonné quelque chose dans sa barbe, mais elle n'en fit pas cas.

— Oncle Oliver devait sûrement vouloir apprendre un nouveau sport. Il sait déjà faire de l'aviron, du tennis, du golf… Eddie a dit que, de toute manière, la lutte, c'était un sport de garçons, lâcha-t-elle d'un air écœuré. C'est tellement nul ! Bref, au bout d'un moment, on est partis. J'ai dit que le jeu commençait à m'ennuyer, mais Eddie voulait continuer encore un peu. Alors j'ai dit que, s'il voulait vraiment être James Bond, il fallait qu'il suive cet homme quand il repartirait et qu'il découvre où est-ce qu'il allait quand il ne retrouvait pas oncle Oliver au hangar.

— Et où est-il allé ? demanda Trudy.

— Seulement jusqu'à sa voiture. Elle était garée sur une route qui passe tout près de la place du village. Enfin, c'est ce qu'Eddie m'a raconté après. Il n'a pas pu le suivre plus loin. Mais il a noté la plaque d'immatriculation dans la terre avec un bâton. Je lui ai prêté un stylo et un de mes cahiers pour qu'il retourne là-bas et qu'il recopie le numéro de la plaque, et qu'il ajoute la marque de la voiture. Il savait tout sur les voitures, Eddie. Il connaissait presque tous les modèles. Il était très intelligent et il savait plein de choses que je ne savais pas. Bref, après ça, ça lui arrivait de me raconter qu'oncle Oliver avait repris des leçons de lutte avec l'homme blond ou d'autres amis. À chaque fois, Eddie les suivait, et il notait toutes les plaques d'immatriculation. Mais ça ne nous a pas beaucoup avancés, parce qu'on ne savait pas comment trouver leur identité à partir de ça. Dans les films, la police arrive à faire ce genre de choses. Mais nous, on n'a pas réussi. Et, au bout d'un moment, Eddie s'est lassé lui aussi et il a arrêté de les suivre.

La petite fille s'arrêta pour reprendre son souffle.

— Merci de nous avoir raconté tout ça, Emily, déclara Trudy.

— Je le dis parce que j'ai entendu papa parler au téléphone avec tante Sylvia. Elle avait l'air en colère. Et papa lui a répondu que la police avait le droit de s'intéresser aux inconnus qui traversaient le domaine. Du coup, ça m'a fait penser aux amis d'oncle Oliver. Mais ce ne sont pas vraiment des inconnus, vu qu'Oliver les connaît, pas vrai ?

— Non, en effet.

— Bref, je voulais juste que vous le sachiez. Je n'ai plus le droit de jouer toute seule. Mme Roper dit que c'est dangereux, ajouta la petite fille d'un air triste. Et quelquefois… j'ai peur, avoua-t-elle.

Trudy posa une main sur son épaule.

— C'est quelqu'un en particulier qui te fait peur, Emily ? Tu peux nous en parler, si c'est le cas, tu n'auras pas d'ennuis, je te le promets, affirma-t-elle doucement.

— Non, pas vraiment. C'est juste que… des fois, je trouve que les adultes sont très bizarres. Je veux dire, ils font des choses vraiment étranges parfois. Je ne les comprends pas. J'ai dit à Eddie que…

Soudain, sa volubilité se tarit, et elle fixa ses pieds, mal à l'aise.

— Oui ? fit Trudy avec brusquerie. Qu'as-tu dit à Eddie ? demanda-t-elle d'une voix plus douce, en faisant attention à ne pas paraître trop insistante. Tu peux nous le confier à nous aussi, tu sais. Je suis de la police.

La petite fille soupira.

— C'est juste qu'une fois, quand Eddie n'était pas là, j'ai vu oncle Oliver quitter le hangar à bateaux. Mais j'étais seulement venue au lac pour attraper des demoiselles avec un bocal. Je ne leur fais pas de mal et je les relâche très vite, promit-elle. Bref, j'ai remarqué qu'il donnait la main à son professeur de lutte, déclara Emily. Et je l'ai raconté à Eddie. Parce que… seuls les petits enfants se tiennent par la main, non ? Pour éviter de se perdre. Donc ça m'a paru étrange. Eddie aussi a trouvé ça bizarre et il a dit que la prochaine fois, au lieu de se cacher dans les buissons et d'attendre que le professeur sorte pour le suivre, il grimperait sur la cuve et regarderait à nouveau par la fenêtre. Je lui avais dit de ne plus le refaire après la première fois où on les avait observés, parce que si oncle Oliver ou son professeur nous avaient vus on aurait eu de gros ennuis. On avait remarqué que les adultes n'aimaient pas trop qu'on les espionne.

Clement semblait de nouveau très mal à l'aise, et Trudy ne fut pas étonnée de le voir se décider à poser lui-même une question à Emily.

— Eddie t'a-t-il raconté ce qu'il avait vu ?

— Non. Il a juste dit que j'avais raison, et que les adultes faisaient parfois des choses très bizarres. Et après ça il a dit que lui aussi en avait marre de jouer aux espions et qu'il ne voulait plus retourner au hangar à bateaux. Alors on a trouvé une nouvelle idée de jeu : construire des cabanes dans les bois. Enfin, ce n'était pas si nouveau que ça, on l'avait déjà fait avant.

Clement hocha tête.

— Emily, sais-tu ce qui est arrivé au carnet d'Eddie ?

— Il a dû le cacher, dit simplement la petite fille. Il trouvait que c'était plus prudent. Un bon espion sait qu'il faut toujours avoir une cachette secrète à l'abri des méchants.

— Et sais-tu où se trouvait celle d'Eddie ? demanda Clement.

— Évidemment. Un jour, c'est lui que j'ai espionné. Je l'ai suivi, et il ne m'a jamais repérée, lui non plus, se vanta-t-elle.

Soudain, son sourire s'effaça, comme si elle se souvenait tout à coup qu'elle ne pourrait plus jamais jouer aux espions ni à quoi que ce soit d'autre avec Eddie, et sa lèvre inférieure se mit à trembler dangereusement.

— Peux-tu nous dire où est le carnet ? s'empressa de demander Trudy en espérant parvenir à retenir les larmes de la petite fille.

La distraction sembla fonctionner, car Emily acquiesça d'un signe de tête et déglutit bruyamment.

— Oui, dans le trou du vieux chêne, près du mur en ruines, en face de l'orangerie. Vous voulez que je vous montre ? proposa-t-elle.

— Bonne idée, dit Trudy en se relevant.

Elle se frotta le mollet et regretta de s'être accroupie en sentant une légère crampe lui tirailler la jambe.

— C'est par là.

D'un air sérieux, Emily les guida à travers le potager, jusqu'à un long appentis vitré adossé à l'un des murs extérieurs. La structure était relativement basse, et elle abritait effectivement une grande variété de petits citrus bien taillés.

— Vous voyez, c'est ce chêne, là-bas.

Emily pointa du doigt une petite prairie et partit presque en courant.

C'était une belle journée de printemps. Les boutons-d'or étaient en fleurs, et quelques papillons venus profiter de ces premières sources de nectar voletaient dans l'air. Le chêne, qui retrouvait tout juste sa verdure, était effectivement très vieux et, à mi-hauteur du tronc, on trouvait l'une de ces cavités rondes qui se creusaient parfois naturellement dans certains arbres. Trop près du sol pour abriter un nid de pivert ou de chouette, elle avait sans doute servi de refuge à des écureuils ou à des mulots par le passé car, après y avoir glissé la main avec précaution, Trudy sentit au fond du trou un tapis de feuilles mortes qui auraient fait un lit douillet à un petit mammifère.

Mais il n'y avait rien d'autre.

— Es-tu sûre que c'était bien sa cachette, Emily ? demanda-t-elle.

La petite fille hocha la tête.

— Je sais que c'était là qu'il mettait toutes ses affaires. Bon, laissez-moi essayer, dit-elle avec une pointe de condescendance. Il faut bien enfoncer la main et le bras. Vous n'avez pas peur des cloportes au moins ? ajouta-t-elle d'un ton moqueur.

Ces insectes-là n'effrayaient pas Trudy. En revanche, être confrontée à des perce-oreilles serait une tout autre histoire.

Le visage de la petite fille s'assombrit quand elle dut s'avouer vaincue à son tour.

— Il n'est pas là, lâcha-t-elle, à la fois stupéfaite et furieuse. Quelqu'un l'a pris !

— Peut-être qu'Eddie l'avait rangé ailleurs, suggéra Clement d'une voix réconfortante. Crois-tu que nous pourrions jeter un œil à ton carnet à toi ? Tu as dit que tu l'avais prêté à Eddie pour qu'il puisse recopier l'une des plaques d'immatriculation. Donc le numéro devrait toujours s'y trouver, non ?

Les épaules d'Emily s'affaissèrent.

— Désolée, Eddie a déchiré la page pour la mettre dans son carnet à lui. C'est ça qu'il cachait dans ce trou. Maintenant, je pense que je ferais mieux de rentrer à la maison avant que Mme Roper remarque que je ne suis pas dans la nursery, dit-elle.

— La chance n'était pas avec nous, conclut Trudy d'un air compatissant.

La petite fille leur adressa un sourire abattu. Ils la regardèrent s'éloigner jusqu'à ce qu'elle ait atteint le manoir, puis Trudy se tourna vers Clement.

— Alors, qu'est-ce qui vous est arrivé ? Tout le long de son histoire, vous aviez l'air aussi nerveux qu'un écolier le jour de la rentrée.

Clement sourit, amusé par la formule - même s'il n'était pas certain d'apprécier d'en être la cible -, puis il lui expliqua succinctement ce qui l'avait rendu si fébrile.

Quand il eut fini, Trudy sentit qu'elle devait être rouge comme une pivoine.

Bien sûr, l'homosexualité était un sujet qu'elle connaissait très bien, étant donné qu'il avait été traité durant sa formation. C'était un crime, après tout. Néanmoins, elle savait qu'il y avait peu de chances qu'elle doive un jour arrêter quelqu'un pour ce motif. Le capitaine Jennings et le sergent O'Grady veillaient tous deux à ce qu'elle ne soit jamais appelée en renfort quand des descentes étaient effectuées dans des bars gay. Elle n'était pas non plus autorisée à faire des patrouilles de nuit dans certaines toilettes publiques réservées aux hommes et connues pour être des hauts lieux de rencontre.

Bien sûr, ce qui se passait réellement durant les « leçons de lutte » d'Oliver semblait désormais évident.

— Mais je pensais qu'Oliver de Lacey voulait épouser Marjorie Chandler, déclara Trudy, les sourcils froncés. Donc il ne peut pas être, vous savez…

Clement soupira et lui expliqua à nouveau la situation.

Trudy resta silencieuse quelques instants, avant de soupirer à son tour.

— Nous devrions l'avertir, non ? Imaginons qu'elle l'épouse vraiment et que la pauvre femme découvre…

— Oui, je lui en toucherai un mot en privé, promit Clement.

Puis le coroner se mit à réfléchir. Était-il possible que Martin de Lacey les ait sollicités non parce qu'il se souciait d'Eddie Proctor, mais parce qu'il espérait qu'ils découvriraient le secret de son cousin ? Sachant que cela augmenterait considérablement les chances que Marjorie Chandler l'apprenne par la suite ? Clement se remémora sa première entrevue avec le châtelain, quand ce dernier lui avait rendu visite à son bureau. N'avait-il pas senti à ce moment-là que Martin de Lacey avait une idée derrière la tête ?

Quoi qu'il en soit, cela n'avait plus vraiment d'importance à présent, songea Clement.

— Mais c'est surtout cette histoire de carnet manquant qui m'intéresse.

Trudy fronça les sourcils.

— Pourquoi ? Vous ne pensez quand même pas que cela a un quelconque rapport avec la mort d'Eddie, si ?

— Eh bien, nous cherchions un mobile au meurtre, fit remarquer Clement. Supposons qu'Oliver ait surpris Eddie en train de l'observer par la fenêtre du hangar à bateaux durant l'un de ses… euh… combats de lutte ? Vous êtes bien placée pour savoir qu'il risquait une peine de prison ferme si le garçon avait raconté à quelqu'un ce qu'il avait vu. Il aurait sans doute perdu son emploi à l'université, sans parler de son poste à haute responsabilité à Londres. Et le scandale à lui seul l'aurait brisé.

Trudy hocha la tête. Oui, elle pouvait parfaitement l'imaginer. Sa mère aurait été dévastée. La presse et les tribunaux auraient traîné le nom de cette noble famille dans la boue.

— Mais… aurait-il été jusqu'à tuer le garçon pour le faire taire ? demanda-t-elle, horrifiée. N'aurait-il pas été beaucoup plus simple et moins risqué de le payer ? L'argent ! s'écria-t-elle soudain, si fort qu'elle manqua de faire sursauter Clement. Vous vous souvenez, le petit George nous a dit avoir entendu Emily et Eddie parler d'argent. Peut-être qu'Oliver de Lacey achetait son silence ?

— C'est une explication possible. Une chose est sûre, nous devons réinterroger Oliver. Allons, retournons à mon bureau. Il faut que vous retranscriviez cette conversation avec Emily pendant qu'elle est encore fraîche dans votre esprit, et je voudrais faire quelques petites recherches de mon côté. Si ce que l'on suspecte est vrai, nous aurons besoin de preuves solides contre Oliver. Il y a certains lieux et certaines personnes que les hommes comme lui aiment fréquenter. Il faut que je me renseigne, mais je pense que nous devrions pouvoir trouver quelqu'un qui soit prêt à témoigner de ses penchants. Malgré tout, cela risque d'être délicat.

Trudy acquiesça d'un signe de tête, impatiente de se mettre en route, et les deux amis regagnèrent le manoir sans tarder.

Le clocher de l'église sonna 15 heures tandis qu'ils passaient d'un bon pas devant la bâtisse. Puis ils rejoignirent l'allée principale où ils avaient garé leur voiture.

La personne qui avait observé le Hall le dimanche de Pâques depuis la colline et décidé qu'Eddie Proctor devait mourir les regarda s'éloigner en plissant les yeux d'un air furieux.

Alors, comme ça, Emily avait parlé.

Et la cachette du garçon avait été vidée. La situation devenait incontrôlable. Il fallait agir, et vite.

Aussitôt, le tueur d'Eddie Proctor commença à élaborer un plan d'action.

34

Dès qu'ils poussèrent la porte du bureau du coroner, sa secrétaire se leva d'un bond.

— Oh ! docteur Ryder, je suis si heureuse que vous soyez rentré ! Le capitaine Jennings a appelé tout l'après-midi. Il veut que vous ou, mieux encore, Mlle Loveday, le rappeliez de toute urgence. Il était très insistant.

— Oh non ! Il avait l'air en colère ? demanda Trudy, le cœur serré, même si elle ignorait ce qu'elle avait bien pu faire pour s'attirer les foudres de son capitaine cette fois-ci.

— Oui, un peu. Mais il semblait plus excité qu'autre chose. Je dirais qu'il paraissait à la fois content et agacé.

Ce n'était pas beaucoup mieux, pensa sombrement Trudy.

— Venez, vous pouvez le rappeler depuis mon bureau, proposa Clement.

— Merci, répondit-elle.

Il serait plus facile de se faire passer un savon au téléphone qu'en personne. Au moins, elle n'aurait pas à affronter le regard noir et méprisant du capitaine !

Après s'être assise et avoir pris une profonde inspiration, Trudy souleva le combiné et composa le numéro de téléphone du commissariat.

L'agent Walter Swinburne, le plus vieux policier du poste, décrocha. Il était un peu comme un grand-père pour Trudy. Dès qu'il entendit la voix de la jeune femme, Walter baissa considérablement la sienne.

— Qu'est-ce que tu as fabriqué ? siffla-t-il. En tout cas, tu t'es vraiment surpassée cette fois-ci.

— De quoi parlez-vous ? chuchota Trudy. Je n'ai rien fait !

— Mais si, tu as bien dû faire quelque chose, insista-t-il. Les gros bonnets sont arrivés de Londres il y a environ une heure et, depuis, ils sont enfermés avec le capitaine dans son bureau. Le ton est monté, tu peux me croire, et pas uniquement du côté du capitaine ! De temps en temps, il vient demander où tu es et si tu t'es enfin manifestée. Tu ferais mieux d'avoir une bonne excuse pour ne pas avoir rappelé, ma petite, je te le dis.

— J'étais dans le Northamptonshire. Je pouvais difficilement donner de mes nouvelles.

— Je ferais mieux de te le passer. Respire un bon coup, parce que je pense que tu es dans un sacré pétrin.

Trudy déglutit et fit aussitôt signe à Clement de se rapprocher. Elle écarta le haut-parleur du combiné de son oreille et le plaça entre le coroner et elle afin qu'ils puissent tous les deux entendre ce qui se disait.

— Mademoiselle Loveday !

La voix retentissante du capitaine en colère leur parvint très distinctement à travers la ligne.

— Où êtes-vous, bon sang ?

— Au bureau du coroner, monsieur.

— Ah oui ? Dans ce cas, je veux que le vieux vautour et vous rappliquiez ici tout de suite. C'est clair ?

Trudy déglutit. Elle était si tendue qu'elle ne tressaillit même pas à l'idée que le coroner avait sans doute entendu le surnom cruel qu'on lui donnait au poste.

— Oui, monsieur. Mais je ne suis pas sûre que le Dr Ryder soit libre, dit-elle en tentant d'au moins préserver son ami de la tempête qui semblait se préparer, tandis que Clement secouait la tête.

— Le vieux vautour est disponible, capitaine, déclara-t-il en élevant la voix pour s'assurer d'être entendu à l'autre bout de la ligne. Nous serons là d'ici cinq minutes environ.

Un peu déconcerté, le capitaine se radoucit et grommela un semblant d'excuses avant de raccrocher.

Trudy reposa à son tour le combiné.

— Vous ne pourrez pas dire que je n'ai pas essayé de vous épargner, fit-elle avec regret. Quand le capitaine se met dans tous ses états, ce n'est pas beau à voir.

— Ne dites pas de bêtises, je ne manquerais ça pour rien au monde, affirma Clement.

Et il le pensait vraiment. Le coroner appréciait une bonne prise de bec de temps à autre. Et il n'avait encore jamais pris part à une dispute qu'il n'avait su remporter.

— Je suis désolée pour… vous savez, cette histoire de vautour, murmura Trudy.

Mais Clement se contenta de rire. Croyait-elle vraiment qu'il ignorait le surnom qu'on lui donnait dans son dos ?

— Savez-vous de quoi il s'agit ? demanda Trudy d'un air lugubre alors qu'ils rejoignaient l'emplacement où le coroner avait garé sa Rover.

Clement avait en effet une petite idée sur la question, mais il secoua tout de même la tête.

— Attendons de voir, si vous le voulez bien, conseilla-t-il gaiement.

35

Le capitaine Jennings était assis à son bureau quand ils frappèrent à la porte, et deux hommes se levèrent lentement de leur chaise lorsqu'ils pénétrèrent dans la pièce.

— Ah, mademoiselle Loveday, docteur Clement Ryder, dit Jennings, voici les inspecteurs Robinson et Brown.

Il avait fait les présentations d'une voix détachée, mais Trudy voyait bien que son supérieur était en proie à une grande agitation.

Ses yeux brillaient, et Trudy lui trouvait un air amusé, mais une certaine tension se dégageait de lui, comme s'il était à deux doigts de se mettre en colère. Un mélange d'émotions surprenant et inhabituel qui n'aida pas à calmer les nerfs déjà très tendus de la jeune femme.

— Je suis désolée de ne pas avoir été joignable, monsieur, s'empressa de dire Trudy. Le Dr Ryder et moi interrogions un témoin dans le Northamptonshire.

Jennings haussa légèrement les épaules.

— Oui, eh bien, tout ça, c'est fini. Je vous dessaisis du dossier, leur annonça-t-il sans détour. Le préfet approuve ma décision.

Trudy fixa le capitaine avec incertitude, puis se tourna vers les deux étrangers. Ils semblaient avoir entre trente et quarante ans, étaient aussi brun l'un que l'autre et rasés de près. Ils n'étaient ni laids ni beaux, ni gros ni minces, et ne présentaient aucun signe distinctif susceptible de marquer les esprits. Ils portaient des costumes presque identiques et souriaient d'un air absent à Trudy. Pourtant, quelque chose dans leur attitude la rendait fébrile.

— Les inspecteurs travaillent pour la Special Branch, dit Jennings, toujours avec ce curieux mélange d'excitation et de ressentiment. Il semblerait que votre enquête sur l'affaire Proctor ait fait des remous dans des sphères où, précisément, l'on n'apprécie pas les remous, expliqua-t-il sèchement.

Trudy cligna des yeux. Elle ne s'attendait pas à rencontrer des membres des renseignements généraux ! Mais au moins, cela expliquait le comportement étrange du capitaine Jennings. D'un côté, il devait être ravi d'avoir une excuse pour mettre un terme au passe-temps favori du Dr Ryder mais, d'un autre, il ne devait pas apprécier qu'une autre division empiète sur son terrain et usurpe son autorité.

Clement tira lentement une chaise et s'assit.

— J'imagine que ça a à voir avec les travaux top-secret d'Oliver de Lacey sur l'énergie atomique ? S'est-il plaint ? demanda-t-il avec désinvolture.

— Pas du tout, docteur Ryder, répondit d'une voix caressante l'inspecteur Brown (ou était-ce Robinson ?), mais je suis sûr que vous pouvez comprendre que les autorités ne voient pas l'intérêt de harceler inutilement un homme qui exerce une profession aussi sensible et éprouvante pour les nerfs.

— J'ignorais qu'il avait été *harcelé*, rétorqua Clement.

Même s'il avait l'air détendu, voire indolent, assis sur sa chaise, avec son chapeau posé nonchalamment sur ses genoux, Trudy voyait bien qu'il était en colère, lui aussi. Et cela lui remonta un peu le moral. Au moins, elle avait un allié dans la pièce.

En réalité, Clement s'en voulait plus à lui-même qu'aux deux inspecteurs ou à l'anonyme laquais du gouvernement qui avait dû les envoyer ici. De toute évidence, ses tentatives de renseignement sur Oliver de Lacey n'étaient pas passées aussi inaperçues qu'il le pensait ou l'espérait.

— Je suis certain que vous vous êtes comporté de manière exemplaire, docteur Ryder, intervint l'inspecteur Robinson. Mais il est temps d'arrêter votre enquête. La mort du garçon était un accident, c'est aussi simple que cela. Je suppose que vous n'avez pas de preuve du contraire ?

Cette provocation fit naître un léger rictus sur les lèvres du coroner.

— Pas encore, dut-il admettre à contrecœur en faisant attention à garder son calme – il n'allait certainement pas faire à ces deux hommes, ni à Jennings, le plaisir de montrer qu'ils l'avaient piqué au vif. Mais il est évident que la famille de Lacey cache de nombreux secrets.

Clement répondit au regard stoïque des deux hommes par un coup d'œil tout aussi assuré.

Assis à son bureau, Jennings regardait la confrontation avec une sorte de fascination, sans savoir quel camp choisir. Car s'il ne faisait aucun doute que cet ours mal léché de coroner pouvait parfois être un enquiquineur de première, l'attitude mielleuse et condescendante des membres de la Special Branch le hérissait tout autant. Ils avaient énormément de pouvoir et en étaient parfaitement conscients. En plus, ces hommes avaient tellement l'habitude qu'on leur obéisse sans broncher que le capitaine espérait presque qu'ils seraient offusqués par l'attitude du coroner. Juste pour le plaisir de les voir se mettre en colère.

— Quand bien même, docteur Ryder, dit doucement Robinson (ou était-ce Brown ?), il n'y aurait aucun intérêt à révéler ces secrets au grand jour.

— Sauf s'ils ont un lien avec le décès d'un jeune garçon.

— Pouvez-vous affirmer que c'est le cas ? interrogea sèchement le plus grand des deux agents.

Trudy, qui n'avait pas encore osé prendre la parole, aurait souhaité de tout cœur que le coroner puisse répondre oui, mais elle savait combien les quelques pistes dont ils disposaient étaient fragiles et vit Clement esquisser un sourire défait.

— Comme il semble que nous ne serons pas autorisés à creuser davantage la question, je ne peux que vous répondre par la négative, déclara-t-il froidement.

— Je vois. Dans ce cas, nous vous souhaitons à tous un bon après-midi. Capitaine Jennings, vous recevrez les documents sous peu. L'affaire Edward Proctor est maintenant officiellement close. Est-ce clair ?

L'autorité avec laquelle avait été formulé cet ordre fit rougir de colère Jennings – il fallait au moins lui reconnaître ce mérite. Mais le capitaine hocha tout de même la tête avec raideur.

— Oui, bien sûr. Mlle Loveday sera réaffectée à d'autres tâches dès demain.

Les deux hommes sortirent du bureau en silence. Après qu'ils eurent fermé la porte derrière eux, Clement, Trudy et le capitaine Jennings restèrent silencieux durant quelques secondes. Ils s'étaient tacitement mis d'accord sur le fait qu'il valait mieux être certains que les visiteurs ne pouvaient plus les entendre avant de dire quoi que ce soit.

Croyant qu'elle allait se faire passer un savon par son supérieur, Trudy se crispa. Mais au lieu de ça, un long silence pensif emplit la pièce. Clement attrapa son trilby et le fit tourner autour de son index d'un air absent, visiblement absorbé par les circonvolutions de son chapeau, et Jennings le regarda faire en silence pendant un moment. Puis le capitaine se tortilla dans son fauteuil et prit enfin la parole.

— J'imagine que vous savez parfaitement de quoi il s'agit ?

Clement soupira.

— J'ai ma petite idée sur la question.

— Vous auriez l'amabilité de nous en faire part ?

Clement observa le capitaine, le sourcil levé.

— Êtes-vous sûr de vouloir savoir ? demanda-t-il.

Jennings hésita un instant, puis acquiesça d'un signe de tête, ce qui réjouit au plus haut point Trudy, car elle aussi voulait savoir de quoi il retournait !

Clement soupira.

— Très bien. Lorsque nous nous sommes rendus au *college* du Dr Oliver de Lacey pour lui parler, j'ai aperçu une vieille photo de lui, qui m'a rappelé qu'il avait étudié à Cambridge, et non à Oxford. À Trinity, pour être exact.

Pendant un instant, Jennings parut perplexe. Puis un éclair de compréhension illumina son visage.

— Oh ! lâcha-t-il simplement. Mais cela ne prouve pas grand-chose, vous savez.

Trudy voulait à tout prix demander de quoi ils parlaient. Son affolement n'avait pas dû échapper à Clement, car il se tourna vers elle et lui sourit.

— Vous n'aviez probablement qu'une dizaine d'années en 1951, quand Guy Burgess et Donald Maclean ont fait défection et ont rejoint l'Union soviétique. Vous vous en souvenez ?

— Oh ! oui, un peu, dit Trudy. Je me rappelle que ça a fait scandale et que les gens en voulaient énormément aux traîtres. Ils ont aussi étudié au Trinity College de Cambridge, n'est-ce pas ? Et le Dr Oliver de Lacey devait y être à peu près au même moment qu'eux ? C'est ça ?

Clement haussa les épaules.

— Dès que j'ai vu qu'il avait étudié à Trinity, j'ai commencé à me poser des questions, dit-il en restant évasif. Mais comme le capitaine vient de le souligner, cela ne veut probablement rien dire. Après tout, des milliers d'étudiants ont fréquenté Trinity dans les années 1940 et 1950, et on ne peut pas tous les suspecter d'être des traîtres. Toutefois, étant donné qu'Oliver de Lacey travaille dans le secteur nucléaire, on comprend pourquoi la Special Branch le surveille de près.

Jennings poussa un petit soupir.

— Donc ils font seulement leur travail ?

— Eh bien, j'ai appelé quelques amis après avoir fait le rapprochement et je leur ai demandé s'ils avaient des informations à son sujet, reconnut Clement avec un sourire malicieux. Je pensais qu'ils sauraient se montrer discrets, mais de toute évidence le bruit a dû courir que je fourrais mon nez dans des affaires sensibles.

Jennings eut un sourire amer.

— Vous avez un vrai don pour ça, dit-il d'un air sombre. Ce n'est pas étonnant qu'on les ait envoyés clore votre enquête. Ils ne doivent pas apprécier qu'on s'intéresse de trop près aux de Lacey. L'information risquerait de s'ébruiter et d'attirer l'attention de nos amis les Rouges.

Trudy se balança d'un pied sur l'autre avec impatience.

— Je ne comprends pas bien, monsieur. Vous voulez dire que le Dr de Lacey pourrait être un espion au service des Russes ?

Jennings renifla.

— Je pense que c'est *très* improbable, mademoiselle Loveday, dit-il d'un air narquois. C'est juste que les autorités n'aiment pas beaucoup que les projecteurs soient braqués sur des personnes avec ce genre de profil.

— Ils ont tendance à être un tantinet sensibles sur le sujet, ajouta Clement avec un sourire moqueur. Burgess et ses acolytes ont provoqué un énorme scandale, et les gens de Whitehall étaient rouges de honte (pardonnez le mauvais jeu de mots) quand l'étendue des activités d'espionnage des traîtres en question a été découverte. La fonction publique ainsi que beaucoup d'hommes puissants ont été couverts de ridicule, surtout en Amérique. Des têtes sont tombées. Et ils n'ont pas apprécié, conclut-il succinctement.

Jennings prit le relais.

— Alors maintenant, chaque fois que l'on soupçonne de quoi que ce soit quelqu'un qui, comme Oliver de Lacey, a fréquenté le Trinity College à la même époque que Burgess, s'est frayé un chemin jusqu'à un poste à haute responsabilité et travaille maintenant pour le gouvernement... Eh bien, disons simplement que ça leur fiche la frousse.

— On ne peut pas vraiment les blâmer, déclara Clement un peu à contrecœur. Les Russes seraient ravis de récolter des informations sur notre politique nucléaire, nos réacteurs et tout le reste. Et Oliver de Lacey serait la personne idéale pour les renseigner.

— Il est surveillé depuis des années, je présume ? interrogea Jennings d'un air songeur.

— À n'en pas douter. D'autant plus que certains de ses euh... passe-temps le rendraient particulièrement vulnérable au chantage, s'ils venaient à se savoir.

Intrigué, Jennings leva un sourcil.

— Il ne s'intéresse pas aux femmes, capitaine, dit Clement en haussant les épaules.

— Oh. C'est donc l'un de ceux-là, lâcha Jennings en reniflant.

Clement ne répondit pas. Comme beaucoup d'hommes de son milieu, il avait fréquenté le système scolaire public et se montrait bien plus tolérant envers les homosexuels que la plupart des gens. Son opinion sur le sujet était que la vie privée devait justement rester *privée*. Il comptait plusieurs hommes et femmes parmi ses amis dont les préférences sexuelles ne résisteraient sans doute pas à un examen minutieux par la police. Ni par la Special Branch ou un service de recrutement d'espions, le cas échéant.

— Donc que dites-vous exactement ? demanda Trudy, toujours perdue. Oliver de Lacey travaille-t-il pour la Russie ou non ?

— Probablement pas, répondit Clement.

— Alors, dans ce cas, pourquoi ne pouvons-nous pas continuer à enquêter sur la mort du petit Eddie ? insista-t-elle, sentant la colère monter en elle. Nous devons tout arrêter comme ça, du jour au lendemain, alors que nous savons maintenant qu'Eddie avait découvert les rendez-vous secrets entre Oliver de Lacey et ses euh… petits amis ?

Elle raconta succinctement à son supérieur ce qu'Emily leur avait confié.

— Donc on dirait bien qu'Oliver était le seul à avoir une bonne raison de vouloir éliminer le garçon. Si Eddie avait parlé de ce qu'il avait vu, l'information aurait forcément fait le tour du village tôt ou tard.

Jennings haussa les épaules, non sans une certaine compassion.

— L'enquête est close, mademoiselle Loveday, déclara-t-il sans ambages. Point final. Docteur Ryder, merci d'être venu.

Il se leva et, contre toute attente, tendit la main au coroner.

Clement se mit lui aussi debout et accepta la poignée de main de Jennings en hochant la tête d'un air sardonique.

— Il faut évidemment que je contacte Martin de Lacey, capitaine.

Jennings ouvrit la bouche pour s'opposer à l'idée, et le coroner leva aussitôt la main d'un geste apaisant.

— Par simple courtoisie, vous comprenez. C'est lui qui a demandé à ce qu'une enquête plus approfondie soit menée, et je me dois de lui présenter nos conclusions. Sinon, il pourrait devenir suspicieux et faire un esclandre, ce qui chagrinerait beaucoup nos amis de la Special Branch…

— Qu'allez-vous lui dire ? interrogea Jennings.

Il reconnaissait la justesse du raisonnement du coroner, mais restait méfiant quant à ses véritables intentions. Le capitaine avait peut-être ses défauts, mais il n'était pas complètement idiot…

— Simplement que nous avons clos notre enquête et que nous n'avons trouvé aucun élément laissant supposer que le verdict prononcé à l'audience n'était pas le bon. Et c'est la vérité, assura Clement en jetant un regard d'avertissement à Trudy. Nous n'avons aucune preuve qu'Oliver de Lacey ait attiré le garçon jusqu'au puits et l'y ait poussé.

Trudy pinça les lèvres pour s'empêcher de dire quelque chose qu'elle risquerait de regretter plus tard. Mais elle n'arrivait tout simplement pas à croire que Clement renonce si facilement ! Cela l'étonnait moins de la part de Jennings – c'était un fonctionnaire de police, et il devait suivre les ordres. Elle pouvait donc comprendre qu'il préfère jeter l'éponge.

Le coroner, en revanche, ne laissait jamais quiconque lui dicter sa conduite.

— Mademoiselle Loveday pourrait peut-être m'accompagner, seulement pour rendre la chose officielle, demanda Clement d'une voix douce. M. de Lacey voudra sans doute s'assurer que l'enquête de police a été rigoureusement menée.

Jennings fit un signe de la main.

— D'accord, d'accord, emmenez-la avec vous. Mais demain, dès la première heure, vous reprenez vos tâches habituelles, mademoiselle, l'avertit-il.

— Oui, monsieur, dit Trudy en espérant que sa voix ne trahissait pas trop son exaspération.

Jennings les regarda partir et poussa un long soupir. Au moins, il n'avait plus à se soucier de cette affaire.

À l'extérieur, Trudy suivait le coroner en traînant les pieds, l'air abattu. Elle réussit néanmoins à répondre au coup d'œil inquiet que lui lança Walter Swinburne par un petit sourire rassurant.

Puis elle s'installa en silence sur le siège passager de la Rover et regarda droit devant elle.

Ils faisaient donc une dernière visite à Briar's Hall pour annoncer au châtelain que l'enquête s'arrêtait là, pensa sombrement Trudy. Toute cette histoire lui laissait un goût d'inachevé qui la frustrait au plus haut point.

— Les parents de ce pauvre garçon ! s'exclama-t-elle, alors que le coroner tournait la clé dans le contact et démarrait. Comment pourra-t-on les regarder de nouveau en face ?

Clement secoua la tête d'un air impuissant.

— En prenant de l'âge, j'ai bien peur que vous découvriez par vous-même qu'on ne peut pas gagner à chaque fois, mademoiselle Loveday. La vie est faite de coups durs. Vous devez apprendre à les encaisser, à vous relever, à épousseter vos habits et à continuer votre route.

Tous les jeunes gens devaient un jour apprendre à accepter cet état de fait. Mais Clement savait bien que c'était loin d'être simple. Lui-même avait encore beaucoup de mal à s'y résoudre. Il jeta un coup d'œil à Trudy et sentit son cœur se serrer en la voyant si confuse et furieuse.

— Allez, finissons-en, dit-il.

36

Il était à peine plus de 16 h 30 quand ils traversèrent le village. Trudy avait aperçu l'horloge de l'église, mais elle avait l'impression qu'il s'était écoulé bien plus de temps depuis leur dernière visite. Toutefois, un rapide coup d'œil à sa montre lui confirma que l'heure affichée au clocher était bien la bonne. Malgré le fait que les habitants observaient rarement des horaires de travail classiques, l'activité du village semblait progressivement commencer à faiblir. Des clients faisaient des achats de dernière minute à l'épicerie, et les enfants sortaient en se bousculant de l'école. Bientôt, des ouvriers agricoles éreintés et affamés rentreraient prendre le thé.

Une fois arrivés au Hall, Clement et Trudy se garèrent dans l'allée, et Mme Roper fut ravie de leur annoncer que le maître n'était pas là, car il était parti quelque part dans le domaine régler un problème – un arbre tombé en travers d'un ruisseau qui était la principale source d'approvisionnement en eau de l'une des fermes.

Clement la remercia mais, comme à son habitude, la gouvernante au visage fermé et sombre leur claqua aussitôt la porte au nez.

— Je parie qu'elle sait depuis le début que la vieille dame a fait quelque chose au cheval de sa belle-fille, murmura amèrement Trudy.

— Si je ne m'abuse, cela s'appelle de la diffamation, la sermonna gentiment Clement. Et aux dernières nouvelles, c'est toujours un crime, et vous êtes toujours agent de police…

Mais la tentative de taquinerie du coroner ne parvint pas à dissiper la mauvaise humeur de Trudy.

Soudain, ils remarquèrent que le chef jardinier traversait la pelouse et se dirigeait vers eux. Il poussait une brouette pleine d'une boue verte et visqueuse qui devait provenir de l'un des bassins d'ornement, et ses bras étaient vert vif jusqu'aux coudes.

— Alors, comme ça, vous êtes de retour ? lança Leonard Cricklade avec un sourire. J'sais pas c'qui s'passe aujourd'hui, mais y'a de l'agitation dans l'air.

— Ah ? demanda Clement.

Il n'en fallut pas plus pour que le vieux jardinier décide de s'arrêter pour bavarder avec eux.

— D'abord, le châtelain part régler quelque chose à la ferme Danesway, puis Lallie disparaît pile au moment où j'ai besoin qu'il palisse des clématites. Après ça, une grande berline noire arrive et embarque M. Oliver. Sûrement pour le conduire à une conférence importante à Londres, ajouta-t-il avec fierté comme si, d'une certaine manière, cette réussite était la sienne. Mme Sylvia, qui tire une tête de six pieds de long depuis ce matin, court dans tous les sens pour faire je sais pas quoi. Et maintenant, c'est vous qui débarquez, déclara le vieil homme avec un sourire pour atténuer la rudesse de sa dernière phrase.

— Il y a des jours comme ça, répondit Clement. Je suppose que vous ne savez pas quand monsieur de Lacey sera de retour ?

— Je pense qu'il rentrera pour 18 heures. Ils dînent à 19 heures au Hall, dit le jardinier en secouant légèrement la tête devant une telle excentricité. C'est un drôle d'horaire pour manger. Avec ma femme, on dîne toujours à 17 h 30 tapantes.

Clement lança un regard à Trudy.

— Nous pouvons retourner en ville et revenir plus tard, ou attendre ici. Que préférez-vous ?

Trudy soupira.

— On gaspillerait de l'essence en faisant deux voyages, souligna-t-elle avec pragmatisme. Cela vous dérange-t-il si nous nous promenons dans les jardins, monsieur Cricklade ?

— Bien sûr que non, c'est à ça qu'ils servent. Les tulipes et les forsythias sont en fleurs en ce moment dans le jardin ouest. C'est joli à voir. En plus, je viens de nettoyer l'étang.

Il pointa du doigt une grande haie d'ifs bien entretenue.

— Suivez-la et vous tomberez sur une entrée qui permet d'accéder au jardin de nœuds. Continuez jusqu'à dépasser le vieux cadran solaire, et vous trouverez une sortie qui vous mènera tout droit aux fleurs. Il y a un banc où vous pourrez vous asseoir, si le cœur vous dit.

— Merci, fit Trudy.

Le jardinier hocha la tête d'un air joyeux et prit la direction des piles de compost en sifflant un vieil air de Glenn Miller.

Trudy et Clement se dirigèrent lentement vers la haie d'ifs.

— Qu'allons-nous dire au châtelain quand il sera de retour ? demanda mollement Trudy.

— La vérité, répondit Clement. Quoi d'autre ?

— Vous allez lui raconter que nous avons été dessaisis du dossier par deux gorilles de la Special Branch qui surveillent son cousin ? lança-t-elle d'un air de défi.

— Et donner aux deux hommes une raison de plus d'être à couteaux tirés ? Je ne vois pas l'intérêt, et vous ? En plus, ce n'est pas quelque chose que le père d'Eddie serait heureux d'apprendre. Il voudra s'assurer que nous avons fait tout notre possible.

Trudy soupira.

— Vous avez raison. Je suis simplement d'humeur mesquine. Ce ne serait pas correct de faire ça, concéda-t-elle. C'est juste que je me sens tellement… tellement…

— Tiens, ne serait-ce pas Lallie ? dit Clement, qui tentait de la distraire.

Ils étaient sur le point de passer par une trouée dans la haie d'ifs pour rejoindre le jardin de nœuds situé un peu plus loin, lorsque le coroner avait aperçu le grand jardinier au pas traînant bouger dans les buissons, de l'autre côté d'une grande bordure enherbée.

— Je pense que si. Pourquoi ? fit Trudy d'un air désintéressé.

— Le jardinier en chef n'a-t-il pas dit qu'il manquait à l'appel ?

Trudy haussa les épaules.

— Il devait vouloir tirer au flanc une heure ou deux. Ça arrive à tout le monde.

— Venez, allons lui dire que son patron le cherche, lança Clement, résolu à trouver le moyen de tirer Trudy de sa torpeur.

— Je ne m'attends pas à ce qu'il nous remercie, le prévint Trudy, néanmoins soulagée de ne pas avoir à attendre sur un banc de jardin pendant plus d'une heure.

Mais quand ils atteignirent le massif d'arbustes, le jardinier n'était plus là.

— Il a dû retourner chez lui, déclara Clement. C'est l'heure du thé, non ? Allez, venez.

Trudy le suivit d'un air apathique. Bientôt, ils purent apercevoir la surface miroitante et argentée du lac à travers les arbres et, en se laissant guider par leurs souvenirs, ils finirent par retrouver la pittoresque – bien que modeste – maison de Lallie.

Cependant, lorsqu'ils frappèrent à la porte, personne ne répondit.

Clement se retourna et remarqua un bâtiment en bois délabré situé un peu plus loin sur la rive. Il eut alors une idée.

— Venez, allons faire une promenade autour du lac pour passer le temps. La soirée promet d'être belle.

Trudy acquiesça d'un signe de tête. Il avait sans doute raison. Le jour déclinait, et le ciel commençait à prendre cette couleur jaune tendre qui annonçait un beau coucher de soleil. Quelques éphémères dansaient déjà le long des rives, tandis qu'une poule d'eau, effrayée par leur présence, rejoignait le milieu du lac en caquetant de panique.

Mais avant qu'ils aient pu atteindre le bord de l'eau, un bruit juste à leur gauche les fit s'arrêter net. On aurait dit qu'une porte avait buté contre quelque chose, ce qui était plutôt étrange, compte tenu du lieu bucolique dans lequel ils se trouvaient.

— Ça devait venir de ce cabanon.

— Quel cabanon ? demanda Trudy.

— Celui-là, lança Clement en pointant du doigt la cabane délabrée. Vous savez, mademoiselle Loveday, vous devriez vraiment affûter votre sens de l'observation.

— Rho, ça va, grommela-t-elle.

Elle suivit tout de même docilement le coroner, qui avançait à travers les lauriers et les rhododendrons en direction d'une grande cabane en bois.

Comme prévu, la porte était ouverte. Un coup de vent la ferma sous leurs yeux, mais elle rebondit et se rouvrit aussitôt, leur confirmant qu'ils avaient trouvé l'origine du bruit.

Trudy avança et plaça un pied dans l'entrebâillement de la porte pour la bloquer, et c'est alors qu'elle remarqua du mouvement dans le cabanon. Étonnée sans toutefois être inquiétée par cette présence, elle ouvrit doucement la porte, jeta un œil à l'intérieur et aperçut Lallie qui se tenait debout et lui tournait le dos.

Une faux, une binette, un râteau et un balai à feuilles à dents larges pendaient à des clous accrochés au mur, et des conserves de pêches au sirop, un stock de tabac ainsi qu'une boîte de cacao s'empilaient sur des étagères en bois brut. À côté d'elle, près de la porte, un gros sac rempli presque à ras bord – vraisemblablement de pommes de terre – diffusait une odeur rance. De toute évidence, cet abri de jardin servait également de remise à Lallie ; il n'était situé qu'à quelques mètres du pavillon, ce qui en faisait l'endroit idéal pour stocker certaines de ses affaires.

Elle ouvrit la bouche pour parler, puis remarqua que Lallie semblait absorbé par quelque chose. Sa silhouette massive était penchée au-dessus d'un objet posé sur un grand cageot en bois qui lui servait manifestement de table.

Soudain, Trudy se figea. Elle s'était attendue inconsciemment à ce que le jardinier soit en train de réaliser une activité en rapport avec l'horticulture, comme repiquer des semis ou mettre du paillis dans des pots de fleurs. Mais rien d'aussi incongru que ce qu'il faisait en réalité…

Car le jardinier tenait entre ses mains une grosse somme d'argent. Des liasses et des liasses de larges billets blancs – une petite fortune, à vrai dire. Il les fourra dans un grand sac en papier marron déjà bien rempli. Trudy avisa alors, posée sur le cageot, une valise usée en cuir marron qui contenait des vêtements et un nécessaire de rasage. Le jardinier plaça le sac en papier dans la valise avant de la refermer et de la cadenasser, puis commença à se retourner.

— Lallie ? lança timidement Trudy.

Alors, brusquement, la situation bascula.

37

Au son de sa voix, le jardinier fit volte-face. Il s'était retourné avec une étonnante rapidité, mais Trudy se dit qu'après tout il était normal de réagir plus promptement que d'habitude quand on était surpris.

Or l'expression de son visage n'avait rien de normal. Le regard placide, doux et un peu rêveur qu'elle lui connaissait avait disparu, et elle se trouvait désormais face à un parfait inconnu.

Lallie avait le regard vif, brillant et dur. Sa mâchoire était serrée et tendue, et il avait pâli sous le coup de la rage.

Trudy tenta de faire un pas en arrière, mais le Dr Ryder se tenait juste derrière elle, et sa grande silhouette lui barrait le passage. Il avait fallu plusieurs précieuses secondes pour que ses yeux s'adaptent à la pénombre qui régnait dans le cabanon, et elle savait que son ami n'était pas encore conscient de la situation à laquelle ils étaient confrontés.

Elle-même n'en avait pas encore pris la pleine mesure. Elle avait à peine eu le temps de prendre note du changement qui s'opérait chez Lallie Clark, d'ordinaire si sympathique, que ce dernier se mettait déjà en mouvement. Un peu hébétée, Trudy le regarda diriger sa main droite vers le mur. Elle avait imaginé qu'il se baisserait et attraperait sa valise pleine d'argent – elle s'était même préparée inconsciemment à ce qu'il la charge et tente de la pousser hors de son chemin avant de s'enfuir.

Mais une seconde plus tard, elle comprit que ce n'était pas ce qu'il avait en tête et elle l'observa avec incrédulité tâtonner le long du mur et trouver le manche de la faux.

Trudy se remémora son grand-père en train de faucher. Elle avait beau être encore toute petite à l'époque, elle le revoyait nettement en train d'utiliser cet outil pour couper l'herbe dans les allées de son jardin ouvrier. Les hommes de sa génération n'avaient que faire des tondeuses à gazon dernier cri, et elle se souvenait d'avoir observé, fascinée, le corps de son grand-père encore souple penché en avant faire osciller la lame incurvée de droite à gauche à une cadence hypnotisante.

Elle se souvenait aussi qu'elle adorait le regarder en pleine action et que son grand-père insistait pour qu'elle reste toujours à plusieurs mètres de distance. « Cette lame est très tranchante, ma p'tite, elle pourrait te couper aussi facilement qu'elle fauche les touffes d'herbe », disait-il pour la mettre en garde.

Plus tard, il lui avait montré comment il faisait en sorte qu'elle reste aussi tranchante qu'une lame de rasoir en l'affûtant à l'aide d'une pierre ponce qu'il passait sur les deux faces de la faux, pour que l'outil balaye l'herbe sans se prendre dans les tiges. Parfois, il interrompait même son labeur pour l'aiguiser à nouveau. Et, après avoir fini son travail, il effectuait un dernier affûtage pour qu'elle soit prête à être utilisée la prochaine fois.

Or, si son grand-père le faisait, Trudy se doutait que Leonard Cricklade – qui était environ de la même génération – devait mettre un point d'honneur à ce que les outils de son personnel restent toujours impeccables et prêts à l'emploi.

Elle sentit sa bouche devenir sèche lorsque Lallie retira la faux de son support en bois dans un petit claquement métallique. Son estomac se noua, et elle fut prise de nausées en voyant ses doigts s'enrouler autour du manche et ses jointures devenir blanches à mesure qu'il resserrait sa prise.

Durant une interminable seconde d'incompréhension, le vide se fit dans l'esprit de Trudy, alors même qu'elle baissait les yeux vers le sol.

Puis une vague de terreur absolue la submergea et dissipa ce moment d'absence lorsqu'elle releva les yeux vers ceux du jardinier et aperçut la noirceur de son regard.

Ses hanches effectuèrent une rotation.

Ses épaules pivotèrent vers la droite.

Son bras droit, auparavant tendu, se plia au niveau du coude.

Désormais libéré de cette étrange torpeur paralysante, l'esprit de Trudy analysa la situation pour elle.

L'homme s'apprêtait à brandir sa faux. Il allait abattre cette lame solide et tranchante comme un rasoir à l'endroit qu'elle occupait actuellement.

Et, s'il faisait cela, il la tuerait.

Trudy sentit sa bouche s'entrouvrir de façon comique.

Elle allait mourir.

Elle percevait encore le petit grognement que Clement Ryder avait poussé quand elle avait reculé et lui était rentrée dedans. Elle entendait sa propre respiration haletante et sentait l'odeur du hangar – un mélange de poussière et d'effluves de pommes de terre et d'huile.

Elle sentait aussi son bras droit bouger. Son inconscient avait dû lui intimer l'ordre d'attraper sa matraque.

Mais elle ne pouvait pas reculer, car son ami se tenait toujours dans l'embrasure de la porte et lui barrait le passage.

Elle devait donc se baisser – c'était la seule option qui lui restait.

Elle se laissa tomber à genoux.

Au même moment, elle se dit que Clement n'avait sans doute pas encore vu Lallie ni compris ce qu'il comptait faire avec ce qu'il tenait dans les mains et elle sut qu'elle devait le mettre en garde. Une fois que Lallie se serait occupé d'elle, Clement serait le suivant.

— Attention ! s'entendit-elle hurler.

Tandis qu'elle se recroquevillait sur elle-même, la matraque qu'elle tentait d'extraire de sa ceinture se retrouva bloquée au niveau de sa taille.

Levant les yeux, elle aperçut la faible lumière du jour filtrant à travers la vitre sale de la petite fenêtre se réfléchir sur la lame de la faux. D'une étrange façon, c'était presque beau à voir.

Elle entendit un bruit et comprit qu'il s'agissait d'un sanglot. Bien sûr, c'était elle qui avait poussé ce gémissement empreint de frustration et de désespoir, car elle savait qu'elle ne réussirait pas à sortir sa matraque à temps.

Lallie brandissait déjà la faux au-dessus de sa tête.

Si Trudy parvenait à dégager son arme, aurait-elle le temps de la lever au-dessus d'elle pour se protéger ?

Et, même si elle réussissait à le faire, il ne fallait pas oublier que la lame de la faux était courbée. Dans l'éventualité où la partie centrale serait retenue par la matraque, l'extrémité incurvée risquerait quand même de...

Quoi ? De lui arracher l'œil ? De lui trancher la joue, la laissant défigurée ? Ou de lui perforer le cou, cette partie du corps si vulnérable où passaient tant d'artères ?

Elle entendit un rugissement derrière elle. Elle savait que c'était son ami qui avait crié quelque chose. Il avait donc enfin vu ce qui se passait et compris la situation. Elle percevait tant de choses dans ce cri inarticulé – le choc, le déni, et une rage aussi puissante que la fureur meurtrière de Lallie. Mais aussi du désespoir – et de la peur.

Cela la réconfortait de savoir qu'elle ne mourrait pas seule. Quelqu'un qu'elle aimait serait témoin de sa mort et saurait ce qui lui était arrivé. Elle ne rejoindrait pas les ténèbres, et quoi qu'il y eût au-delà, sans un autre être humain à ses côtés.

De manière presque imperceptible, la terreur glaçante qui l'avait envahie plus tôt commença à se dissiper.

Elle espérait tout de même que Clement réussirait à échapper à Lallie une fois que ce dernier aurait dirigé son attention vers lui. Elle était certaine qu'il y parviendrait, d'une manière ou d'une autre. Sans savoir exactement pourquoi, elle croyait en lui. Le vieux vautour était plus intelligent que Lallie, et il ne serait pas pris au dépourvu. Il ne constituerait pas une proie facile pour le jardinier assassin.

La faux se rapprochait. Sa trajectoire en arc de cercle allait bientôt atteindre sa peau délicate.

Mais il n'était pas question de faciliter la tâche à ce salaud !

Un frisson lui parcourut l'échine.

Où atterrirait la pointe de cette lame arquée ?

Son corps se contracta, comme s'il sentait déjà le métal froid traverser sa chair.

Elle ferma les yeux.

Elle se mit à prier.

Elle allait mourir.

Elle n'était pas prête.

Que pouvait-elle demander à Dieu ? Que…

Elle entendit Lallie crier, puis Clement jurer et pousser un râle, et Trudy sentit les genoux du coroner lui heurter la hanche, la faisant presque tomber à la renverse.

Un objet la percuta – une chose arrondie et dure. Elle reçut un second coup à la nuque. Mais qu'est-ce que c'était que ça, bon sang ?

Elle ouvrit les yeux et, sans relever la tête, jeta un regard en biais.

Et, soudain, une pluie de pommes de terre s'abattit sur elle.

Pendant un instant, son cerveau lâcha prise. C'en était trop. Elle s'était préparée mentalement à rencontrer le Créateur, et maintenant ça ?

Curieusement, Trudy se retrouva alors dans l'appartement de Marjorie Chandler, à observer les étranges tableaux, et elle fut prise d'une folle envie de rire. Même si elle n'avait pas tout compris du cours de Clement, elle avait maintenant l'impression de faire elle-même partie d'une peinture surréaliste.

Il pleuvait des patates !

Le temps reprit sa course, et elle se retrouva étendue par terre. Elle entendait des grognements et des jurons, et sentait des pieds fouler le sol dangereusement près d'elle. Elle comprit soudain que Clement et Lallie se battaient et qu'ils la bousculaient tandis qu'elle se recroquevillait au sol.

Elle fut alors prise d'un accès de rage.

Clement avait un certain âge, Lallie était bien plus jeune et plus grand que lui – et il avait toujours la faux à la main. Le salaud ! Comment osait-il essayer de faire du mal à son ami ?

Elle rampa à reculons, se tortillant pour extraire l'une de ses mains de sous son corps. Puis elle chercha à tâtons jusqu'à trouver un mur. Avec un grognement, elle parvint à se presser contre la cloison en ramenant les genoux sous elle.

Clement, dont la voie avait été dégagée, se jeta à corps perdu sur le jardinier. Il empoigna le bras droit de Lallie de ses deux mains, l'empêchant d'utiliser sa faux.

Alors que Trudy – qui haletait comme un train à vapeur sous l'effet du choc, mais aussi de la rage et de la peur qu'elle ressentait – parvenait enfin à se relever, elle remarqua que la position de Clement le rendait vulnérable aux attaques. Avec les mains sur le bras de Lallie, son abdomen n'était pas du tout protégé.

Trudy libéra enfin sa matraque de sa ceinture et, tandis qu'elle commençait à avancer vers les deux hommes, Lallie – qui n'était pas étranger aux combats déloyaux – projetait déjà son bras libre vers le bas, son poing serré percutant violemment les côtes du coroner.

Clement laissa échapper un cri de douleur et de colère, et il se plia en deux sans toutefois lâcher sa prise.

Le jardinier fléchit le coude gauche vers l'arrière, se préparant à asséner un nouveau coup de poing dévastateur, mais Trudy, synchronisant sa frappe avec la sienne, brandit sa matraque vers le haut à la manière d'un uppercut tandis qu'il projetait son bras vers le bas, et l'extrémité arrondie de la matraque heurta son poignet dans un claquement retentissant.

Le hurlement de douleur et de révolte poussé par Lallie emplit le cabanon et fit sursauter Trudy. Le jardinier, qui fixait d'un air venimeux la tête baissée du coroner, se tourna alors vers elle, et Trudy ne put s'empêcher de tressaillir en voyant la fureur meurtrière qui imprégnait son regard. Mais heureusement, elle fut aussitôt gagnée par une rage aussi intense que celle de Lallie et se sentit pousser des ailes.

Elle fit un pas en avant et leva sa matraque bien haut avec l'intention de l'assommer.

Mais Lallie était un ancien soldat. Il avait déjà été amené à se battre et n'avait pas l'intention de renoncer à son butin – à savoir, l'argent pour lequel il avait été prêt à faire du chantage et à tuer –, ni d'aller en prison.

Avec un rugissement, il poussa de toutes ses forces Clement, qui, encore à moitié plié de douleur à cause du coup qu'il avait reçu dans les côtes, se sentit tomber à la renverse.

Trudy enjamba son ami et pivota sur elle-même, comme elle avait vu Lallie le faire quelques instants plus tôt.

Avec son bras droit désormais libre, Lallie brandit de nouveau son arme.

Mais cette fois-ci Trudy ne pensait pas à la lame. La vision de la faux ne la paralysait plus de peur. Tout ce qu'elle voulait, c'était faire en sorte que son ami soit épargné. Et elle y parviendrait, quoi qu'il en coûte.

Quand Clement avait eu l'occasion de s'enfuir et de sauver sa peau, il avait préféré se jeter sur l'agresseur de Trudy. La moindre des choses était de lui rendre la pareille.

Trudy se mit à bouillonner de rage, de façon presque incontrôlable. Alors, comme ça, cet homme – ce *tueur d'enfant* – pensait réussir à s'en tirer en toute impunité ? Mais ce n'était pas le pauvre petit Eddie Proctor que Lallie avait en face de lui. Trudy n'était pas une gamine de onze ans. Et elle allait lui montrer qu'il s'en était pris à la mauvaise personne cette fois-ci !

Elle commença à lever la main mais vit que, par un mouvement du poignet, Lallie renvoyait déjà la faux dans sa direction.

Il n'y avait aucune comparaison possible entre la portée dont disposait une petite matraque et celle d'une faux au long manche et à la lame arquée. C'est pourquoi Trudy inclina elle aussi son poignet ainsi que la matraque tout en se rapprochant du jardinier. Cela avait beau sembler contre-intuitif, elle savait qu'elle n'avait pas d'autre choix. Paradoxalement, plus elle se tiendrait près de lui, plus le jardinier aurait du mal à l'atteindre.

Elle changea sa prise sur la matraque qu'elle tenait à un angle oblique et la repositionna à l'horizontale. Puis, aussi vite qu'elle le put, elle frappa de toutes ses forces vers le haut et l'avant. Le bout arrondi de l'arme atteignit Lallie à la gauche de la gorge – et non pile au centre, comme elle l'espérait. Quoi qu'il en soit, cela suffit à lui couper la respiration.

Aucun être humain n'aime s'étouffer. Une panique instinctive prend toujours le dessus et, sans réfléchir, Lallie lâcha la faux et porta les deux mains à sa gorge. Son visage commença à s'empourprer, et il roula horriblement les yeux.

Trudy saisit l'occasion pour agir. Alors que l'homme se penchait en avant et tentait de reprendre son souffle, elle fit un pas en arrière, changea une nouvelle fois de prise et abattit aussitôt sa matraque avec force sur l'arrière du crâne nu de Lallie.

Le coup produisit un craquement atroce qui résonna au plus profond de son être.

Et, en l'espace d'un instant, tout bascula à nouveau.

38

Lallie s'effondra aux pieds de Trudy, complètement inerte.

La jeune femme entendit très distinctement une voix effarée lui lancer depuis un recoin de sa tête : *Tu l'as tué.*

Elle se figea, pétrifiée. Pendant un instant, c'était elle qui ne pouvait plus respirer. Elle qui ne voyait plus rien, ne sentait plus rien.

Puis elle déglutit avec difficulté.

Elle fit un nouveau pas en arrière.

Tu viens de tuer un homme, répéta la voix.

Trudy secoua la tête. Non, c'était faux. N'est-ce pas ? C'était impossible. Elle n'avait jamais voulu…

Elle se remit à prier. Il lui semblait qu'une éternité s'était écoulée depuis qu'elle s'était adressée à Dieu pour la première fois. Seulement, à présent, ce n'était plus pour invoquer sa miséricorde ni pour lui demander d'accueillir son âme. Elle implorait son pardon. *Tu ne tueras point.* Une vieille leçon de catéchisme lui revint alors en mémoire, tout comme le pasteur étonnamment jeune qui rabâchait les dix commandements d'un air las.

Elle avait transgressé le… Quel numéro était-ce ?

— Trudy !

Cette fois, la voix était bien réelle. Elle avait du corps, était empreinte de chaleur humaine, et elle provenait d'un endroit dans le cabanon, pas de sa tête.

Elle fixa l'homme à ses pieds, se mettant soudain à espérer qu'il…

Puis elle perçut du mouvement et tourna la tête. Clement se remettait debout tant bien que mal. Il jeta un coup d'œil au visage à la fois ahuri, horrifié et livide de Trudy, et prit une profonde inspiration.

— Tout va bien, Trudy. C'est fini. Vous avez fait ce qu'il fallait.

Trudy le regarda fixement. Elle avait fait ce qu'il fallait ? Non, ça n'avait aucun sens. Elle venait de tuer un homme. C'était exactement le contraire de ce qu'il fallait faire.

Clement se dirigea vers elle en boitant, ses côtes meurtries protestant furieusement à chacun de ses pas. Une fois près d'elle, il toucha sa main. Elle était glacée. Les doigts de la jeune femme enserraient la matraque aussi fermement qu'un étau.

— Trudy, vous pouvez lâcher ça, maintenant, dit-il.

Elle le fixa de nouveau et parvint à murmurer :

— Lâcher quoi ?

Ses lèvres étaient craquelées et sèches. Tout comme son cœur. Et son âme.

— Ouvrez votre main, Trudy, répéta Clement.

Ces mots lui semblaient n'avoir aucun sens. Ouvrir sa main ? Qu'est-ce que ça voulait dire ?

Elle observa son ami et perçut de la tristesse et de la sollicitude dans ses yeux gris humides. Ces derniers s'écartèrent du visage de Trudy pour se diriger vers autre chose. Elle suivit le regard de Clement et aperçut sa propre main, puis celle du coroner qui l'entourait et, finalement, la matraque.

— Oh ! dit-elle.

Trudy mit toutefois un certain temps à desserrer les doigts. Lorsqu'ils se détendirent enfin, son corps tout entier sembla vouloir se relâcher à son tour.

— J'ai tué un homme, dit-elle simplement.

Après lui avoir retiré la matraque des mains, Clement s'accroupit et poussa un grognement lorsque ses côtes lui indiquèrent sans détour ce qu'elles pensaient de ce changement de position. Il plaça ensuite deux doigts sur le côté du cou massif du jardinier.

— Non, vous ne l'avez pas tué. Il a encore un pouls.

Le coroner fronça les sourcils, inquiété par la lenteur et la faiblesse du rythme cardiaque de Lallie, puis releva les yeux.

— Trudy, il faut que vous alliez au manoir et que vous appeliez une ambulance.

Mais elle n'entendit pas la dernière partie de la phrase. Son esprit était trop occupé à savourer les premiers mots du coroner et la joie intense qu'ils lui avaient procurée. Il avait un pouls. Elle ne l'avait pas tué.

— Trudy ! cria Clement.

La jeune femme sursauta et cligna des yeux.

— Qu'est-ce qu'il y a ?

— Courez appeler une ambulance au château. Tout de suite !

— Ah, oui ! dit Trudy en regardant autour d'elle.

Elle trouva la porte et sortit du cabanon, déconcertée par la lumière du soleil et les chants d'oiseaux qui l'accueillirent. Elle pouvait voir le lac – il était magnifique. Tout lui paraissait si étrange. Comment le monde pouvait-il être encore aussi beau ?

Mais elle reprit aussitôt ses esprits. Elle avait une mission. Trouver le château. Appeler une ambulance. Voilà ce qu'elle devait faire.

L'espace d'un instant, elle ne se rappela plus dans quelle direction se trouvait le manoir et fut prise de panique. Mais elle parvint finalement à s'en souvenir et se mit en route. Au début, ses jambes étaient engourdies et flageolantes mais, après un moment, elle en reprit peu à peu le contrôle et cessa de tituber comme une ivrogne pour se mettre à courir pour de bon.

Elle devait parvenir au château.

Elle filait à toute allure à présent, et Leonard Cricklade la regarda passer comme une flèche devant le potager d'un air médusé, sa mâchoire parsemée de poils blancs se décrochant de façon comique. Elle était à bout de souffle lorsqu'elle atteignit le perron mais, par chance, la confusion due au choc semblait s'être dissipée. Elle monta les marches en courant et tambourina à la porte.

Après plusieurs secondes qui lui semblèrent avoir duré une éternité, le battant s'ouvrit enfin, et elle se trouva face à Mme Roper. La gouvernante arborait son éternel air renfrogné et, pendant une seconde, Trudy eut une troublante impression de déjà-vu.

— Je vous l'ai dit, le châtelain n'est pas…

La gouvernante se mit à criailler comme un perroquet outré quand Trudy – qui n'était pas d'humeur à composer avec l'opiniâtreté de la vieille femme – la bouscula littéralement et entra dans le château.

— J'ai besoin du téléphone, haleta-t-elle.

— Mais qu'est-ce que ça signifie… ? lâcha avec colère la gouvernante.

Trudy se retourna vers elle d'un air féroce, et Mme Roper se calma aussitôt.

— Un homme est grièvement blessé et il a besoin d'une ambulance. Maintenant, dites-moi où se trouve le téléphone le plus proche, lança-t-elle en criant presque de frustration.

Sans ajouter un mot, la gouvernante pointa du doigt une porte, et Trudy s'engouffra dans la pièce. C'était un petit cabinet de travail, et un téléphone se trouvait sur le bureau. Elle se jeta sur l'appareil et composa le numéro du standard téléphonique d'une main tremblante.

Dans un premier temps, elle demanda à être mise en communication avec le service ambulancier. Elle donna l'adresse de Briar's Hall et précisa que quelqu'un les attendrait à l'entrée principale pour leur indiquer le chemin. Puis elle hésita un instant et demanda finalement à l'opératrice de la mettre en relation avec son commissariat.

Par chance, ce fut Walter Swinburne qui décrocha à nouveau. Trudy n'aurait pas été capable d'endurer un sermon du capitaine Jennings en l'état actuel des choses. Elle fit donc un rapport succinct de ce qui s'était passé au vieux policier, arrachant un cri de surprise à la gouvernante qui se tenait dans l'embrasure de la porte et écoutait sans vergogne la conversation.

Trudy demanda à ce que des policiers soient envoyés immédiatement en renfort au Hall avant de raccrocher.

Elle se tourna ensuite vers la gouvernante. Le dragon qui protégeait le château et les secrets des de Lacey semblait avoir fait place à une femme âgée effrayée et abasourdie.

— Il faudrait que vous attendiez sur le perron, et qu'à l'arrivée des ambulanciers et des policiers vous leur disiez d'aller au lac, près du pavillon où vit Lallie Clark. Il faudra aussi leur indiquer le chemin. Pouvez-vous vous en charger ? demanda-t-elle avec douceur.

— Oui, madame.

— Parfait.

Trudy prit les mains froides de la gouvernante dans les siennes et les serra pour la réconforter, puis elle sortit du bureau et rejoignit l'entrée du manoir.

Elle ne courait plus à présent. En réalité, elle n'avait presque plus d'énergie. Elle était épuisée rien qu'à l'idée de devoir marcher jusqu'au lac. Elle descendit néanmoins les marches comme elle put et s'élança d'un pas résolu à travers la pelouse.

Alors qu'elle longeait la haie d'ifs, elle dut faire une halte dans un coin à l'abri des regards pour vomir longuement entre deux buissons de lauriers.

Elle se sentit un peu mieux après ça.

Lorsqu'elle arriva au cabanon, elle ne rêvait que d'une chose : s'étendre sur l'herbe, pleurer un bon coup et s'endormir. Dans cet ordre-là.

Clement attendait près de la porte ouverte de la cabane. Légèrement penché en avant, il se tenait les côtes d'une main et grimaçait à chaque inspiration. Mais quand il aperçut Trudy, il se redressa et parvint à esquisser un pâle sourire.

La jeune femme le regarda droit dans les yeux. Elle avait besoin de savoir, mais redoutait la réponse du coroner.

— Il est mort ? demanda-t-elle avec fatalisme.

39

Une demi-heure plus tard, Clement et Trudy, épuisés et sous le choc, étaient assis sur la pelouse de Briar's Hall et regardaient l'ambulance dans laquelle se trouvait Lallie Clark partir en trombe.

Le coroner observait le véhicule s'éloigner avec un mélange d'émotions contradictoires. D'un côté, son ressentiment le poussait presque à espérer que le jardinier mourrait avant d'arriver à l'hôpital. D'un autre, il souhaitait que Lallie se rétablisse complètement. Mais uniquement parce que cela était dans l'intérêt de Trudy…

Assis dans sa voiture, le capitaine Jennings ne savait pas s'il devait être content ou furieux. Il avait été informé qu'une personne de la Special Branch était en chemin, qu'il devait attendre son arrivée et coopérer pleinement avec elle.

Clement avait vu arriver le capitaine le premier, et il était parvenu à l'intercepter avant qu'il approche sa protégée et commence à la submerger de questions.

Il l'avait informé de tout ce qui s'était passé, en insistant sur le fait que Trudy et lui avaient seulement voulu suivre ses ordres et qu'ils n'auraient pas pu prédire que cette attaque inattendue et non provoquée aurait lieu.

Il était vrai que tout cela avait été totalement imprévisible.

Sentant peut-être que sa stagiaire était à deux doigts de s'effondrer, Jennings s'était laissé reconduire à sa voiture par Clement, où il attendait et réfléchissait à présent.

Pourrait-il raconter que l'enquête avait été un franc succès ? Après tout, il ne faisait désormais plus de doute que le garçon avait bien été assassiné, et son agent avait vraisemblablement appréhendé le tueur d'Eddie. Et sauvé la vie du coroner de la ville, par la même occasion.

D'un autre côté, la Special Branch ainsi que les gens de Whitehall à qui elle rendait des comptes n'allaient pas être contents. D'autant que les inspecteurs Robinson et Brown avaient quitté son bureau en pensant avoir étouffé l'affaire et clos l'enquête.

La presse n'avait bien sûr pas encore eu vent de ce qui s'était passé et, tel qu'il connaissait le gouvernement en place, il ne tarderait pas à émettre un avis de défense sur toute l'histoire, ce qui signifiait que les journaux ne pourraient de toute manière rien publier sur le sujet. Donc peut-être que cette histoire ne tournerait pas au désastre, tout compte fait !

Jennings soupira et se passa une main dans les cheveux tout en observant par la fenêtre de sa voiture les deux personnes qui semblaient décidées à faire de sa vie un enfer.

De son côté, Trudy ignorait tout du désarroi de son capitaine.

Au contraire, maintenant qu'elle avait repris le contrôle de sa respiration et qu'elle savait que Lallie Clark n'était pas mort, elle avait retrouvé un peu de son calme.

Depuis un certain temps déjà, Clement et elle étaient assis dans un silence cordial, trop épuisés pour penser, et a fortiori pour parler. Pour sa part, Trudy s'était contentée de savourer le fait d'être encore en vie.

Mais à présent, son esprit agité commençait à exiger des réponses. Les premiers mots qui sortirent de sa bouche la prirent elle-même au dépourvu.

— Est-ce que j'ai rêvé ou il s'est mis à pleuvoir des pommes de terre dans le cabanon, à un moment ?

À côté d'elle, Clement tressauta, puis il eut un bref éclat de rire, semblable à un grognement.

— Vous n'avez pas rêvé. Quand je suis entré dans le cabanon à votre suite, je n'y voyais rien. J'ai seulement compris que quelque chose ne tournait pas rond quand vous avez essayé de dégainer votre matraque et que vous vous êtes accroupie. Et, juste après, vous m'avez crié de faire attention.

Trudy hocha la tête. C'était étrange. Pour le Dr Ryder, tout cela semblait s'être déroulé en une fraction de seconde, alors qu'elle avait l'impression qu'il s'était écoulé des heures entre ces différents instants.

— J'ai vu Lallie brandir sa faux et je me suis mis à chercher autour de moi quelque chose dont je me pourrais me servir pour l'arrêter. Mais tout ce qu'il y avait à proximité, c'était ce sac bosselé près de la porte, poursuivit Clement d'une voix fatiguée. Je l'ai attrapé avec l'intention de le jeter sur lui pour le déséquilibrer, mais il était étonnamment lourd - beaucoup trop pour que je puisse le lancer. Donc je me suis placé au-dessus de vous et j'ai levé le sac en espérant parer le coup.

Trudy fit un nouveau signe de tête. Voilà pourquoi il se tenait si près d'elle et pourquoi elle avait reçu des coups de genou.

— Quand la faux s'est abattue, elle a perforé le sac, et des pommes de terre se sont déversées au sol, ajouta-t-il. Heureusement, il y en avait suffisamment pour retenir la frappe. La faux a tranché une ou deux pommes de terre, et je crois que la pointe de la lame s'est même retrouvée coincée dans l'une d'elles. Quoi qu'il en soit, je me suis jeté sur lui et je l'ai plaqué au mur. Je suis désolé, je crois que je vous ai marché dessus à un moment donné.

— Ça ne m'a pas dérangée, croyez-moi, dit-elle en s'efforçant de rire.

Puis elle ajouta doucement :

— Vous m'avez sauvé la vie, docteur Ryder.

Assis à ses côtés, Clement haussa les épaules.

— Et, environ deux secondes plus tard, c'est vous qui m'avez sauvé, lui fit-il remarquer d'une voix tout aussi basse.

Trudy cligna des yeux. Était-ce vrai ?

— Non, je ne crois pas.

Clement poussa un long soupir.

— Quand j'agrippais le bras avec lequel Lallie tenait la faux, il m'a donné un coup dans les côtes, et je suis tombé. Si vous n'étiez pas intervenue, il m'aurait enfoncé cette lame dans le dos. Et je peux vous assurer que je n'aurais pas survécu. Vous pouvez me faire confiance ; rappelez-vous, j'ai été chirurgien par le passé. Je ne dis pas ça en l'air.

Trudy hocha la tête et parvint à rire une nouvelle fois.

— Alors, nous sommes quittes ?

— J'en ai l'impression.

Ils gardèrent le silence un instant, songeant à ce qu'ils venaient de dire, puis Trudy lança :

— Quand j'ai aperçu Lallie et que j'ai pris conscience du fait qu'il allait essayer de me tuer, j'ai vu une telle violence dans son regard… comme s'il avait perdu toute son humanité. Vous pensez que c'est la guerre qui l'a rendu comme ça ?

— C'est presque certain, acquiesça Clement d'un air grave. J'ai moi-même servi en France, dans les tentes de la Croix-Rouge. Tout ce dont je me souviens, c'est d'interminables journées passées à opérer, et d'hommes – très jeunes pour certains – arrivant avec d'horribles blessures. Nous faisions de notre mieux pour leur sauver la vie et les remettre sur pied, mais quelques-uns d'entre eux… Parfois, je me demandais s'il n'aurait pas mieux valu qu'ils meurent. Je sais que c'est terrible à dire, mais… Un de mes amis travaillait dans une unité psychiatrique, et ce qu'il a pu me raconter sur les séquelles psychologiques des traumatismes de guerre… Bon, arrêtons de penser à tout cela, suggéra-t-il.

— D'accord, déclara Trudy, à qui cela convenait très bien.

Après quelques secondes de réflexion, elle ajouta tristement :

— Nous nous sommes vraiment trompés sur son compte, pas vrai ? Je parle de Lallie.

Clement hocha la tête.

— Oui. Comme beaucoup de gens j'imagine.

— Il semblait si… je ne sais pas… inoffensif, dit Trudy en secouant la tête. Nous pensions qu'il était calme et gentil. Je sais bien qu'on nous a raconté qu'il était simple d'esprit, alors que c'est manifestement faux. Mais de notre côté, nous avons cru les gens sur parole. Pourquoi ? À cause de sa façon de traîner les pieds ? Parce qu'il n'était pas très bavard et que, les rares fois où il parlait, il s'exprimait lentement et avec un fort accent de la campagne ?

— Probablement. On met facilement les gens dans des cases. Lallie est réservé et presque invisible, ce qui fait que les gens présument qu'il est un peu simplet. Mais en réalité, je pense qu'il est aussi intelligent que n'importe quel autre villageois.

— Donc, que croyez-vous qu'il se soit passé exactement ? demanda Trudy en jetant un regard autour d'elle.

Briar's Hall se dressait dans le soleil couchant. La lumière du soir faisait scintiller sa façade carrée en pierre des Cotswolds, et donnait des couleurs plus vives et des contours plus nets à ses parterres de fleurs. Un merle chantait du haut d'un buisson tandis qu'un papillon citron voletait devant eux à la recherche de nectar. Cet endroit ressemblait à un paradis sur terre.

Mais bien sûr, ce genre de lieu n'existait pas.

— Lallie a tué Eddie, n'est-ce pas ? dit simplement Trudy.

— Oui, c'est ce que je pense. Tant qu'il n'a pas repris connaissance et ne nous a pas livré sa version des faits, cela reste une supposition, mais d'après moi les choses se sont probablement déroulées de cette manière : Eddie et Emily ont découvert les

« cours de lutte » que prenait Oliver, et je pense qu'Eddie en a informé Lallie. Peut-être qu'il s'est tourné vers lui, car il considérait que la lutte était un sport d'hommes et parce que Emily s'était vite lassée du jeu des espions. N'oubliez pas que Lallie était leur « ami ». Il leur avait fabriqué un chariot dans lequel s'amuser et il leur dénichait des nids d'oiseaux à observer. Le garçon n'avait aucune raison de lui cacher sa découverte.

Trudy fut parcourue d'un frisson.

— Continuez, dit-elle néanmoins d'un air résolu.

— Je pense que Lallie a tout de suite deviné de quoi il était vraiment question. Et, une fois qu'il a su où chercher, il n'a pas dû tarder à aller observer les visiteurs du hangar à bateaux et voir par lui-même ce qui s'y passait.

— Et il l'a fait chanter, n'est-ce pas ? Je parle d'Oliver de Lacey. C'est comme ça qu'il a obtenu tout cet argent ?

— C'est très probable. Après tout, si l'on considère les choses de son point de vue, cela paraît presque logique, déclara sombrement le coroner. Il est parti se battre pour son roi et sa patrie, et il a vu des choses qui feraient perdre la tête à n'importe qui. Petit paysan sans histoire, rien ne pouvait le préparer au massacre des tranchées, ni aux autres atrocités auxquelles il a dû assister. Et, lorsqu'il rentre enfin chez lui après avoir connu l'horreur, qu'est-ce qu'il obtient en échange ? Une vie digne d'un héros ? Non, loin de là !

— Il apprend que sa vieille mère est morte et que leur cottage a été loué à quelqu'un d'autre, dit Trudy d'un air désabusé.

— Et, dans sa grande bonté, le châtelain lui propose de s'installer dans un kiosque de jardin ! Sans rien, pas même l'eau courante. Oh ! et il lui offre aussi un travail de jardinier qui ne rapporte sans doute pas un sou. Et il devrait être *reconnaissant* ? Il n'y a rien d'étonnant à ce qu'il se soit sans doute dit que les de Lacey avaient une dette envers lui. Et quand il a découvert qu'Oliver n'était pas l'homme à femmes qu'il prétendait être – et qu'il était même tout l'opposé, en réalité – une occasion rêvée de se venger, mais aussi de s'enrichir, s'est présentée à lui.

Trudy se tortilla sur l'herbe dure, trop épuisée pour s'installer plus confortablement.

— Et, d'une manière ou d'une autre, Eddie l'a découvert – je parle de l'argent de Lallie. C'est ce qui a dû se produire, puisque George a entendu sa sœur et Eddie parler d'un trésor. On comprend à présent pourquoi Emily aurait dit que l'argent n'était pas à eux – il appartenait à Lallie. Je me demande comment ils l'ont appris.

Clement haussa les épaules.

— Si Lallie n'avoue pas, on ne le saura peut-être jamais. Mais ils ont probablement continué à jouer aux espions et, un jour, ils ont dû décider de suivre Lallie et l'apercevoir récupérer une somme d'argent ou cacher son butin. J'imagine qu'il demandait à Oliver de déposer l'argent à différents endroits de la propriété par le biais de messages. Et, une fois qu'il était sûr que M. de Lacey était parti, il le récupérait.

— Pensez-vous qu'il cachait l'argent dans le cabanon ? demanda Trudy.

— C'est possible. Ou peut-être qu'il avait une autre cachette. Les enfants l'auraient alors vu s'y rendre, et cela aurait piqué leur curiosité. Une fois Lallie parti, ils auraient découvert le « trésor » dont George les a entendus parler plus tard.

— Vous pensez qu'ils ont pris une partie de l'argent ? demanda Trudy, qui réfléchissait à voix haute. Et Lallie l'aurait remarqué ? C'est comme ça qu'il aurait su que les enfants avaient compris ce qu'il trafiquait ?

— Oui, c'est une possibilité. Mais peut-être qu'Eddie lui a simplement posé la question. Il n'avait que onze ans, rappelez-vous, et il ignorait sans doute ce qu'était le chantage. Tout ce qu'il savait, c'était que son ami, celui qui le laissait voler des prunes sans lui courir après, cachait un fabuleux magot. Il voulait certainement connaître tous les détails de cette histoire, et le plus simple était encore de demander à Lallie.

Trudy frémit rien que d'y penser. Quelle naïveté ! Elle imagina le petit garçon, interrogeant Lallie à propos de l'argent et se demandant peut-être à voix haute ce que son ami allait en faire. Allait-il acheter une voiture ou un bateau, ou partir dans un bel endroit pour les vacances ? Et tout ce temps passé à babiller avec excitation avait signé son arrêt de mort. Car Lallie devait savoir que ce n'était qu'une question de temps avant que le garçon se mette à parler. Et alors…

— Lallie ne pouvait pas prendre le risque de voir Oliver de Lacey découvrir l'identité de son maître chanteur, n'est-ce pas ? dit-elle. Il aurait fait n'importe quoi pour que le frère du châtelain ne sache jamais qui l'escroquait.

— Oui, c'est ce que je crois. Lallie a vu par lui-même la façon dont tourne le monde – comment les officiers ont toujours l'ascendant sur les soldats, et combien il est facile pour les riches et les puissants de se montrer impitoyables avec des gens comme lui. Il savait qu'il courrait un danger si son identité venait à être révélée. Et le petit Proctor était en mesure de le dénoncer.

Trudy sentit une larme rouler sur sa joue.

— Donc, le dimanche de Pâques, il s'est débrouillé pour attirer Eddie jusqu'au puits. Probablement à l'aide d'un petit mot qui a dû titiller son goût pour l'aventure, comme un code secret lui demandant de le retrouver au puits. Et puis… il l'a simplement poussé dans le trou ?

Elle pouvait à peine croire qu'elle venait de prononcer ces paroles. Cela lui semblait si cruel, presque inconcevable.

— Non, répondit Clement. Lallie a sans doute appris à tuer vite et sans un bruit. Je pense qu'il a dû commencer par lui briser la nuque. Après tout, s'il avait simplement jeté Eddie dans le puits, rien ne garantissait que la chute lui serait fatale ou qu'il perdrait connaissance et se noierait. Il risquait de survivre et d'appeler à l'aide. Et quelqu'un aurait pu l'entendre.

— Oh ! s'il vous plaît, arrêtez, gémit Trudy.

Sans un mot, Clement tendit la main et la posa sur celle de la jeune femme. Ils restèrent à nouveau assis en silence durant quelques minutes, puis ils entendirent quelqu'un les saluer.

C'était le châtelain en personne, Martin de Lacey, qui traversait la pelouse. Il avait fait un détour après avoir remarqué les voitures de police toujours garées dans l'allée principale. Le bas de son pantalon était mouillé, et Trudy se souvint qu'on lui avait dit quelque chose au sujet d'un d'arbre tombé en travers d'un ruisseau.

Lui qui était rentré chez lui en imaginant prendre le thé et passer une soirée tranquille se retrouvait désormais confronté à cette histoire. Mais pour l'heure, Trudy avait du mal à le plaindre.

— Qu'allons-nous lui dire ? demanda-t-elle.

— La vérité, dit Clement.

— Vous pensez qu'il sait, pour son cousin ?

— Oh oui ! répondit Clement d'un ton catégorique. Et la mère d'Oliver est certainement au courant elle aussi.

Se remémorant son entrevue avec Sylvia de Lacey et sa nervosité chaque fois qu'il avait été question d'inconnus se promenant sur le domaine, Trudy se rangea en silence à l'avis de Clement.

— Que se passe-t-il ? leur cria de loin Martin de Lacey.

Soudain, de façon assez déconcertante, Jennings vola à leur secours. Le capitaine sortit en hâte de sa voiture et intercepta le châtelain. Après tout, il n'allait pas laisser passer cette occasion en or de se mettre en avant et de se faire bien voir d'un homme important.

Avec un soupir de soulagement, Clement et Trudy l'observèrent accoster le maître des lieux et le conduire jusqu'au manoir.

— Nous allons devoir parler aux Proctor, et le plus tôt sera le mieux, fit Clement d'un air las. La rumeur ne va pas tarder à se répandre comme une traînée de poudre au village. L'ambulance n'est sans doute pas passée inaperçue. Et le fait qu'une grosse berline noire soit venue chercher Oliver non plus.

Trudy hocha la tête.

— Vous croyez que c'est vraiment un espion ? Comme Burgess ou Maclean, j'entends ?

— J'en doute. Mais cela n'a pas vraiment d'importance. Il payait son maître chanteur pour éviter d'aller en prison et de devoir affronter un scandale qui aurait fait de lui un paria. Le fait que les Soviétiques risquaient de se servir de cette information pour le recruter n'était qu'une raison de plus de s'assurer que la vérité ne soit jamais découverte.

Trudy acquiesça d'un signe de tête.

— La maison des Proctor n'est pas très loin d'ici, souffla-t-elle.

En réalité, elle était tellement épuisée qu'elle n'était pas certaine de parvenir à se mettre debout, sans parler de marcher jusqu'au village.

Le coroner la regarda et serra sa main.

— Nous leur parlerons demain matin, dit-il doucement.

— Vous viendrez avec moi ?

— Oui. Je viendrai.

— Merci, docteur Ryder.

— Je vous en prie, mademoiselle Loveday.

Épilogue

C'était un grand jour pour la famille Loveday. Un employé de la Rediffusion leur livrait le téléviseur, et Frank Loveday regardait avec satisfaction la redevance télévisuelle qu'il venait de payer. Ça lui avait coûté quatre livres – près d'une semaine de salaire ! Mais le jeu en valait la chandelle.

Il avait hâte de regarder l'émission d'Arthur Askey et la série *Chapeau melon et bottes de cuir* dont tous ses amis du pub n'arrêtaient pas de lui parler.

Barbara était enthousiaste, elle aussi. Elle avait changé maintes et maintes fois la disposition des meubles du salon jusqu'à être satisfaite de la place qu'occuperait le nouveau poste de télévision. Elle se doutait que sa fille voudrait regarder *Dixon of Dock Green* mais, pour sa part, elle se réjouissait à l'idée de suivre les aventures des personnages de *Coronation Street*.

La télévision était toutefois la dernière chose dont se souciait Trudy. Allongée sur son lit à l'étage, elle fixait le plafond d'un air apathique.

Cela faisait trois semaines que Lallie Clark avait tenté de la tuer, et elle se réveillait encore au milieu de la nuit, en sueur et en position fœtale, avec la certitude qu'elle allait mourir, attendant simplement que la lame étincelante la décapite.

Les ecchymoses sur son corps avaient beau avoir guéri, elle était loin d'être remise psychologiquement.

Elle avait veillé à minimiser ce qui s'était passé ce jour-là à Briar's Hall et avait simplement dit à ses parents qu'elle avait arrêté une personne suspectée du meurtre du garçon.

Lallie Clark avait repris conscience et serait jugé pour l'assassinat d'Eddie Proctor. Mais il n'y aurait pas de procès public – par peur de ce que le jardinier pourrait révéler au sujet d'Oliver de Lacey durant l'audience, le ministère de l'Intérieur avait fait en sorte que cette dernière se déroule à l'abri des regards.

La petite Emily de Lacey avait été envoyée en pensionnat dans le Dorset. Sa famille avait jugé préférable de l'éloigner du village durant un certain temps.

Indécise jusqu'au bout, Marjorie Chandler était retournée aux États-Unis, emportant sa fortune avec elle.

Et les Proctor… Les Proctor avaient enterré leur fils.

Trudy se retourna nerveusement sur son lit et regarda le papier peint d'un air maussade.

Ils avaient résolu l'affaire, mais Trudy n'éprouvait aucune fierté ou satisfaction, car ni Clement ni elle ne s'étaient doutés de l'identité du tueur. Ce n'était pas comme s'ils avaient tout compris et que l'arrestation de leur suspect était venue récompenser leurs efforts. La réponse s'était simplement imposée à eux, à la pointe d'une faux.

Tout cela semblait si fortuit, pensa tristement Trudy. S'ils n'étaient pas retournés au Hall et n'avaient pas aperçu Lallie, ou s'ils n'étaient pas allés au lac et n'avaient pas entendu la porte du cabanon claquer – entre mille autres choses –, alors Lallie aurait fait sa valise, emporté son argent sale et se serait volatilisé durant la soirée.

Mais une chose était certaine : si le Dr Clement Ryder n'avait pas été à ses côtés, elle ne serait pas là aujourd'hui, allongée sur son lit, à écouter ses parents se chamailler pour savoir quel programme télévisé regarder en premier.

Elle ne serait plus de ce monde.

Pour la première fois depuis qu'elle avait rejoint la police, elle avait vu la mort de près.

Il fallait qu'elle parvienne à surmonter cette épreuve et qu'elle s'endurcisse. Elle avait toujours eu conscience d'être moins intelligente que le Dr Ryder. Moins forte physiquement que le sergent O'Grady, et moins chevronnée que le capitaine Jennings. Mais elle pouvait remédier à tout cela. Avec le temps, elle acquerrait de l'expérience et du discernement.

Elle devait reprendre confiance en elle, faire son travail et cesser de douter de ses capacités.

Sa carrière en dépendait.